滄海叢刊

鼓瑟集

幼柏 著

1986

東大圖書公司印行

行政院新聞局登記證局版臺業字第〇一九七號

中華民國七十五年八月初版

 鼓瑟集

基本定價伍元柒角捌分

著作者　幼　柏
發行人　劉仲文
出版者　東大圖書股份有限公司
總經銷　三民書局股份有限公司
印刷所　東大圖書股份有限公司
臺北市重慶南路一段六十一號二樓
郵撥：〇一〇七一七五一〇號

作者七歲時與父母兄妹合攝於瀋陽市。

作者就讀四川白沙國立女子師範學院時攝。

作者與王君於卅五年婚後，攝於上海，
時服務於善後救濟總署漁業管理處。

結婚卅八週年，在朋友家夫奏婦隨清唱國劇。

文友一行來新竹訪作者，合影於清華大學校園內，後排左起：曉暉、畢璞、鍾麗珠。前排左起：姚宜瑛、蘇晨、琦君、王明書、作者、叢林。

作者的學生、朋友，為她祝賀生辰。

作者的年輕同事（省立新竹高級商職）來小木屋「蘭石齋」參觀留影。

作者所蒔曇花、海棠、使君子盛開，老伴攝此，紀念她的六十二歲。

鼓瑟集

目次

無限「古」今情——代序……一
寶劍得贈英雄乎……三
好言一句三冬暖……九
兩家至性的朋友……一三
我家的克難裝潢……一七
一襲輕紗孺慕深……二一
垂垂綠雲夏日涼……二五
只鼓琴瑟不種瓜……二七
清心寡欲多勞動……三五
吾家的三大建設……三九
詮釋自己的造花……四三

白髮簪花夕陽紅……五三
春風桃李憶二師……五七
粉筆生涯回顧……六三
我寫珠樹花開……七三
人間有溫情……七七
花展逢故知……八一
芙蓉頂上開……八三
恐怖的一夜……九一
棗兒的懷念……九七
吃酒又戴花……一〇三
相對何喋喋……一〇九
迷你博物館……一一三
蘭石齋掇拾……一一七
顧曲情味長……一二七
物欲的陷阱……一三九
瑪瑙手鐲……一四三

歲暮情懷……一五三
也是創作……一五七
羣女「親」情……一六三
半個圈兒……一六九
黑馬王子……一七五
生活零縑……一八五
家有珍藏……二〇五
心寄天涯……二一三
生日快樂……二二一
如近芝蘭……二二五
冬之懷想……二三一
燕雙飛……二三七
荔枝樹……二四七
天天樹……二五七
男厨娘……二六三
瘗書記……二六五

閒情……二七一
交流……二七九

轉載篇

愛，是替她蓋間小屋……項秋萍……二八七
良師益友……朱佩蘭……二九七
現代的浮生六記……畢璞……三〇一
把春留住……芯心……三〇五

無限「古」今情

——代序

踏過生命歷史的腳步，六十年華萬里路；從童年的安順幸福，到青少年時因戰亂而流亡的愴痛；再受到抗戰時期的洗禮，及於辛勞成熟的中年，迄至如今退休後的寧靜知足，在在都有寫不完的篇頁。撫今追昔，不爲離亂傷懷而喪志，着重在文化意義所賦予的使命，承先啓後不稍懈怠。

在民生主義經濟建設成功的今天，一個肩負文史責任的人，追求的並不是外在的財富，而是磨練歷久香醇的內涵，不妄自菲薄，不低估個人「價值」；雖所撰小文不過是竹頭木屑，但卻是盡情盡意，以樂觀態度爲之，本書所集拙文，也無不以眞誠說話。即使欠缺風雷雨火那般的震撼，但卻是無矯的肺腑之言。雖受才情所限，不免淺陋，甚祈高明讀者指正爲幸。

生活之「道」就在生活，筆者小文便是因感悟生活給人的激勵而寫，沒有矯飾、有的是一得之愚，希望能有値得參考之處。書中所穿插的照片，旨在認明歷史的不可中斷，得使心靈益加充實、安慰。至於已成爲史料的照片，及墨寶二件，曾用心保存半世紀，十分珍貴。先人的墨寶表顯著倫理親情的至性，並涵容了歷史傳統薰陶的深義，亦說明中國傳統修身齊家教育可貴的一面。

以感恩懷敬之心，感謝所有關愛我的師長朋友，及晚輩學生的鼓勵，是他們肯定了我的信心，勉做一名文化小卒，盡心力而爲，並不希求在文化洪流中爭上游，只做能力所能及的，實實在在的盡心而已。

特別要感謝主持三民書局的劉振強先生，給我可貴的機會，惠予出版拙著，其重視文化人的胸襟，值得欽佩！

雖然生命的篇頁已翻捲而去，但卻不能斬斷歷史血脈的傳統菁華，無論是屬於民族的，家族的，都具有令人充實安慰的感懷；帶給我們智慧與力量，「古」之精神價值，與今之時代意義，交流相融，總不離中華文化的精神；雖然筆者的表達力不够，也多少在字裏行間，呈現一些痕跡與忱悃。

幾位女作家，不棄我淺陋，惠賜鴻文於轉載篇中，使拙著增光，特此感謝敬禮！

結婚四十週年，西俗稱作紅寶石婚；舍下素向清樸，無須寶石添錦生輝，故特以「鼓瑟集」爲紀念的獻禮；共勉不可因老昏聵，自勉多與大自然結緣，另求新知充實心靈，從平凡之中，肯定內在生命的價值，當以平常心迎接桑榆晚景，欣賞「夕陽」之美。

撰文時，多蒙老伴入庖厨代爲分勞，否則我怎能「孕育」出這個「老生子」新書？相處四十年的另一半，是位「素人」型沉靜者，居然也忍受了「瘋瘋傻傻」的妻子寫作，實該感激。

願以此書，祝福天下好夫妻，健康幸福、白首偕老！

作者於七十五年七月

寶劍得贈英雄乎

讀罷中央日報刊出的「弦音飛揚」，數日來被感動的情懷激盪著，母親眼中的昭亮，而今仍和小時候一樣；純眞和氣文質彬彬，而且更爲健碩成熟了。

廿四日在新竹清華大學的一場演奏，眞箇風靡了風城的愛樂者，大禮堂中座無虛席，鴉雀無聲，我們這一羣光明新村的長輩們，是看著昭亮成長的，聆聽他世界水準的小提琴曲，無不拍痛了手掌，爲他精湛動人的琴藝感動得熱淚盈眶！

謝幕數次再「安可」兩次，我們隨著擁擠的愛樂迷，在後臺將他包圍，他那不曾休息的手臂，不斷在簽名簽名，一面還親切的回答年輕朋友的詢問，他沒有嫌煩，圓滿地回答著，中途李淑德老師遞一瓶養樂多給他，憐愛有加的慈情，使這大孩子只有感激的笑笑，那純眞可愛的笑容，使我回想到他唸光明新村小學時的情形；

昭亮的頸間掛著一條棉線繩「項鍊」，而項墜不是什麼金玉之類，是一支開家門的鑰匙。每天他放學回家，打開大門便進入廚房，將媽媽早上洗好米的電鍋按下鈕，等待爸媽下班回來，他是個講理負責的孩子。

及至昭亮學琴，放學後便有固定的練琴時間，媽媽是翻譜兼精密音符準確的監督人，每天數小時刻板的練習，惟恐孩子缺乏耐心，爸媽不斷的給他鼓勵、協助，練畢的時間，便陪他儘量作活動，在光明新村的大道上，每見他的雙親伴著跑步、打球、騎單車、或者去游泳。

熱愛音樂的父母，犧牲一切週末假日，專誠陪伴昭亮南北奔馳，拜師或聽演奏。當兒子的音樂傾向大有顯露以後，這一家眞可謂有志一同，挹注了他們的愛，引導兒子走向音樂藝術的最高境界——眞善美，而家庭的生活，也因此更多歡笑與和諧，交匯成生趣盎然的幸福！

然而，正當昭亮的「世界」透著亮麗的光彩，他小小年紀以優異天才兒童，赴菲律賓與日本演奏歸來，正籌辦第一次演奏會之前，突然晴天霹靂，他親愛的爸爸竟以英年早逝，尙不解人間悲苦的昭亮，趕到病牀親口答應父親，他必能堅持耐心地達成父親的遺願，做一位音樂家。

必然是，經過多麼哀傷的打擊，俞國林女士，揩乾了眼淚，母兼父職，接下維持家庭生計與教養兒子的重擔！她自奉儉約，茹苦含辛，一切爲兒子安排妥當，當昭亮隻身赴澳專修小提琴後，俞女士孑然一身，力圖振作，那段時間，我們曾分享她閱讀海外傳來的心音；小小年紀的昭亮，文筆的確不凡，他能寫滿一張國際郵簡，頭頭是道，使母親大爲欣慰放心。

有一次我們一起揮淚把郵簡讀完，昭亮說他和在澳洲的中國同胞，一起參加停止邦交的最後降旗禮，使館的人員和他們一起流淚，昭亮還重複了大使的豪語：我們會努力！我們必會再回到這裏！

一個讀初一的孩子，他已感受到家國之恩，所以難怪每次返國演奏，他必定前來新竹，他念舊的情感，是深摯不移的，他拜會熟悉的長輩們，然後「回」到他的家，踏上那日式房屋的地板，蹲下來埋首憶念；那逝去的歲月中有爸爸的影子與叮嚀，他多麼懷念啊！

昭亮和媽媽，每次返國不論多少忙碌與匆迫，他們必定前往青草湖的靈塔祭拜，昭亮一見到爸爸的靈骨匣，即長跪俯首拜祭，再摟住辛勞的媽媽娘倆個大慟！那令人心碎的聲音，在我聽來包含著幾許悲壯的滄桑，娘兒倆又是經過多少辛酸堅強的奮鬪，而有今天的啊！

懷著難以平息的哀傷，昭亮母子終能以悲痛化爲努力，媽媽在澳洲做過醫院化驗員，也在攤位上出售過臺灣祖國的土產，她千辛萬苦的工作，代兒子付出茱麗亞音樂學院的學費，而今做媽媽的已可享到兒子奉親的孝心，她也可喘息休憩一下了，可是新的困擾卻無情的發生，直令母子二人一籌莫展，租琴的期間已屆，多可怕的困難！

一位聞名國際的傑出小提琴家，他沒有屬於自己的一把好琴！這無異於一位叱咤戰場的名將，卻沒有一把好用的寶劍一般，多麼無可奈何！

倘使我們愛昭亮的爲人，愛他的才藝，更愛他僕僕風塵每年作一百場的演奏，向世人宣告中華民國的樂教是成功的，他一個自小吃中華民國「奶水」長大培育的孩子，以他卓越正大的中國人青年氣質，向全世界愛好自由民主的人士，用琴音來宣示我們中國人的仁愛和平，進而取得世人對三民主義中國的認識與了解，則昭亮這把琴所代表的不正是一支正義的劍嗎？一把琴，正似一把利劍，對我們多角度注重國民外交的今天，我們何吝於集眾力來「鑄」成一把寶劍，來贈給我們的「壯士」呢？

何況，那把「劍」，也就是我們大家的光芒與豪情的寄託，我們多麼渴望昭亮能獲得那樣的一把劍——一隻小提琴，來代表我們做國民勝利的外交！

儘管他需要一把琴是如此急切，但卻不見昭亮焦急的窘態，他仍然那樣平心靜氣，等待著、期盼著，當他演奏後休息時，和媽媽聊天當中，很少提及此事，怕的是增添她的憂愁，只一次，他和媽媽分別由國外回來，第一天碰頭後，曾輕聲地探詢：

「媽！您住在澳洲的房子，能賣多少錢？够買琴嗎？」

媽媽聽後心裏好難過：

「孩子！那是長期付款才訂下來的，還有一大段欠款未付哪，即使能出售，也不及一把好琴的四分之一價呀！」

走筆至此，我要請俞女士原諒，我洩露了她們之間的秘密談話，但我深受感動，無法不說啊！

拿破崙說過：「聆一曲高尚的音樂，勝讀道德經數萬言。」誰能否認音樂維護善良風俗與人心的力量呢？對文化藝術作世界性的國民外交的昭亮，眞如一位奮戰疆場的名將，可是他的寶劍呢？他的第十把琴呢？
寶劍得贈名將乎？

七十一年七月九日　中央日報

好言一句三冬暖

幾乎爲一般人所肯定，認稱婦女們的「口才」煞是了得！從幼稚園到小學階段，小女孩兒的伶牙俐齒就已十分突出，而後年歲漸長發展到「新婦變成婆」，則其言語上的威力，尤其勢不可遏了。

有的是喋喋絮聒、先聲奪人；有的是不著邊際、信口開河；也有的自以爲是、炫耀自詡；更有的旁若無人、大言不慚……，總之，因部份婦女的言語表現失調，往往被譏諷、說婦女以直覺與情緒決定言詞的表達，不太多動大腦，倘有二人以上的女性聚敍，鮮有不吱吱喳喳，似麻雀打破蛋一般，而且經常的情況是：言不及義。

俗話說：「嘴巴兩層皮，好壞都由你。」過份「撻伐」女性的口似鋼砲，未免失之太偏，畢竟大多數的婦女，屬於有敎養與有自制理性的；再說處身現今社會，人際關係複雜多角，說話機會較多，苟無適當的口才，無法運用語言的效果，怕也造成生活上的困擾；問題是如何把話說得恰當，不粗俗、不尖刻、雅正而親切，則必能增進友誼，建立人際和諧關係。誠所謂：好言一句三冬暖，惡言出口六月寒。例如多年前，在辦公室內，發生一件男女同事在言詞上「過招」的趣事：午餐上班之前，有三位女同事正聊天逗笑，突然一位中年男同事衝著她們吼：「喂！喂！妳們吃多了人參湯是不？奇怪，怎麼精力這樣充足呵？眞是——」

一位女同事收歛了笑容問他：「怎麼？也來點人參湯喝喝好嗎？」一副『小人常戚戚』狀，見不得別人快樂，怪事！」

當然，我們也見到太多可愛形象的女性，她們內涵豐富、氣度華美、語言有味而親切，但這些得力於本身良好的學習能力，以及「先天」家庭的薰導，絕非矯情造作可與比擬，因此在婦敎一環中，我國俗諺有這樣看法：「家中娶得好嫂嫂，全家的姑娘都學好」，自然在婦紅、婦容、婦德之外，更著重應對進退當中的婦言訓練。

所謂擇意貴取其精，修辭必立其誠，如此說話不可能禍從口出。多留心談話的藝術性，則必能趣味盎然，促進人的好感；至於巧言令色、虛情假意，遲早遭人「敬鬼神而遠之」，為生活帶來沈重的不快，又是何苦？

與話多的人相處，當有忍耐功夫，滋味自不好受。然而與話少的悶葫蘆面對，也同樣令人難以消受；所謂「三次不開口，神仙都難下手。」哈！可知「君子如鐘，叩之則響」，那種響聲是否優美，也是因人而異的吧？說話難；與修養學養差距較大者談話尤難，故有「道不同不相為謀」的慨歎，終致不歡而散，甚至失去忠實的老朋友，令人惋惜。

一位親戚告訴我這樣一段事實：

鄰人甲太太，依親長子多年在國外做貿易，衣錦而歸時另購華厦而居，有一天在路上巧遇昔時老芳鄰乙太太，於是甲太太躊躇滿志地開口道：

「喲！妳不是乙太太嗎？好久不見過的還好嗎？聽說妳們公母（夫婦也）倆都從學校退了休，拿不少退休金吧？有沒有到國外去開開眼界呀？這輩子如果沒出過國，才眞是白活了哪！」

乙太太笑笑說：「那兒的話，咱們都在薪水調整以前退的休，沒什麼，只是餬口而已，出國啊？還沒想到過。」

甲太太：「唉喲！看你們淸淸苦苦大半輩子，圖個啥呀？眞有點寃枉是不呀？」

乙太太：「惹您見笑了，不過我們最大的『財富』和收獲，您還沒『瞧』見吧？」

甲太太用戴了兩枚大鑽戒的手指，輕掠一下時髦的龐大「獅子頭」，酸不溜丟的說：

「嗨！妳這話學問太大啦，我可弄不大懂呀！妳什麼時候到我的新家來玩玩嘛，如果我女兒也都回來的話，就爲妳到大飯店去訂個房間，嘻！嘻！拜——拜！」

乙太太心中好笑：跟妳做鄰居十多年，從未見妳出手過一絲一縷，還訂大飯店的房子招待我？簡直是痴人說夢、嘴皮子過癮罷了，眞是莫名其妙。

孔子曾教誨學生：「躬自厚，而薄責於人，則遠怨矣。」足證言語的得體有禮，與相反的

「放射」，所造成的後果，是何等差異？尤其我們女性，具有先天的精細心思，柔順的性格，倘在內涵的充實多下功夫，培養眞實的道德情感，成於內而形諸於外，必將在言談語句中散發出優美的氣質；面目可親，語言有味，受到親友的敬愛，作晚輩女性的楷模，不僅如此，無形中，妳對中國傳統優美的文化一部份，也貢獻了可貴的責任。祝福妳！

七十二年六月　仕女雜誌

兩家至性的朋友

有位年輕朋友感喟著，如今處身功利主義社會，最大的「悲哀」是知音難尋，所謂朋友這種倫常，已逐漸式微了！

他倒不是憤世嫉俗，而是空有嚶鳴求友之心，卻往往令他失望，在個人主義風行的心態下，大多數人汲汲於財富的追逐，甚至變成生活的惟一目標，有誰能撥出一點閒情逸致，與你「共剪西窗燭」？社會的型態，變化太大了，緊張與忙碌使人之間疏離冷漠，此即現代人的生活寫照，然而不必悲觀，祇要涵養眞性情，盡心盡力與人爲善，自會遇見志同道合的朋友。因此我告訴他，我家有四十年相交的老友，代表了上一代朋友，古道熱腸的德行，願他分享這份溫馨之情。

與外子有袍澤情誼的馬德潤兄，卅九年前先我們半年成家。當年冬季，我們在四川成都成婚，隨後要遷往上海，在新津機場候機時，新郎告訴我一個好消息，她此去上海，住所難覓，但已經情商好友馬家兄嫂，先將房屋分讓一半給我們權充新房，再作打算。

聽後興奮萬分，使我由衷感謝尙未謀面的馬家兄嫂，我們有了投靠。及至由武昌直飛上海，於下午五時前抵江灣機場，當時北風凛冽飄著雪花，正感奇寒難擋，忽聽有人高呼：「嗨！迎接新人上轎啦！」原來是馬兄駕吉普車來接，他的豪爽親切，首先給我最友善的印象。

回到「家」拜識了馬家大嫂，她與馬兄同讀機械系，畢業後結爲美眷，志合道同十分美滿。她招呼我們有賓至如歸的感覺，環顧家中整潔優美，始知她也是治家好手。

我們兩家共同安排開門七件事，他們三人上班則我是留守，週末假日便一起看電影、逛古董店、品味小吃，或去四大公司，或乘艇遊於吳淞江口，也在數處著名花園中品茗、留影。那段日子我們毫無寄人籬下的辛苦，兩家人無分賓主，處得融洽而多姿；他們不僅是解衣推食寬待我們，更教會我們如何學習與走向健康的人生。

年餘後，因我亦覓得枝棲，爲顧及上班方便，不得已遷離「我們」溫暖的「家」，臨別時彼此依依，我們有滿腹的感恩和感謝，但卻不知從何說起，原以爲反正都住在上海，以後敍晤有何難?卻不料我們爲迎父母匆促趕到南京後，竟然局勢惡化，即陪侍翁姑到達臺灣，由是與馬氏兄嫂失去連絡有十年之久。

迨至由嘉義遷來新竹，一次往臺中探望姑母，走在街上，竟然意外的巧遇了馬兄！他們哥兄互摟著唱起平劇詞兒：「自從那年分別後，又誰知相逢在臺中！」（原詞爲北洲）於是有說不盡的別後滄桑，總之在烽火浩刼後，又得重覩老友的容顏，眞有無法言形的興奮和激動！

這以後，我們彼此想念不已時，他們北上、我們南下，歡暢敍舊、樂趣足慰老懷；回想當初在上海成家、如今彼此已成白頭，惟一不變的是至誠至善的友情，光輝永射。

轉回頭且說寄住南京姑母處，北方烽烟匝地、返鄉路斷，我們如熱鍋上螞蟻、一籌莫展，正惶然不知所措，突然接到臺灣楊兄來函，原來老朋友已爲愚夫婦覓妥工作。於是我們卽刻赴臺，由基隆下船後逕往楊兄嘉義府上，他是我們唯一在臺的老朋友，他以毫無顧及的友愛、與楊家嫂夫人，安頓我們暫住，面上無難色、無怨色，像兄弟手足給我們溫暖，是我家兩代人永銘五內的好朋友。直到舍下遷入公家宿舍，已打擾他們太多太久了。

楊家兄嫂的長女長文出世，幸獲兄嫂割愛，允做義女，使我們分享天倫之樂。悠悠歲月中，她已是一個男孩的母親，也是優秀的教師，與學者丈夫，二人皆是俊彥，生活美滿幸福，工作得暇時便來舍下敍晤，友誼傳延到下一代，沒有代溝、心靈溝通，使老來的「親情」倍增溫馨，分享他們的成長與成就，爲人生帶來無限新希望。讀杜甫懷李白詩：「渭北春天樹，江東日暮雲。」特別感念在寶島一南一北的二位老友，想望豐儀，惟有禱祝他們兩家老、中、小三代人安康多福！

七十四年七月十七日　大華晚報

我家的克難裝潢

做家庭裏的「心臟」——主婦，已有卅七個年頭，期間雖然辛勞持家、艱苦有之，但因喜好將游藝之美融入生活之中，創造數不清的喜悅與暢快，因此許多年來，與外子皆係公教的收入，量入爲出的限制之下，並未感受多大的困窘，甚至在菽水奉親迄二老慎終，我們眞做到「父母在子女無私蓄」，內心知足常樂，勤儉堅毅中，表達我們追求美善的情懷，使家庭生活更爲充實與多采多姿。

有些人怨嘆生活太刻板太機械化，憎惡那種僵化及無聊。只因除卻民生五大需要外，疏忽了第六點「樂」；甚至以爲樂在物質的炫耀爲主，殊不知眞正的樂趣是不假外求的，樂在內心的純淨靈明，在家事的料理之餘，對美藝的感受融入生活之中，既可發揮創造的喜悅，又能顯現聖善的境界，不必耗費較多金錢，便爲家庭帶來激情與美感，所謂提高生活素質，正在此處。

我家小客廳中，一套柚木坐椅已有廿歲歷史，兩架木櫥超過十五年，另一小條几乃誼女惠蘭所贈。倘使任憑「光禿禿」的什物原封不變放置著，便缺少今日的景觀了；我把收藏的衣料碎布，按事先設計的圖樣，縫成圖案布面，或者剪成小動物形象，縫成納入泡沫膠塊的椅墊及靠墊，色彩既燦爛，又可收實用並欣賞之效，使原先空洞洞的椅子，加添了可愛可「靠」的溫暖。至於納滿書籍的木櫥，則間隔空出一些「地盤」，插置學生晚輩寄來的漂亮賀卡，以及精巧的小藝品，化呆板嚴肅爲可觀可賞，如此配搭觀照，變得吸引有趣多矣。

几面上，除去裝便條紙筆的小盒，擺放品茗器物的空隙，其下層疊滿自己製作的「雜誌」；報紙剪貼、分類成册，成爲日常良好的讀物，册面上貼以美妙剪貼的廣告畫，不費分文而閱讀不輟。綜觀小小廳房，充塞文化氣息與雅緻，吾不見其寒酸，來訪的友人晚輩亦讚賞這小屋充實而溫暖，而我們內心更有游藝表達的暢然。

天冷後，我將歷年織毛衣毛帽賸下來的各色毛線，交錯排列用鈎針織成小毛毯，兩端加上毛穗，舖在椅子上，雖不如虎豹熊皮那樣够氣派或暖厚，然亦柔軟可「親」，驅走不少嚴冬的冷氣呢！

我們成長在抗戰期間，久受儉樸堅忍的訓練，故而在物質生活上，只求合宜不匱，並不艷羨豪華，因此無論器用穿著，咸以實用爲主。因此改修舊衣爲新裝的設計，便成爲另一項「才能」，我會改製外子的破襯衫爲烹飪裝，改舊旗袍爲家居服，外子的舊西裝褲，變成我的小背心，穿出去還人見人讚呢！此外有個讓您驚奇的「秘密」，做這些女紅的成品，都全憑自己的一雙手。

由於住屋狹小，去歲以前都是書房與膳堂合用，十分不便，於是舍下的「巧夫」發忽奇想，將數年前被颱風吹跑頂棚的蘭花房，改「造」成一間書棚，未用一磚一瓦，利用原有木架，以水泥板與三夾板內外連釘，加上層板的「屋頂」，於是聊備一格的書房畫室成焉，惟一請人代勞的是三面小窗一面門。當「巧夫」的油漆工作妥當後，兩座廿多年的老書架煥然一新了，及至六隻開蓋的尺半見方的木箱，也一併漆好後，再用家中現成無用的木板木條，釘成一隻大畫桌，至此外子甚爲滿意他的創作技巧，我讚稱這是他的硬體藝術表現，實踐與力行的結晶，但如何「裝飾」內部軟體的靈魂，卻是我未來兩天的「勞役」，來從事我的「裝潢」理想實現。

舊牀單及舊海棉墊，被縫裁變成六個木箱上的「椅」墊，破舊的長茶几，鋸掉約三吋長的四條腿腕，安放在木箱前面，在一方由大陸老家帶來的紅木托盤中，擺設著學生及友人贈來的玻璃藝品，及陶瓷飾物，挨近它的是親手培養的非洲紫羅蘭，每三天換擺兩盆，色調可賞、清新健甦，增加「室」內美雅氣氛。另外在舊有的兩座鋼架上，除與繪畫有關的書籍冊本外，擺設著誼子女們歷年贈來的小泥人，布偶，木刻品，及香墨顏料，兼及文房四寶種種，儼如一間小型文具展覽室。我們研討再三，爲它起了一個名符其實的名字「蘭石齋」，正和屋外的排排蘭花與蒐來的石塊相映成趣。

爲了美化活化這間書畫「寶藏」，壁上雖無名人字畫，但卻有師輩的墨寶，誼婿的扇面題詩，以及年輕朋友的繪畫作品，每每目覩觀賞，只感到親切溫暖，其價值遠超過有價的名家創作。就在這間小屋的牆壁下，書桌旁，書架上，擺放一些舊棄的酒瓶、瓷壺，作爲花器，栽進各式觀葉植物（這些植物皆院中所植。）爲室內塗抹了鮮綠與蓬勃活潑。即使我們不畫不讀的時刻，有它們相伴、有收音機的音樂相「談」，聘目四壁，也覺生趣盎然，趣味無窮。

曾有人問我：長日家居多無聊！怎不見妳出來聊天串門子？

我笑笑，只能回說：個人的感受不同，我習慣「沉靜」吧？

有位學生朋友，乍來此小屋時不禁咋舌時：老師！這簡直像皇宮一樣的堂皇燦爛呀！她的先生則更神秘地說：走到這兒來，眞是有股神聖不可侵犯的感覺，連說話也斯文起來、不敢放肆大聲哩！

哈！我們的寒舍，居然像天方夜譚一般，它在有心人的感覺中，舍下的蓬蓽竟生光輝，雖是蝸居白屋之家，也變得芸葉薰香、靈氣常臻，實在是朋友和學生們關愛我，鼓舞我，在此感謝她們的不棄來訪，得使陋居寒舍，常有瑞氣繚繞，成爲老來無求的勝居了。

婦友月刊　三五四期

一襲輕紗孺慕深

朋友，您知道「喬其紗」這種衣料吧？

它薄如蟬翼，綴織著絨絨的花朵，卅年代前後最爲流行，而今更以新的設計花式出現，做成的衣服典雅可觀，但是我從未買過，只因已有件寶藍色的旗袍，它雖因四十年的保存，難免舊損，但我卻視如瑰寶，保存迄今。

年年，取出來風晾去潮，每次都如晤見父親的慈顏，「兒行千里母擔憂，女嫁萬里父繫念」；是初婚後抵上海，父親併合其他物件，由遙遠的西康寄來。父親在信中示意我，要如何敬待翁姑、禮待丈夫、做人師、勤進修等等誨言，鼓勵我腳踏實地，誠意正心去處世。

我雖無法盡如父親的期許，但卻努力以赴，然而幾十年來音訊斷絕，即使我有一絲絲的成績，也無法向他老人家報告。如今只能懷著感恩的心情，化作祈禱與期盼，求告上蒼佑我父親，祝他長壽！

時光流逝中，我由體重卅六公斤，到達花甲以後五十三的「噸位」，當華髮閃亮，這件紗衣變成「窈窕」的紀念品，甚至自己也感到陌生：那來的小蠻腰啊？惟一不變的是，父親的言教與慈感，永銘在心！見衣如見人。

幾張昔日家人的照片、信件，已被我拈讀千萬遍，然而獨缺他們的音訊！

收到喬其紗這件衣服，是在我廿七歲生日時候，當時曾拍過乙幀紀念照，此後便不敢隨便觸碰它，因爲此衣與我似乎脈博相連，從它身上感覺到一股溫馨和力量，不可頹喪或自棄，我有這「歷史」的活見證，父親的精神風格常在我身邊！

兩年前的一個清晨，朦朧中，只是那麼一瞥，看見父親從高木架車上，探首朝我微笑，我陡然一驚，正迷惑又訝然，及而想要說話間，旋卽一片漆黑，再也沒有老父的影像了！這個十月天的清晨，使我震撼。

驚心悲痛楞坐床上，不意老伴也醒來了，正要告訴他剛才的夢境，忽然他詫異的說：剛才做夢脫了下邊的大牙。依上代人圓夢的說法，掉下邊大牙，是「主」長輩不在了。可是誰呢？我的翁姑、親戚中的姑父姑母，皆已去世，那還有長輩？

有位年長的朋友，揣摩著我們的夢境，他直言勸我不要悲傷，因爲那高高木架的車，便是靈車，可能我的老父已不在人間！

我從不語怪力亂神，我的夢是眞切難忘的，但我很難解釋父在川康交界處，竟然能跋涉萬里關山大海，向我訣別？朋友很自信他不是打誑語，這是骨肉至親間，有心電感應的緣故，至親間的電波相同相吸引，這不是怪力亂神。自從得夢後，我心不寧，總有悲辛。

一年後，突然由留美的一位同學，附來一張令我激動的信，字跡太熟悉了！即使分別到一百年我也認識！唉喲！淚如雨下，繞室徘徊，妹啊！是久別胞妹的手跡啊！她曾千百度尋覓胞姐的生死消息，骨肉親情啊！

老伴含淚撫慰，要我坐下來鎮定一下，這才放聲的大哭！妹妹寥寥數語，直把我心搗碎！八十二歲的老父，已於前年十月一個清晨逝世！母、兄隨侍在側，女兒及孫輩均無緣送終，嗚呼！父親，請原諒女兒不孝！

妹妹告訴我，老父生前念念的是我與外子兩個「游子」，他終於含恨歸去，這昊天罔極之痛，實難宣洩，父親逝世的時間，正與我的夢境時間相合，父親！感謝您老人家不畏路途遙遠，見到您最後一面，此生我何以爲報？

放大一尺半的父親遺容，安置在小佛堂案上，我們跪拜感恩、馨香禱祝；爸！您在卅三天上，請多垂佑母親和兄、妹，以及他們的子女們，在這裏女兒每天奉祀、感念你一生如何做我們的表率，學習您的正直有守，學習您的淡薄名利，以及孝友重情的胸懷，還有您重視子女教育的、不計一切困難犧牲，要給我們完整的品格，父親啊！述說您一生的行誼，不是一時可以盡述的，我們只有不違您的期望，努力做下去，我們期待著：

「王師北定中原日，家祭勿忘告乃翁」。

大華晚報　七十四年十一月廿五日

垂垂綠雲夏日涼

葫蘆瓜又稱葫蘆，它的曲線玲瓏美好，葉片健碩，陸續開放白花，便依次孕育成鮮嫩的小葫蘆，整個夏季棚架繞滿翠綠，不久便見纍纍的葫瓜趕著趟兒來；閑坐棚下清風送爽，一蔭瓜棚充溢著風露清貞，眞可入詩入畫，令人賞心怡情！

中國人喜愛葫蘆，認他是藤蔓盤長，正合多子多孫的萬代吉祥，更含平安如意的頌禱，而然幾經世紀滄桑，在接近九十年代的現代，生活形態變化如許大，還有多少人去做那瓜瓞緜緜的夢呢？

據說，頭一年的葫蘆種籽，如在次年全部播種入地，則可收獲百隻以上的葫蘆了，哈！眞是過癮，當你觸及那些光潔可愛的葫蘆，眞不知如何愛法？像入寶山一樣吧？

舍間後庭小書房外，年年種一棚葫蘆，爲西晒的窗戶遮蔭，每值書聲琴韻間歇時，抬頭即見垂垂綠雲，纍纍的葫瓜，便有說不出的沁涼，適意！精神也爲之一振。

如今挑那形狀稍差的，炒成盤餚作了營養品，那經過選美的，已漸次摘下吹乾、刮皮兒，再待成爲乾黃，卽可油漆光亮，爲它腰際拴一條大紅中國結，哈呵！十分中國味的吉祥飾品，便是客廳中的擺設啦！也是贈人的佳品。當然，最有名的一隻，是鐵拐李的。

七十四年八月七日　大華晚報

只鼓琴瑟不種瓜

不久前，連續接到兩通內容相似的電話，對方是溫和的女聲：

「喂！請問一下，您是×太太嗎？」

「嗨！我正是，請問您是……？」

「噢！我是家庭計畫協會人員，想打擾您一下好嗎？」

接著她做起抽樣調查訪問：

「請問您有幾位公子、小姐，對於兩個恰恰好，一個不算少的計畫生育，看法同意不？是否還想再添……。」

「哈哈！先向您的服務熱心致敬，其次請您們大放一百廿個心；舍下只有兩隻不會生『蛋』的老笨鳥，二加一的年齡足有一百卅一歲啦，那還能想添甚麼呢？哈！」

接著在空氣中聽到她好大的笑聲：

「哈喲！您這位伯母眞是位達觀的人，好幽默喲，那我眞對不起問這個問題。」

「沒關係的，這是您盡責任呀。不過我倒有個建議；貴機構理應頒發一塊匾額給我家——『不增加人口壓力及威脅』，您看好不好？哈哈！」

「啊喲，哈！您眞是好有意思，好開通啊！謝謝您啦，再見！」空中訪問是在歡欣的溝通下完成的，但也不免令人感觸，好有意思？說穿了，一籮筐的沒意思，「那吹皺一池春水」的糗事，眞叫人一輩子難忘哩，所幸舍下兩個天作之合，竟然一般的心存坦蕩，多少年來已經習慣別人的訝然相看，尤其置身如此開放的社會，幾乎無法隱密這種「缺失」，也不論自己多麼不願到婦科醫院作健康檢查，但也勢必接受新觀念不可。也正爲此屢次感到尷尬與不安，那些冰冷冷的檢查器械固然令人恐懼，而面對男大夫的一些問題，簡直比回答法官問案還艱澀與惶然，我常聽到的「考」問是；

「奇怪？您並沒有甚麼病啊？怎會不生育的？」

另一位大夫也跟進說：

「嘅！妳的先生也作過檢查嗎？」他們雙管齊下，我不能沉默，於是說：

「謝謝大夫的關懷，沒病就是福啦；我先生他很健康也查過。這沒啥奇怪，也許是異數『窖變』吧？人家木瓜樹也有不結果子的，對不對？」

大夫倒樂了，其中一位又問了：

「哈哈！妳可是位出奇的女性，蠻不在乎的嘛；那末妳的先生欲『爸』不能，不會怪怨妳乎？」

這已超出醫療題外，可是我想讓他們明白，普天下的丈夫只要是眞愛他的終生伴侶，就不會把婚姻囿限在「造」就下一代的「條律」裏，婚姻生活的理想與目標，豈能以「偏一」來概全呢？所以我回道：

「很可惜，您們不認識我的先生，他是位自然主義的崇奉者，對於子嗣之事也是順其自然，我們成家以來，從未聞他抱怨說：『怎麼還不來個像孫仲謀那樣的兒子呢？』」

且不說「過五關、答六將」的被糗種種，即以服務在一起的同事們，也視我們爲好奇的目標，常在卅歲以前，最多的發問是：

「啥時候請吃紅蛋呀？」

更妙的建議是：

「太晚生育很危險喲，其實生小孩並無損妳的美好身材啊，不用怕的。」

天曉得我算是紅粉佳人嗎？有必要去保持嬌美的形貌嗎？其奈送子觀音忘記了我，不是自願放棄這份「權利」呀？

有年暑假後、新學期伊始，辦公室裏出現一位新同事，彼此相晤不及半小時，在寒暄之中，她忽然一把拉住我說：

「唉唉！好可惜呀，妳眞是紅顏薄命那種豐姿，有幾位『小』的？」

我想她指說子女，乃回覆：

「正因爲紅顏薄命，所以膝下猶虛也！」結果把她逗楞了，別的同事頗不以爲然，認她是那壺不開提那壺。

有位同事甚樂道女兒的種種，每每作證女兒就是她年輕時的化身，覺得十分得意，當然；回顧往昔是可愛的事情，然而卻不一定非靠女兒作「鏡子」不可，當她詢問到我，便回她說，看看自己往日的照片也一樣，而且「她」更肖似我自己呀，當然啦，見別人有婷婷玉立的掌珠，也很羨慕卻是眞的。

最武斷的一位鄰居太太說：「沒有兒子的人，一輩子也上不了成功嶺。」然而當學生們受訓時，我們便有慰問往訪的機會，還不止是榮訓一個「兒子」呢，將關懷廣慈博愛，有兒子與否又何憾焉？某太太炫耀一己之「得」，不亦心胸狹小乎？

記得在年逾知命時，有人建議何不抱養一螟蛉子，也好老來有靠。說巧不巧，適有一位年輕的同事，鄭重地告訴我，他已與妻子商妥，要過繼第三個女兒給我。他平素沉默寡言、拘謹而有禮，甚得同事們讚美，他不會輕易和我開玩笑的。但我熟知他們夫婦勤儉和諧，三個小孩並壓不倒他，後經敍談始知他們就是看中了我；守份守法工作熱心，他覺得我無兒女傳遞這風格，太可惜，他們專誠的動機如此，我深爲感動，與緻勃勃地向堂上翁姑請示，並徵求丈夫的同意。

不料「迴響」是三張反對票，他們的看法是：

老人家說：「唉呀，妳不必太隨俗了吧？如今社會轉型較大，三代同堂很難適應的了，我們認爲夫婦和而後家道興，終身守成也就够了；兒女的事順其自然，不能強求，妳可曾聽我們說過沒有孫子可抱嗎？再說小孩兒惟有在母親身邊才最幸福，不可拆散人家骨肉。其實養兒不一定能防老，要自己「站」得住、對工作敬業才可靠。你們只要琴瑟和鳴，就是家庭之福啦。」

至於丈夫的意思是，天下姓×氏的宗親多得很，我們並非最優秀的人中玉，輪不到我們傳後代，就認命好了；放眼天下×氏的宗族中，有太空人、有科學家、大企業家，也足够我們感慰、與有榮焉，何必計較非自己有不可？

全家人都萬分感謝我的那位好同事，他們夫婦的仁心善意，我們永誌不忘，並謹祝他們家道興旺、平安多福。

女兒雖未「要」成，但卻深受家人愛心撫慰，將原有的內疚與虧欠，一掃而空，達觀開明的老人家始終令我追慕感恩！若是在封建的舊時代，早已因七出罪之一的理由，被休出「局」去也。

一個做不成母親的女人，並非霑染不到爲母的情愫，當舍下老親棄養後，我們的親友晚輩也漸次成長，如老友志偉兄嫂的長女公子，便是自幼就有了誼緣。北平時代的總角交文家兄嫂，卅年前便率長子來叩首拜誼認親，成爲長遠的誼情；又若有卅年歷史相交的幾位學生「小友」，都是以情以禮的忘年交，感謝他們父母的寬仁分享親情給我，而我們多少也盡能力貢獻些責任；平素彼此互不干擾，但有任何佳績表現則共同感受，逢到年節假期便是聚敍之時，多年來相處怡然，尤其見他們爲人做事皆有成就，最使我們遲暮的心情振奮，欣見玉樹芝蘭向榮，亦與他們的父母共感快慰榮幸。

內心坦暢、情感生活得有出入的管道，自然心無遺憾，知足而帶有希望，實不必一把辛酸淚，向人訴解其中味兒有多苦了。或許，久爲職業婦女心境較爲開朗，工作、進修佔去許多時間，該做的想學的正多，無形中沖淡了必求有個寧馨而後已。同村中有一對表兄妹成婚已十年的夫婦，他們愛情彌篤，皆有高職高薪，生活情趣豐富，但爲了顧及下一代的健康，決心不任父母的角色，將餘力多多貢獻社會，這份理性的抉擇多令人感佩呢。

不久前誼女有位同事，隨她來「探親」，一見樸質環境及頗爲豐富的書房，她高興地說：「傳道統不傳血統，也自有其深義在，反能在無「私情」之下更疼愛晚輩與學生，同樣有情感回饋在，同時可爲社會多多敎誨些君子人，不是更大的收獲嗎？」

眞感慰她年紀輕輕，就有這樣睿智和見地，想想我們確實不曾孤獨寂寞，像萱花椿樹一般榮茂，得享羣生情誼「施肥灌漑」，眞該含笑坐東風，夢熊無着又何傷？

最近甚囂塵上的試管嬰兒誕生了，在醫學上的成就令人喝采與興奮，尤其帶給不孕婦女莫大的希望，此時有位朋友開玩笑地問我家戶長：「倘如時光倒退廿年就有此「奇蹟」，是否願意一試？個人看法又如何？」

哈哈！他笑說：「我們要量力而行，瓜瓞緜緜的人給社會帶來『擁擠』，不育的人正好平衡『疏散』，我不想自行擾攘，何況女性承擔的手術痛苦甚劇，不忍也。」

這個崇奉「自然」的人，表裏如一到老，達觀寬懷惠及糟糠及晚輩，愛憐無條件；不懊惱不閑愁，青衫人老卻一樣童心，誠古聖所召示：夫義則婦乃順，夫婦和順白首偕老，修身齊家，不辱長上舊家風，接受自我面對現實，再創新的生命意義，愚夫婦以之共勉不懈。

七十四年六月　婦友月刊

清心寡欲多勞動

進入中老年，時聞親朋同事間，有人住醫院或動手術，以及長時期的作復健治療，而所患疾病多爲心臟方面、高血壓或糖尿病，也有的是罹患肝膽症。不論何者患病總是非常痛苦的事。因此，如何保健以維護健康，乃爲人生最大的目標。

個人的養生之道，並無特殊高明之處，只是從精神與物質兩方面全力以赴。先說有關物質方面：

人活著，固然離不開各種物質生活的運用，然而除生活基本獲得之外，如果再有過度欲望的追求，患得患失內心焦慮，便容易造成無限的煩惱，致使心境紊亂，自然易於產生病痛。因此，生當今日價値觀念的社會中，名利財勢誘惑重重，如何來「知止」超越「魔」侵，必須用智慧之劍揮斬外在的虛榮，有節制、有操持，方能遠離名利紛爭的傷害，維護身心正常的開展。

因此個人在並不豐厚的收入之下，養成量入爲出習慣，在民生四項食、衣、住、行之中，僅以食爲例：多年來皆以素食爲主；俗語有「病從口入」的警句，人爲存活成長，不能一日不食，然而食之一道學問不小，當該愼重選擇，否則就有礙身體健康。

素食令人的感受是淸爽，個人的素食不同於出家人，雖不肉食，但偶而有蛋，絕大多的菜餚爲青蔬、瓜果、豆類、麵筋及菇類。菜式交換參照素菜食譜，用油少鹽份亦少，烹飪方式多爲蒸煮，則火氣不多，飲食不過維護人體營養，何需過份要求？淸心寡欲首從不貪饕做起，個人廿年來得以保持一定的體重，而且面色健康，誠爲愼食所賜。

再說精神生活養生之道，首重培養情趣，誠心正意去追求眞善美的境界，舉凡音樂、國劇、繪畫、閱讀、蒔花植樹，及豢養小動物，皆所喜好，從事這些生活情趣，不受非正當娛樂的吸引，自可維持自己的原則與水準，而由諸般情趣之中，淨化心靈、淡泊心意，從游藝之中站於無私觀點，並欣賞一切可愛的事物，心胸自然坦蕩樂觀。

古聖先哲告誡吾人，如果無德而富、無能而貴，乃是極爲不祥的事情。人生與其浮名虛利轉眼成空，莫若早明「機先」、割捨世俗太多的慾望，行其所當行，卽使生活在變動劇烈的社會人羣中，自己心有所安，恬淡達觀，不受干擾，自然便樂在其中。

此外，個人最注重勞動，包含每日晨昏的散步，以及做戶外活動。散步一事最宜中老年人持之以恆，旣不激烈又有益血液循環，已見許多人實施，確是最簡便可行的運動方式，自然爲大眾所接受。

人如吃飽後不動，後果便是多餘的營養要作「祟」了，病症從而產生。因此本人習慣晨間早起，掃落葉、澆花、除草，以勞動當做運動，又可保持環境美觀；一年四季可享花香、蔬美果甜的樂趣，那種樂趣是發自眞實的感受，不假他人之手，不待他人施捨，完全是求諸己的一份成就感。

本人是個無德無能之輩，所幸大自然佑我、啟示我，給我思想惠我養生之道，也使我想起一位哲人的話，深得我心：我寧可坐在一隻大南瓜上、怡然自得；而不願擠坐在天鵝絨的墊子上，跟別人爭長論短。

七十四年六月二十四日　大華晚報

吾家的三大建設

咱家先生，不僅是位「十項」全能，並且也是個好夥計，例如電器用品出了毛病、水龍頭出了故障，乃至眼鏡掉一條腿兒、拖鞋前邊張了大嘴，他都能手到「病除」。此外還是協理庖廚的「傭兵」；擀餃子皮、烙餅、炒菜，外加糊風箏，都是小技而已，若問有何犖犖大者？那就是近年逐步完成的三項建設，工程進行間，他是「縱橫闔闢」的主將，我則權充小工，雖然頗爲辛勞，而製作的成效也未必高妙，但卻爲雙手萬能作一詮釋。

原來舍下的膳房與書房兼用，一張大桌四面皆檣，活動餘地不暢，常感不便卻又無計可施。有一次蘭花房被颱風掀跑頂棚，隨後變成鳥雀逐戲之所，眞可惜了四坪半大的地方，何不將花盆遷出，改花房爲書房呢？

商榷研討後作成計畫，於是在原有木架上塗上柏油漆，以防蟲防潮；地面鋪水泥，外壁釘上水泥板；板漆綠色，內部四壁釘淡綠三夾板，天花板用白色，以便與四面窗戶映輝採光，我們稱它是二層皮小木屋，蓋因不用一磚一瓦之故，「工程」用具惟電鑽與釘子及鐵鎚而已。

也許說說方便，整個工作操作卻勞累辛苦，別小看這不上譜的小陋室，卻也是步步維艱、突破不少困難而抵於成的，期間他也閱讀有關建築的書籍，勇氣十足的在兩個月之間親手造就了新的書房，化腐朽爲神奇多麼叫人興奮！它與前院另一間供奉祖先的小「祠堂」，同爲我們的精神堡壘，也正因爲這兩間屋子的精神力量，得使我們知止而後有定，生活清樸卻無限穩定啊！

房屋工作告竣，由我負責佈置內部，無非是將舊有書房的桌椅書櫃遷移過來，安排得方便實用，間或以飾物美化，也只是清雅爲主，充滿書卷氣氛而已。再經二人研商後，爲書房定名「蘭石齋」；期勉寧靜淡泊中日益堅強、精進，更爲提高生活品質努力不懈。

陋室之名爲學生朋友林淑芳知悉，跟她夫婿前來參觀，欣賞之下洪先生在其瓷磚廠內，特爲「蘭石齋」窯製一大方紫紅色瓷磚，上嵌金色大字配以鏡框，於是此齋一經品題，尤增雅緻，我們感謝他賢夫婦敬老尊師之美意。

又不久，家庭月刊有位項秋萍女士專訪，並發表大文「花甲之愛」，於該刊八十五期圖文並茂。想想朋友對我們如此熱情鼓勵，又有許多學生晚輩都喜愛此一小木屋，而我內心深處實感戶長所贈我六十歲的生日禮物，此物可稱「龐大」實用，雖非豪華美室，但卻涵義深遠，豈能不致其感激之忱？於是爲文曰：

「古人有困而修德，窮而著書之精神，今者我家因陋室湫隘，而有戶長改建花房爲書房之舉，工程二月倍極辛勞；想古昔阿育王得疾、造無量寶塔，今之『蘭石齋』實可與之媲美；亦得無量書畫薰陶而神寧心和，厥功至偉，戶長之高技大放光華，小屋之外有蔬畦果木映襯；更有春桃秋菊與夏萱多梅為伴，吾等置身河清海晏之島：雖無故土卻依小園，以償平生『耕讀』之願，善哉也善哉！值得感恩者太多太多！且休論世事一場大夢，當惜福享此清雅、不妄不求其惟戶長先生所賜乎？」

自從習畫，戶長每每旁觀切磋，久之他竟能臨池大筆畫荷寫梅，二人「功課」逢有佳「績」者，不免顧盼自得、思以裱之框之豈不快意？但以工裱框架所費不貲，他便決定自己動手做。結果一一完成，內心喜悅不盡。

以上二項「建設」，精神兼物質二而融一，互為關係，至若純精神性建設，當屬自製胡琴了。

胡琴的結構看似簡單，但選料嚴格，著重整體品質與音色正確，為此他曾上山選竹，竹為琴的「擔子」及琴桶原料；尺度必須精確，刨製一絲不苟，始合理想。

老戲迷戶長十四歲拜師學梅派，兼學胡琴，大學時代是票社的「甘草」，中年以來缺乏登臺活動，但卻在票社中拉拉唱唱，青衣之嗓已變成鬚生，依然是興緻盎然，排遣他不少賦閑歲月，如今那把四十幾年的老京胡，尊為「老祖」珍藏起來，也因此他經過九年時間研製，說不盡嘗試錯誤，再憶往年在北平參觀造琴的印象，動手製作，皇天不負苦心人，終於造成了美麗而實用的胡琴。

琴成之後，便是上弦絲安放「馬子」，澆滴松香後，再試音調弦，居然聲音淸脆明亮，極盡胡琴之氣慨，回想他九年於茲，傻勁十足，大有神農氏嘗百草的堅靭意志，以及悠然忘我的沉醉，及至西皮二簧的音色透露，不禁令人感動莫名，兩人共浴於創作的喜悅樂中。

緣於製作胡琴的經驗，利用友人贈送的紅木，又經過一段過程，製成兩把南胡，規格、成效皆不差，其中一把歸我習用，迄今僅限於「梭多」弦之運作，但頗能辨音不誤，近來我們合奏過「桃李爭春」，「梅花三弄」，雖然在裝飾音方面我技仍拙，但已收「琴瑟」和鳴之樂，經過辛苦「經營」的收穫無法估其價值吧！

七十四年十一月　大華晚報

詮釋自己的造花

胸花

俗語說人要衣裝，而衣的裝飾發展迄至現代，已不是黃帝制定冕服時候所能想像；拋開奇裝異服不說，僅只一般常用的服飾及配件，已演爲一種專門學問，而且衣服與花卉的關連也日益密切。

自古以來、中華民族在紡織的花樣藝術上，即已表現不凡，一些印染的、刺繡的衣服，皆可見於故宮收藏，又能見於平劇的舞臺上，眞可謂無美不備，時至今日各類衣料的花式更是不勝其數，而衣服與花的關係也由平面發展爲立體，更因爲在臺灣民生樂利、衣食豐足，乃有講求穿衣佩花的風氣。

雖然、穿衣端視個人自由選擇，然而不能罔顧年齡及身份，我們中國自古講究服飾的「原則」，上國衣冠所表示的服飾是含有高度的敎養在內，雖然小如一朵（或一支）胸花，應該怎樣配色、佩戴在何種衣服上才更顯其優雅，才能增加高尙的氣質，都値得花一番慧心。

良辰美景和喜慶大事的場合，不論做新娘、觀婚禮，或出席宴會、參加大典，能佩戴一朶可愛的花，是一種高雅的禮貌。卽使平時的服裝，如係上街、訪友，也可佩戴較小較素的胸花，它會帶給人耳目一新的振作感覺。

胸花的大小繁簡，當視個人的需要而取捨；喜慶赴宴之際、可用大朶鮮艷的花類，平時上班、上街素淨的小朶也可盡點綴之功了。關於胸花製作時的配色，雖無一定之規、但多少也有可循之途；比較上色系調和的花朶，會表現幽雅感，而對比的顏色、則多活潑的情調；藍、紫及綠、屬於寒色，顯示的是沈靜，紅、黃、及橙、是爲暖色，顯示的是鮮明。總之，如果穿一件素色的衣服，將爲之配搭一朶合適的胸花，就要留意年齡、及衣服的形式而定，並不能以公式化來規「拘」，要自己巧思構想、不要一味地跟人走。

紮結一支胸花，其間也有「學問」，如何表現它的「五度空間」美？要在點、線、面、體，以及三度空間上再加以情感構想與慧心，則胸花的姿態與精神，皆能達成素艷奪目、高貴大方的效果。

舉一例說明：

春石斛二朶（三朶也可，體積較大則留作宴會用。）配以幾朶俏麗的西洋香菜花，（日本名稱爲霞草。）看上去可免於呆板單調，花色皆淡十分優雅，適合配戴在素色的綠或橙色、藍色、黃色的衣服上，倘使是一位中年女士、則我建議佩在旗袍襟邊，會益增成熟嫻靜的氣質。

其次，胸花另有一些妙用；可做爲鬢髮上的髮花，只要配合膚色、服裝色調，運用得當自然產生美感。再者也可當成帽子上的小點綴。此外如有朋友出國、出嫁、我們親手製幾支漂亮的胸花、裝進透明的塑膠盒中，相信這種高尙精美的禮物，會受到衷心的歡迎。

也許，因爲自己喜好做花，往往也習慣在衣服上佩一朵花，有的朋友開玩笑說：「人老簪花不自羞？」我偏不服氣的反駁：人老心不可以老，戴花乃是活力的表現，因而也想到中國有一句俗諺：「樹老葉兒稀，人老把頭低；花落滿地少人惜，葬花的只有林黛玉。」我素來主張要老當益壯，因此便胡謅一番重寫道：

「樹老葉雖稀，人老頭不低；花落滿地有人惜，做花的還有我老嫗。」哈！願我同年的中年婦女、快快自尋開心，要開心、保持健康，就請多多接觸大自然、接觸花吧！

拙著「珠樹花開」中，彩色畫頁中十八式的胸花介紹，不能說它們全具代表性，但也值得作爲參考。至於更多更美的胸花，正等待你的設計去實現，不一定追隨「老式」。在此我再介紹一種可行的設計：做胸飾項鍊、不讓金銀珠寶等的項鍊專美於前那就，是以十朵或(距離較近的「線」上加多花數）不定朵的「單花」；如小玫瑰苞、春石斛、蝴蝶蘭、木斛，或各式小菊，將之用廿四號鐵絲穿成圓形，花朵按一定距離紮在項鍊上，相信是一種非常新奇和漂亮的新裝飾，試試如何？

茲再介紹一種宜於冬季配毛料衣服的耶誕花，另外下有加墜兩個小鈴，增加不少情趣。此花也可作爲耶誕節的胸花，或者做幾朵枝花當作禮物，一定會受歡迎。

顏色不一定專注大紅，粉色及嫩鮮的黃色、也同樣好看。花蕊用小棉球、外包以黃、淡綠、大紅的 Tape ，約十五至十七粒不等，外圍再紮上花片，大中小片勿太整齊，要參差不齊才好看，最要者花瓣的柄必須要露出一些。

小鈴的作法是「脫胎」於非洲小百合、改變而來；兩側黏好後、用一枚白色大「珠苞」連在卅號包紙鐵絲上，再探入花「喇叭」中，將根部紮緊、包上 Tape 卽可、長短可以調整。

在諸多緞帶花的種類及形式中，製作胸花該是較爲方便、也最普遍實用的，一束小花只要配搭得宜，卽成爲自用或禮贈的好裝飾物。

自從學做花迄今，三年之中所設計的胸花及禮贈予人的，斷斷續續大約在二百餘盒上下，而最多的一次乃在我退休之後，爲向我省立新竹高商的女同事表示感謝而做的三十支胸花。她們與我相處怡然如姐妹，平時接受她們的愛護已够多；記得我與外子銀婚之際，她們卽曾設宴慶祝，我們感受的友誼深而難忘！及我奉准退休，又蒙她們餞別並致贈派克高級對筆，使我受之有愧，當時還承她們賜贈小詩；並由陳老師綉金的精美書法寫出，再由趙蔚怡老師朗讀，面對著多年共事的伙伴，咀嚼著她們的小詩，我的自抑終告崩潰，像孩子似的泣咽中，耳邊響起那小詩：

「在小小的規模中，我們能窺見美的本形；在短短的尺寸裏，也能有完整的生命。一個緣字聯繫了我們，友情是永恒的；新的是舊，舊的永遠是新。」

退休初時不習慣淸閒生活，幸而以半月餘時間完成了禮贈女同事的胸花，花成之日我玩了一個小遊戲；用抓鬮的方式請她們抽花，的確在課餘時造成一段小歡樂。我想這也是我製作胸花以來，最爲過癮的一次。直到今天，我仍然保留那含意靈雋的小詩、以及她們每一位的友情！正如她們也欣賞我的胸花一樣的眞摯難忘。

松

家住夕陽江上邨，一灣流水繞柴門；
種來松樹高於屋，借與春禽養子孫。

孔子曾說：「歲寒，然後知松柏之後凋也。」松給人的印象是挺立蒼翠的、不畏霜雪嚴寒、始見勁節，好比一位具有清超氣節的君子，經得起考驗與磨鍊。又因爲松柏是常青的樹，我們便用來祝頌所欽敬的長者。

松類是針葉樹中最普遍的一屬，原產北半球寒帶及熱帶高山，有八十多種，大多是常綠喬木。我們平時所熟悉的種類，不外是華山松、猸毛松、濕地松、喜馬拉雅松、琉球松、海松，以及臺灣五葉松、馬尾松、羅漢松、金錢松等等。

記得三十幾年前，路過陝西的留覇附近，初次認識到赤松，松針越往尖端越顯金黃色，姿色之美難以描述。當地有一處名爲廟臺子，由草木葱籠間的山路行至半山，有張良廟在焉，廟雖小而香火不斷；此廟後方尚有一小廟堂，乃是供奉張良及其老師黃石公的塑像。張良戴書生頭巾著儒生服躬立老師身側，文質彬彬，令人想到平劇中的小生裝扮，及又想到歷史記載張良最後是偕赤松子遊，諒必那位隱居中的高士赤松子，當初就住在廟臺子附近的赤松林中吧？

竹

一節復一節，千枝攢萬葉；
我自不開花，免撩蜂與蝶。

詩人與畫家筆下吟寫的竹影招風、淸高自爽的意境，實是令人嚮往。中國人一向認爲竹有祥瑞之兆，在新年貼出的春聯中、常可見到竹報平安的字樣。許多家庭喜植竹的盆景、或種竹在庭園中，新年時客廳裏擺設一、二株竹盆景，寄性賞心之外，整個氣氛也爲之喜樂重重。

竹的種類頗多，山林中常見逾丈的大竹，雄姿英挺但不適於一般家庭，園中如果種植較爲小巧的盆景、或不超高的竹叢，都同樣葳甦多姿、蒼勁不失本色。

拙作彩色畫頁中的「歲寒三友」，竹的「取樣」乃爲舍間所栽植的人面竹，枝條較爲輕曼，竹葉亮綠可愛，做爲壁飾上的搭配恰好，大枝的竹便無法加入了。

拋開竹的多種實用價值不談，竹在觀賞植物中仍佔有重要的地位；無論在東方式造園、或培植成盆景，都表現出竹的幽雅不凡、與高風亮節的氣韻，故而我們中國的先哲先賢們都讚說竹有君子風。大文豪蘇軾也說過無竹使人俗，可見竹的卓然不羣、有頂天立地的氣概。

楓葉、蘆葦

楓葉蘆花並客舟，烟波江上使人愁；
勸君更盡一杯酒，昨日少年今白頭。

世界上有數不清的萬紫千紅，色彩繽紛的花族，美化了大地和人們的心靈。但是如果只有百花百色，而缺少鮮明的亮綠、以及其他各式各色的葉類，則好花之美便只是美得單調，和缺少蓬勃的生氣。

活潑多姿的葉片，眞是形態萬千、色調更多深淺層次上的變化。它們不僅爲陪襯花朵盡其全力，即其本身亦各有獨特的變化，造型之奇妙難以盡述。

彩色花頁中的紅葉，取樣於舍間大門邊的一株楓樹；每值秋風染紅了它們的「手掌」，我便勾起一陣擺脫不掉的鄉思，乃用緞帶做上幾枝插在竹筒中，遐想著它就是北平西山的紅葉；而我正「乘坐」小毛驢兒的背上上山，耳邊響著牠頸間的鈴兒叮噹，叮噹……。

又好像小時候，我還在故鄉瀋陽讀小學。春秋佳日常隨長輩們往遊北陵。（即是昭陵，爲清太宗皇帝卜葬之所。在瀋陽北郊，是著名的名勝地。）

北陵的高大紅楓，不只以紅於二月花的絢麗取勝，美在它有一「幅」清超濶遠的背景；楓的左右前後、聳立著數不清的、三百多年參天的蒼松翠柏，楓的枝葉縱橫穿揷、在蕭森的青翠間起伏「遊」動，好比一羣穿紅衣的頑皮孩子，跳躍嬉戲在「綠波」之上；紅、是那樣明艷；綠、又是那麼沉澤，於是楓紅翠柏相互交錯，巧織成一片錦綉，那錦綉怕是人間丹青所難描繪。

初見楓紅奇景，昂首騁目之間，似乎自己也是其中的一片，輕舞在天空、悠悠然也飄飄然。

在瑰麗璀燦的紅葉羣裏，品種自不相同，而楓樹屬於槭樹科、種類在一百廿之譜。楓是落葉喬木，幹高二、三丈，葉呈掌狀，三裂有細鋸齒、秋來降霜葉成赭紅色、十分美觀。楓的種類大別爲七種：槭樹、五角楓、圓葉槭、羽扇槭、三角楓、青楓等等。

槭樹類可作爲盆景，如果我們有耐心、何不細細地剪葉、再一片片「生長」到枝莖，將枝幹的姿態「畫」成和盆景中的樹姿一般，這樣做成的擺設、眞是千金難買啊。

植物界可愛的葉「藝」無法勝數，大如公孫樹的葉、片片猶似美麗的小扇子；小如變化多姿的蕨類，枝枝輕靈有緻，至於那些充實在宇宙間的各綱各目的植物，即使用終生的時光去欣賞，也不會「源頭」枯竭，只要我們心靈上有一片寧澹的「綠野平疇」，即使是幾枝亂草叢中的蘆葦，也無不透出美麗和矯健。

提到蘆葦，與它同屬禾本科的「兄弟」都相當樸質可愛，也同是攝影家、畫家、文學家、揷花家作品裏的題材；如像白茅、毛節白茅、芒、狗尾草等，無不風姿綽約、清俊宜人，我們隨處可見平實野樸的蘆葦、在風裏作白浪波舞，心中便自掩不住喜悅和暢快，何不將它「折」下、去跟紅楓結一結同心之好？

選自「珠樹花開」

白髮簪花夕陽紅

流年不盡人自老，雖然自以爲童心未泯，但是鏡中已是白髮盈頭，算時間年華已超過一甲子，而且結婚四十年的紀念日也將來到。

看世上有多少怨偶，有多少含淚分手的婚姻，便覺白首偕老是多麼値得慶幸；在人生的歷程中，能以寬忍堅定及誠悃的心，維繫婚姻的神聖，並從中獲得眞幸福，不啻是一場光榮的勝仗吧？

西方習俗稱四十年爲紅寶石婚，紅寶石本身就是稀少可貴的珍寶，它的豔麗光彩，涵義是堅貞、忠實、友愛，以及愛情威嚴，紅寶「燃燒」著永恆之火，象徵人生的夕陽時段，仍是彩霞滿天。

紅寶之可愛如斯，但我並無欲求，主要是內心早已先入爲主，嚮往於創建無價可估的精神王國，尤其我家這位「浮雲婿」，他是位崇拜大自然的人，他認爲鑽石也不過是純碳而已，能靠它保證婚姻的圓滿嗎？物質的華麗引誘，是一條通往永不歇止的「陷阱」，何苦爲自家製造桎梏？至於紅寶石也不過錦上添花之物吧！

說的也是，四十年間他共贈我三件首飾，只是隨俗應卯，既不珍奇也不浪費，都是適可而止；四十年前婚禮當場，有新人交換飾物的禮節，他爲我戴上一枚金戒指，他也有一枚相同的，然而四十年來只作古董來珍藏，從來沒再戴用；並非因它的「土」比不上流行的白金鑲鑽的，而是我們根本不習慣爲雙手增加「壓力」，我們喜愛胼手胝足，做戶外園圃工作，心所嚮往的是建造「亦蔬亦藥亦鑑賞，美豔幽香伊甸園，」實未著意於外表的炫耀。

簡素恬淡、「耕」讀游藝的生活，知足知止，確實爲生命帶來踏實的情調，然而，人不能爲生活而離開現實，他在外埠十年奔勞返家時，爲了表示歉意，又贈了我一個紅綢子首飾包，原來是一隻晶瑩玲巧的瑪瑙手鐲，價廉物美，但卻充分呈顯著他的誠意和關懷，也不是數萬元的翡翠或美玉，所可比擬的。

不久前，他又從地攤買回一些玉石顆粒，其中有南非淡綠色玉珠，加拿大深色玉，加上另外買來十粒紅色瑪瑙珠，他用細鈞線穿成光芒四射排列美麗的項鍊，一共花去六百元臺幣，作爲我的第三件禮贈。對我來說，它眞是無價的珍寶。

逢有作客場合，我總愛佩戴珠串子，竟然十分搶眼，能不佩服這位專攻化學的他，有如此美藝的創作？

他的靈感尚不止此；近來園中洋蘭海棠盛放，他將花朵取下各色相間，配搭些雲竹，紮繞在竹片彎成的花門士，摘一串海棠作我的冠冕，我拔起一束蕨類，配上黃豔正開的萱草花，抱在胸前擺足了姿態，他調好相機鏡頭說：

「四十年，委屈您做勞苦的妻，今天封您做花后，吾后千歲！」

七十四年十二月六日　大華晚報

春風桃李憶二師

——懷念錢蘋與李符桐二位教授——

自從錢蘋教授，在她老伴李符桐教授逝世廿一個月後，也追隨羽化登仙去，我與外子便失去了學長以及良師，內心的傷痛和追念，難以釋懷。

猶記七十四年六月，錢老師集合她的文稿出版「長相憶」，書中包涵了抗戰時期的艱辛；讀書時代的趣聞，初爲人師的徬徨，以及數篇雜文而外，就是悼亡夫的悲哀了，並且附錄李教授的遺作，她在自序中的最後感受是：聊表無盡的哀思！

八月間我得到賜贈「長相憶」，欣喜錢師悼亡夫心境已較開朗，竟然出版散文新集子，已往我們拜讀的全是她專攻心理學的著作；而所附錄李教授的散文，竟也是上品之作，我們慣讀他的特長邊疆史，雖也是精闢地文史撰述，但收在「長相憶」的文稿，更爲生活化、敍事生動親切。感到他們在繼志述事的功夫上，及對後學者的鼓勵上，眞可說是立言、立德兼備。

後幾日忽得錢師電話，問我是否收到贈書？我恭答已馳函道謝，她說收到就好、希望我讀後告訴她有何感想。我從電話中發現錢師語音微弱、中氣不足，乃急急請問是否鬧了年餘的牙病仍未痊？她回說仍在診療中，爲怕老師勞神，乃遙祝她早日康復，待到得暇再往臺北拜晤。

迨至七十四年十月間，不料老師竟以腎臟衰退症，遽而駕返瑤池，在八月間的通話中，她不曾提及患病的事，想來她在臺北的親友及學生們，已在不斷地看望她了，直到她安祥的辭世，都包圍在關愛中，老師的安眠窀穸緊伴著她的終身伴侶李敎授，他二位皆度過「不踰矩」有年，生前恩愛逾恒，在學術上彼此鼓舞，晚景自尊、自信、安穩不惑，生命圓滿豐收，眞做到孔子所謂的「樂天安命以迎息焉」，非大智慧者如何能達？

錢師有恙卻不願勞人往顧，李敎授在病入膏肓自知無救中，能在我們探望時，告訴說「我不怕！我不怕！」目睹一位健碩高大的紳士型，被病魔逼成瘦弱不堪，卻悲壯無畏，直令人悲痛卻不敢表顯，只能善意的謊言，安慰他放心養病，在一旁欲哭無淚的錢師，看來是冷靜異常，但我揣知她的心已在碎成片片。

回想民國卅二年開始就讀國立女師學院，錢師專任我們心理學，她給學生的印象是嫻雅婉約，待人溫和。那是抗戰時期物質艱難，但錢師保留戰前穿著的旗袍，質料好又合身，顯得氣質非凡，優美大方，而她的髮型總保持一貫的光潔有緻，頸後的幾個大髮捲兒十分吸引我們，說不出的欣賞，加以她那江南輕柔的半國語口音，特別好聽，以致同學們從不在心理學課上缺席，我們同學之間都肯定一件事：將來自己畢業當老師時，就要以錢師作榜樣，端正儀容整潔穿着，才能站在講臺上有振作的精神，吸引學生專心聽講，當然我們的感受不一定是定律，但錢師給人的好感如此。

畢業那一年，我們由四川白沙鎮遷校，新校址卻是交通大學的舊地——九龍坡校區，交大在抗戰勝利後遷往上海，於是女師學院得遷到重慶郊區來。在新址直到畢業，便不曾再見到錢師，有的同學說她可能去了廣州、也有人說是往香港？總之我們離校時，不能見到她表示感謝，內心只是怏怏悵悵而已。

民國卅七年，舍間由上海來到寶島，在南臺灣一住十年，就在第六年的一個秋季裏，我偕外子赴臺北探望姑母，臨時在臺北車站購妥南下車票後，忽然在人潮中，聽見有人呼喚外子的名字，外子急忙答應過去，哈！是久無音訊的大學長李符桐兄，他二人在校時，李兄是歷史研究所的高材生，外子是化學系的，因爲都是抗戰時期的流亡學生，週末假日沒錢外遊，都在校內打球、上圖書館、吃克難伙食，是這樣時相照面，晤談而識熟的。當時家兄就讀該校國文系，彼此都熟悉。不想從大陸故土畢業分手十年後，竟意外地在臺北車站重逢，老同學相見自是特別興奮。因爲時間所限未能暢述，但卻有驚喜的訊息，當我得悉久失音訊的錢師就是他夫人，直令人雀躍！而他也認識我是家兄的大妹時，同樣透出親切，他告訴我家兄專研周易，非常老夫子氣，不若我之開朗，並對家兄及我家人未能在此團聚，感到惋惜。

我們儘快赴臺北造訪錢師伉儷，相見歡敍中，始知我們兩家狀況相似，只是我們有堂上二老關愛較他們特殊，其他如沒有子女、喜愛小動物猫與狗、喜蒔花草，喜好讀書及買書，尤其錢師的欣賞藝術品及亮麗的小飾物，深得我心，每次造訪都驚喜老師的家更美更充實，猶如藝術之宮，當時雖是日式一幢房子？也一樣設計得美侖美奐，近年他們合力購得和平東路段的七樓，更將幾十坪的新屋整理擺設得高雅沉穩；書房的豐富典雅十分吸引，令人目不暇給，大客廳有兩組沙發、座位舒適，靠牆的精巧玻櫃中，是錢師以慧心分期購來瓷器、石雕等等，美不勝收，他如壁上的字畫高尚脫俗，還有窗帘的選擇，無不經錢師審美而裝置。錢師的親友學生都讚稱她們家是皇宮，是形容外表的耀眼，但我知錢師她並非奢侈，那是她精心選擇物件後，再點滴的儲積，爲家庭美化盡其心意，也創造了平實溫厚的美，每從錢師家回來，都久久感受那一份不易褪色的充盈高貴美。

按時下人際間的稱呼，我該稱錢師的老伴爲李老師或師丈，但是他喜歡稱呼李大哥；他堅持不曾教過我上課、不能算老師，可是「人情同於懷土」我們是同鄉；處此離亂憂患之世，彼此親人全留在大陸，我們能以兄妹相稱，正可聊紓鄉愁啊！於是每稱李大哥時，一向有紳士型的高大師丈，高興的大笑了，不過始終我喊不出錢師爲大嫂，這是先入爲主的緣故吧？

李大哥鄉音不改益加親切，錢師嫻靜則較沉默，他二人相敬如賓，永遠是泰然自若，光華內歛，都是文質彬彬的學者，故而每當有疑慮難題時，我與外字都首先想到：去臺北請教李大哥夫婦吧！每到則他們犧牲午睡及應辦事情，陪著盡性聊天，共親可愛的猫狗，而且留下用餐，錢師待請來的歐巴桑親如家人，相處怡然。每週學生走訪，也都視如子弟，極盡愛護之忱，難怪他二老先後辭世時，有太多的同事及學生參加執紼，他們的品德與著作，一生行事及努力，都給懷念他們的人以永久的追思！

而今再讀二位師尊的著作，重翻「長相憶」、回首往昔不禁淚沾書頁，今後愚夫婦再有難題與思想上的阻塞時，不知何處再找到李大哥，錢老師去請教啊！

七十五年四月九日　中國婦女週刊

粉筆生涯回顧

抗戰勝利後一年，我由重慶九龍坡（交通大學舊校址。）國立女子師範學院畢業，正式成爲國家承認的中等學校師資。文憑在握、學有專長，自是感到欣慰；然而念及校歌所示：「建國啟鴻圖，開來繼往在吾徒……」內心又不勝惶恐，對於那古老而又莊嚴的教育工作，以我淺薄的才學，可能勝任得了嗎？

踏出校門，由於時局動亂，乃奉父母之命，與相識數載的王君結婚，從成都飛往上海，草草成立家庭。過慣了學園生活，一旦身爲主婦，覺得事事待學，家政管理從頭研習，處處皆是學問，因此也不急著尋覓一份教職，一展所長。

半年後因極偶然機會，得入善後救濟總署工作，任職文書兼理檔案，在中英文文書之中，因自己是主修國文，英文的應用文極少涉獵，因此辦公桌上不離英文辭典，如此的工作刻板乏味，對於所學甚少助益，勉強上班一年以後，同學徐女士扭轉了機運，她邀我接受浙江省湖州（吳興縣。）省立師範的聘書，於是始放棄「坐冷板凳」的公務員工作，欣然就道、去到江南風味、盛產絲綢的湖州，此爲踏上從事教師生涯的第一步。

但是這第一步，卻是腳步艱澀；學校排給我的課程，除國音（郎國語）是所有師範院校學生必修外，竟還兼任每週較大量的唱遊課。因師範學校是培養小學師資的搖籃，故而唱遊課居重。無奈在師範學院並無唱遊課，面對教務主任交付的課程表，實不禁驚奇惶然。但是已經應聘到校，不允我「臨陣脫逃」，只好硬打鴨子上架；儘力發揮潛能，給自己另一種才能的考驗，於是爲自己打氣：

凡事何妨一試？

所幸自小愛唱，五音俱全，音色還不太差。至於樂器方面，小學時代學過月琴，也曾彈奏過母親的大正琴，（廿年代流行在北方，形似古箏，弦較少，平放膝上或桌上皆可，有三組音鍵可以按動。）在音感上尚不致錯誤，就憑著這點兒音樂素養，居然在唱遊課上彈奏風琴，甚至可以邊唱邊奏，也能合韻搭調，每逢上課便與學生打成一片，唱得十分開心。

說來很大膽，由於小學時代常在遊藝會，演出舞蹈，像「麻雀與小孩」、「葡萄仙子」，或平劇中的「探親相罵」等等，想不到這點零碎的「舞」感，竟激發了編舞的興趣；每教學生一首新的兒歌，便事先對鏡翩翩，再把舞步及動作寫成講義，然後再與他們研究改變，以致學生們也倍感興味。

這一段教學過程，雖然離本行太遠，但也不無收穫，感受到青春朝氣的勃發，而且富於「創作」的喜樂，也多了一番經歷，是始料所未及的。

延續教學里程的第二步，是隨政府播遷來臺，由於好友楊君夫婦的推介，得在省立嘉義女中服務九年。

記得首次赴校應校長約見，杜宇飛女士表示臺省光復未久，推行國語最爲重要，便排給我大量的國語課，另外兼教幾小時歷史。因爲只留下這些課程「等」我來教了，於是仍然未走上「正題」，只好欣然接受。

當時年方廿五，年輕力足，每週上課廿幾小時，面不改色，加上導師的工作也頗繁雜，總算努力的承擔下來，不曾出過問題。此時的家庭狀況甚利於我專心向「教」，始得有順利的粉筆生涯，翁姑二老雖年逾花甲，但皆健康協助不少家務，外子亦分心輔助；每率學生作春秋旅遊，或暑期率學生勞軍，他不僅兼任攝影師，也有極佳的意見提供。在清潔的游泳池中，學生與我都拜他爲師學會游泳。在寬濶的大操場上，他也教會我騎單車，給我莫大的便利；清晨到校升旗、或率學生車隊作郊遊，對我的工作效率眞是「如虎添翼」，使在教學工作中，不曾躭誤過分寸的光陰。

迨至民國卅九年，杜校長調任臺北，嘉義女中迎接余宗玲校長來主持校政。當與教師各別約談中，承她發現我是主修國文，卻一直未入「主題」，於是余校長十分熱忱，改變我教學課程，是後便以國文專任，她的決定使我感念不忘。

至是步上「正途」，使所學有所發揮。不久教育部委託嘉女實施「四・二」制天才實驗班，我有幸被選為首班國文敎師，課前的準備較以前繁重，但能得到發揮潛力的鼓舞，嚴於自律進修，暇時卽往圖書館閱讀，並作劄記，以充實腹笥，增長內涵。而在敎課方面，已非照本宣科所能滿足自己，乃自我激勵，促使自我「再敎育」，忙累得極有意義。

每一學年，在成績展覽會中，指導本班學生的作業與表達方式，都較爲創新與博得好評。自任導師的班級，因表現優異，亦屢次取得榮譽班的錦旗；這不是虛榮心或好勝逞強，而是在不聲張、不炫耀中，默默地「耕耘」做成的。也許在教導學生時較爲嚴格一些，但卻不是無理的苛求，而是要學生理解：做人要誠信、做事要盡責，如此才能心無愧疚。

嘉女九年，由教學相長中，我由才疏學淺、年輕不解事時期，邁入而立之年，多少在心智上已較爲成熟，迨至外子應新竹工業研究所之聘，全家北遷，乃與我最熟悉、又對我鼓勵最多的同仁們話別，內心不勝依依，也充滿感謝！嘉義女中執教九年，給我教學經驗及益智上、以及待人處事的能力上，都獲得相當的心得；也促使我從敎學中，經過無數次的嘗試錯誤，再由領悟中吸取才學；與其說在嘉女敎過九年課，不如說那九年可貴的時光，實實在在地將我敎育「成長」起來，我永遠感念那個學園。

轉敎省立新竹高級商業職校，承蒙外子的學長李符桐兄、及學姐陳彬然女士的推介，得以續教職不輟。

民國四十五年暑假，舍間在新竹安置就緒，第一次應約赴校拜見余瑞麟校長，我想此乃變相的口試吧？結果相談十分愉快；蓋因彼此皆在抗戰期間就讀大學，有許多相同的回顧與嚮往之處。後來校方聘我爲高中國文教師，也兼任社會科課程四小時，並且兼任導師。

來到省立竹商，未再變動，直迄退休爲止，在此教學期間，不自覺地，竟然激發了另一項不曾預計的新「才能」訓練，就是開始於課外學習文藝創作。

似乎突然的「心血來潮」，忽有一天自問：唸國文、敎國文、批改作文，爲何不提筆寫作現代國文？主意一定，便開始塗塗改改，要從之乎也者的歷代讀文中，蛻化出時代的文藝，並不是一蹴可就的，中間的嘗試摸索，佔去僅有的一點剩餘時間，學習雖出於自願，但亦不免辛苦。

當五十二年十二月，第一篇「儍門春秋」於中副發表，帶來許多鼓舞與勇氣，學生們爭閱報紙閱傳，上課時還吵著要用稿費請她們客，這也許令人興奮，但卻不是我寫作的目的，寫作初衷是爲學生做榜樣，鼓勵她們用心修習國文。

最感高興的，已引發學生的興趣，趁機鼓勵她們用心閱讀好書，把作文作好，不僅達到敍事、說理、表情抒意之境，還要懂得創作更富有生命力及樂觀的文學；將來到社會去工作，良好的國文根柢是必然的「工具」，不只是在應用上便利，而且是閱讀吸收的能力基礎，人生活到老學到老，求知不可停止，始能內涵光華，外在氣質高尚，豈不是活讀書的另一收穫嗎？

在省竹商教課過程中，爲提高學生閱讀寫作能力，也曾爲班級上成立小圖書館，由班會學術股同學負責登記借書名册。此外由於本人習慣剪貼報章好文，不時選與正文相關者，請同學輪流朗讀精良小品文，欣賞後再由同學提出感受與意見，這些方式學生都表歡迎。

授課課文中，如有詩詞韻文的介紹，則與她們唱詩誦詞，教室中弦歌一片，因此上課當中，鮮有人會打瞌睡，每逢有人請病假，便托付同學以錄音機代她聽講；也有時鄰班的學生三、五人，與我班同學「調包」，前來聽講。走筆至此絕非自詡如何擅教，而是站立講臺時間較久，深感一成不變的教學法，無法引致更大的「共鳴」，自己勉勵兼爲演員；須在「唱作」俱佳中，打動「聽眾」的心弦，普獲反應，才能收到教課的效果，因此自感教書是一種藝術，而藝術是不受程式約束的，隨心變化，美不勝收，直到如今退休已數年，偶遇昔日老學生，仍然會嘖嘖稱道，給她們深刻的印象。

就在教課、寫作、操持家務的忙碌之中，完成了兩册散文「儍門春秋」與「永恒的歌聲」，因此受到校方矚目，乃持向中國語文學會推介，而獲得第七屆語文獎章，同年也再次獲得教育部優良教師獎狀。

這一點事蹟實不是甚麼成就，本不足道，只不過在粉筆生涯中，添寫一項記錄而已，也說明本身尚可堪爲教師，也接受造就罷了。或許不免也在無意間有誤人之處，但本心是求好殷切，力求圓滿，然而倘有失誤，眞是不可原諒，雖然人非聖賢，但仍會爲此慚赧！

說到教課之外還須兼任導師，工作不僅繁瑣、傷神，而且也多少阻碍課外的專心進修。然而也有意料不到的收穫；當學生從週記裏吐露心聲，表示有了困難的時候，導師便成爲親密的朋友；約她來面談，爲她解決問題，幫助她紓解心理上的暗結，這種種關懷便建立了眞摯的友誼，授課之外，師生關連在一起，注入愛心也獲得愛心，竟爲日後建立起長久的忘年情誼，這種無形的至高「報酬」，又豈是金錢價值所可估計的？

時光飛快，將要告別講臺了，退休前一日，上完最後一節課，同學們抬來「難忘我師」的匾屏，班長沒說兩句話跟大家一起哭了！想到即將永遠跨下這站立了廿七年的講臺，從此再不見她們純眞的笑容，實在惘悵不能自已，終於也淚濕青衫，可愛的大孩子們！人生那有不散的筵席？我感激她們給我這美好的去思，留下情感的紀念。

女同仁們，爲我開惜別會，並贈詩及一對金筆作紀念，她們鼓勵我要退而不休，開創另一個精神天地，要我用這對筆再創作文藝，我萬分感動，以淚和笑，以誠敬的感謝與她們分手，我會永遠懷念！

如今，辭別粉筆生涯已數載，攬鏡自照將成老嫗，但是心志從未消沉，尤其不忘女同仁與學生的期望及祝福，這幾年中又陸續完成三本散文集，是爲「珠樹花開」、「往日旋律」、「天天樹」，總算對她們有了交待。然而十分愧歉的是，自己實非專精於寫作，又受資質才情所限，實難達成她們期許的成績，只不過盡性而爲，尚未荒廢寶貴的光陰罷了，實缺乏躋身文壇做「大將」之志也。

退休回家，全任「煮婦」的歲月裏，爲避免「小人閑居爲不善」，從四年後開始學習國畫，先是工筆人物及雙鉤花鳥，後學沒骨法，繼續求學新的知識，同時也培養生活情趣；老手調丹青，也兼調老去的情懷，不使它落寞、消沉，眞正感受到「休閒產生文化」的樂趣。

教畫的老師鼓勵有加，稱許拙畫很少「火氣」與「霸氣」，畫面的意境尙稱和諧。老師的評語益增研習的勇氣，卽使畫藝尙淺，但得養心怡性之趣則足矣，意外是大半生浸霑於文學的領域，卻爲日後學畫挹注了「契機」，眞是驚喜於這份福報。古之文人晚年有回歸田園之樂，享受寧靜散逸的情趣，而今我的故園安在？然則卻也能心靈馳騁在學藝的天地中，恬淡情幽的環境，並不遜於古人，卽使是此身寄托似浮萍，而這份清福該是前些修來的吧？

有人問說：半生都在粉筆灰裏「罰站」教課，臨老退休只落得塵滿面，鬢如霜，兩袖清風，及一份餵不飽自己的菲薄退休金，難道那逝去的幾十年時光，祇換來這樣的寒傖嗎？

我回答：人生價值各人觀點有異，我的看法是，財富確能造成聲勢，買到許多東西，然而卻不能使內心滿足，因爲永無休止的物質誘惑，而使人忘卻其他以外的美好事物，僅僅以追求財富成爲生活中的唯一手段與目標，其內心不免空洞，也多患得患失的煩惱，能算榮耀嗎？

做教師的樂趣，誠如孟子所云：得天下英才而教育之，及至幾十年堅守崗位過去，眞的了解到「南面王不易也」的含義；如今雖已結束教師生涯，然而知我、敬我的學生，仍不斷願來和老師研討人生、齊家、游藝等方面的課題，彼此的求知求新精神不懈，從中獲得的領悟與快樂，都非財富所可比擬，而學生永遠是老師的希望，希望無止境。

幾十年的職業修鍊，已養成淡泊明志的心胸，由講臺上帶回來的智慧與內涵，是豐盈而可貴的「財寶」，它像一支降魔寶杖，將所有的妄念奢求阻擋，且能擺脫人爲的虛榮煩惱，能有如此滿足的「財富」，豈可以寒傖名之？

目前，教師的待遇在逐年增高，教師的生活水準，早已趕上中上水準，雖然個人退休較早，未能躬逢其「盛」，但也不至於簞食瓢飲而已，昔年選擇粉筆生涯，就已立定不戚戚於「貧窮」，不汲汲於富貴的決心，而今後以敬業樂羣，愼始全終，做到俯仰無愧怍，內心只感到圓滿可貴。

俗語說：做甚麼就要像甚麼，這一點眞可問心無愧了；做教師乃我喜愛的工作，曾經悉心努力以赴，幾十年中不曾任意曠過課，更不曾參加過惡補，回顧已往，沒有悔怨、沒有失落，心境如遍野丁香、芬芳怡人。

七十一年九月　婦友月刊

我寫珠樹花開

夫婦組織家庭，到了半個甲子而稱珍珠婚，含有喜慶之意在。我想這是頗為「現代」的情趣，但也有莊嚴的意義；家和萬事興，家家祥和，則發揮修身齊家的美德，豈不減少社會的顧慮及困擾？

外子與我，是很平凡的夫妻，找不出對於社會人羣的任何貢獻，然而也未「罹患」太多的過失；無論從事公職或處身家庭，皆能勉強「通過」必經的「里程」，而得以隨緣常樂、心安理得，能夠如此已感快慰平生，但是，這是什麼力量使然？

有人說：「沒有人能孤獨的發現自己，別人才是發現者。而人的大部份成就，是蒙他人之賜，他人常於無形中，把希望、鼓勵、輔助，投射到我們生命中……。」

確是如此，我們能有今日的情況，全是蒙受父母、親友、和相處許久的好同事、給予的鼓勵與輔助所賜！

古人曾說：「有福不離花世界」，只因花是天地造化的鍾靈神秀，也是永恒的象徵；我們爰沿此意，謹於珍珠婚日敬獻上純潔的花朵——由外子構思、由我製作的緞帶花——以感謝！祝福大家永遠像花一般的健康、無憂！

書名定爲「珠樹花開」，是外子以化學頭腦「分解」而來，意謂我們二姓聯姻，姓氏相「肩」正是一個珠字，巧合了珍珠婚的內涵；珠有五彩柔光，猶如中年人的知足和穩重；人生至此、無論已往歲月有多少辛勞或「收穫」，今要仍然後善自針砭，要老當益壯，仍不斷吸取新知與新事物，庶幾可免於「陷落」爲頑固頽唐也。

三十年來的「珍珠樹」，一直圍繞著朝氣蓬勃的年輕一代。義子、女、甥侄輩，及有緣相處的學生們。他（她）們正如朵朵綻放的「珠花」，在逐漸地成長茁壯，有的是術德兼修，有的是青出於藍，各自在社會不同的領域裏，努力貢獻所長，報効國家、社會，和親長的培育之恩。

這些不斷閃爍的珠花的光輝，映照著珍珠老樹也樂霑其光，內心自是欣慰；更在享受不盡的精神「報償」之中，延續著無窮的希望。

本書重點在「獻花」之外，並提及退休兩年中研習緞帶花的些許心得；不揣謭陋、願效獻曝之忱，寫成「花話」——花的介紹與做法提要，附於彩色影頁之後，希望已有做花基礎的同好、作爲參考，並試做所介紹的新花。不曾學做花的朋友、也可當做花藝圖書來欣賞；並請惠閱散文，倘能從中感受一點樂趣，使心靈獲得一絲安慰，那將是本書更大的鼓勵和收穫。

本書因限於篇幅與時間，無法從基礎做法介紹起，而彩色攝影中的一些花卉介紹，也僅是大千花世界中的小部份而已。

孔子曾說：「志於道、據於德，依於仁、遊於藝。」倘使如今的緞帶花藝，也可入於「遊」藝的範疇，則我提供此一花藝給朋友們，不僅願與大家共樂樂，倘能因此而引動對中國固有的文化和技藝的傾心，那將是我莫大的願望和榮幸！

至於爲屬於精緻品的緞帶花攝影，簡直是一件奇特而艱難的挑戰。「玩」照相機已數十年的外子，由最老式的柯達以迄於目前所用的 NIKON，縱使不算是高手，也不至於太「菜」吧？當他試拍不成之後，乃請教攝影名家董敏先生指點，在燈光的設置上煞是費了一番功夫，然後又經過兩次拍攝與改進，結果依然「不合格」。倘如做爲普通的紀錄照片，卻還差強人意，難的是做不到「秋毫」可見的地步，倘若做爲大畫頁的畫面，就成爲花非花霧非霧了。

最後只好向董敏求助。我們是因拜讀他的「萬象」攝影詩集，因而結識他們賢伉儷的。我們的冒昧、竟得到他們的慨然幫助，他們一連數天的辛苦、認眞而忘我；找角度、設燈光、構思「景觀」，多次剪裁排版，一股對藝術的熱忱、一絲不苟的態度，都是已往我極少見過的。

在他慧眼獨具、以及鏡頭的神妙運轉下，將我做得並非出奇的緞帶花，都變成千嬌百媚的了。當我們乍見那些明麗典雅的花「畫」時，眞是心花怒放！而數月以來爲做花辛苦、及寫稿校對的忙碌和疲乏之感，也一掃而空，頗有「癩痢頭兒子自己的好」那種滿足感。

長久以來，我們就深深感激幾位老親家；由於他們的高情厚誼、教育子女有方，方使我們分享幸福的天倫之樂。此次書成、多蒙他們兩代人的合力支持，始能圓滿成册，我們不知該如何說出感謝的話。

此外，我要感念從各方面給我協助的學生們，她們有的不辦辛勞，利用公餘之暇助我剪花，有的專程來到提供有關事宜，也有的從國內外寄來預約書款的。總之，她們的關切和協力，使我倍感欣慰與溫暖，我以她們的造就爲榮。

對於承印本書的興臺彩色印刷公司，我們表示敬意。他們不僅技術優良，而且重視信用和敬業精神，與我們合作的誠意是值得讚佩的。

六十五年十一月十七日　珍珠婚紀念日

人間有温情

這是個眞實的故事，在充滿冷漠功利的社會中，也有人性的光輝面。那天赴郵局途中，邂逅同住在光明新村的馮先生，見他手中握著一捲報紙，他告訴我，那是舊報紙，要寄到桃園鄉下給沈奶奶看的。

我還記得，大約廿年前，沈老夫婦就住在馮家的隔壁，沈家有個獨子，出國後始終未歸。而馮家卻有兩男三女，加上馮太太要上班，雖然有位勤勞慈祥的婆婆，日常協助家事，可是小孩多，馮奶奶還是力不從心，因此沈奶奶便自動幫他們帶小孩，或是做些其他的事，那些年裏兩家猶如一家，相處得水乳交融，好在馮家孩子都乖順可愛，也帶給沈家二老不少歡樂。

後來沈老先生和老伴遷離了村子，因爲他的新工作在新竹市內，當沈家遷居之日，兩家的老奶奶彼此是多年老友，都閃著淚光捨不得分開，這時馮家的孩子，都已成長了，孩子們提到沈奶奶時，就如自己的奶奶一樣尊敬與親切。

當時我們新村，已有了交通車，常常見到馮奶奶到新竹去拜望沈奶奶，也常見沈奶奶到村子來敍舊，這種親戚似的往還走動，不止給兩家增加「親情」的溫馨，也使旁觀者非常羨慕。

沈奶奶的獨子，始終沒有回國，老人家思子心切，有時變得歇斯底里起來，經常把雙眸哭的紅腫，每每跑到東門市場外邊去盼望奇蹟出現——兒子的突然現身！唉！白髮娘盼兒歸，望眼欲穿心如箭鑽，誰能聽見一個母親內心的哀號？

沈老先生比老伴年長，蹣跚地到市街上勸慰老太太回家，淚眼相覷中，兩個老人攙扶著，顫巍巍地回到家中，老太太忍不住又一陣痛哭，一陣怨。

不幸，沈老先生終於撇下無依的沈奶奶「走」了！這個消息傳到馮宅，全家人都悲傷難過不已，馮氏夫婦卽刻趕到沈宅，勸慰、弔唁，然後萬分誠懇的，表達他們的心願，要請沈奶奶回「家」來團聚，就像奉養馮奶奶一樣來奉養沈奶奶。

馮氏夫婦多方安慰勸請下，沈奶奶先是答應考慮，她覺得馮宅一家和樂，而小孩多負擔重，她不願增加困擾給他們，最後乃決定接受一位天主敎友的介紹，到一所修院去做事，自食其力，一晃有好多年了，這件事始終使馮氏夫婦覺得抱憾。

倘使他們之間，也如其他某些人際關係那般現實而又淡薄，那就不是值得一記的事實了；原來自從沈奶奶別後，她人雖隻身寄居修院，其實她擁有的「親情」卻未曾一日稍減；馮先生不時找時間去拜望她，當他忙碌無暇時，便指派子女代表去看望老奶奶，這麼多年不曾間斷過，逢年過節更是携著禮物去，就以他每週寄一次報紙的事來說，倘若不爲筆者「闖」見，則他們與沈奶奶之間的故事，很少爲外人所知。

爲善不欲人知的美德，在今天大多數重利輕義的情況下，眞使人不敢相信的的確確還有「義」之存在，同時相信在更多的環境裏，也一樣出現過這類的感人故事，當我們對於這個混濁擾亂的世界，令人感到心寒失望之際，不妨也想想，人間仍然有溫暖，只這一點溫暖，就予人以活下去的信心和勇氣，不只是我們光明新村有這樣的人在，實期盼我們社會上，每一個角落都發生這樣感人的事實，讓人性的光輝，永遠普照人間。

中國人常說，積善之家必有餘慶，如今馮家眞可說事事如意；兒女皆受良好的教育，皆有勝任愉快的工作，男婚女嫁後，如今馮先生已由軍中退役（他原屬國軍騎兵的高級軍官），大享含飴弄孫之樂，馮夫人鶼嫺依舊，尙在學術機構服務。

在村中我常見到馮先生騎自行車上街買菜，也見到他清晨到網球場打球，臉色紅潤體格健康，他與夫人鶼鰈情深，家室和樂，他們夫婦並沒有著意於去行善事，只因他們天性敦厚，自然的放射了人性光輝，他們當然不需要付何「報償」，然而我們同住一村，又是相識的老村民，爲了欽佩他們的高潔志行，以及聖人所教「己欲立而立人」的可貴仁心，卽使沒得到他們的同意，也忍不住特此爲記了。

七十一年八月　大華晚報

花展逢故知

今年的春末夏初，曾參觀一次盛大的國際花卉展。

中外名卉擁簇在會場，流轉著蓬勃的朝氣。置身眾香國，又是愛花蒔花者，其感受及怡情無法描述，而最最意外又令人激動的是，竟然發現兩「池」一別四十年的芍藥！它挺立於插花部門，與眾不同。

它來自日本，然而它是屬於中國的！即使被移植過，但它是根植在中國的東北、河北、山東及陝西諸省的名花，誰禁得住見花思鄉的情愫？誰又忘得了生命中難以抹掉的往日情懷？

小學時代讀古本綉像紅樓夢，銘心刻骨般喜愛「憨湘雲醉眠芍藥裀」，曾以不很純熟的工筆，畫過一大幅史湘雲的醉眠圖，陶醉而又得意，迄今還縈迴那份情緻呢。

在河北數縣份讀小學時，教室外的大院落，總有好幾「池」碩健綺麗的芍藥臨風搖曳，絳紅粉黛，雍容華媚，愛煞人！只是限於校規，它有不能親炙的尊貴。

迨由內蒙古回到北平的一個春季，居然驚喜的見到大把切花的芍藥！簡直忍不住雀躍三百！每每愛花的母親買回芍藥一大束插瓶，事先都允我懷抱在胸前，親近沈醉一番，說不盡的銷魂又暢奮！

棲遲寶島以來，四季繁茂之花美不勝收，然而獨不見培植芍藥；近年在阿里山上培育牡丹已經成功，但乏芍藥的音訊，不免使人惆悵。後來我用紗絹造一束芍藥，以慰相思。

花展會場中，許多人不認識芍藥，見我們兩個老花癡，那分喜愛的流露，以及上下四方角度在攝影，便好奇發問究竟是啥花？好像牡丹吔？

走筆至此，我唱給自己：「雲想衣裳花想容，春風拂檻露華濃，若非羣玉山頭見，會向瑤臺月下逢，一枝……。」

七十四年七月廿四日　中華日報

芙蓉頂上開

走進美髮院，被招呼著坐下，一位手持細梳的師傅過來，瞧瞧我的「清湯掛麵」頭，抓了一抓笑道：

「喲！你這頭髮全直了。哦！妳這鵝蛋形的臉孔，適合燙個香菇頭、爆炸頭，或者紅外線……。」

我趕忙接口：

「多謝妳的關照，那些時髦的年輕髮式，留著我下輩子再梳；妳瞧見沒？我的頭髮半白半黑的，即使燙成靈芝型火箭型，也好看不起來，拜託妳的玉手神剪，爲我修剪個『閉關自守』型好啦！」

她聽得發楞，問我啥叫閉關自守？是否歐美新傳入的最新設計？

我從皮包裏抽出事先畫好的正反面圖樣給她，她一見不覺驚奇說：

「這不是國小女學生那種妹妹頭嗎？」

「對！只不過齊眉的劉海要左右稍稍分開，後脖梗子不要斜削上去，就成了。」

她仍然弄不清楚問：

「女人沒有不愛漂亮的，都是把美髮看得最嚴重的，爲什麼妳不要漂亮？而且也不染髮？」

很不滿意她的皮相之見，然而她是「在商言商」，豈能怪之？但也少不了又費番唇舌，自我解嘲：

「我以爲漂亮就是漂亮，光潔清爽梳洗方便，有何不好？再說我的髮質比往昔粗糙，勉強燙它就如一堆乾草，能增加魅力嗎？至於不染髮，是怕藥水更傷害這可憐的髮絲，世俗流行的美化，還須視個人的感受而定吧？」

她聽得似懂非懂，只點頭笑笑，便「有殺有砍」地，完成了我的頭髮「規格」，經過洗滌後，我就像鑽入了韋馱的法缽——西瓜皮似的吹髮器中，一如白娘娘乖乖地扣在「缽」子裏，這個「烤刑」至少也要十分鐘，只有忍受。

服務小姐遞來最新髮型畫報，是想轉移我「受刑」的目標吧？翻閱着畫報，滿目是巧笑倩兮的美女模特兒，以及護髮的種種洗髮精廣告，琳瑯滿目，但是我已不是那種飄蕩著髮絲，飛揚的心的年齡，毫無參考作用，把書闔起來，瞥見四座的顧客，在作各種美髮的過程，美髮的水呀膏呀等等的香氣四溢，我羨慕年輕的一代，生逢社會安和樂利之時，享受生活上種種的美好，就以美容美髮而言，不是帶給這繁榮社會上，更多的豪華之氣嗎？不，不僅看過了別人，猛一抬頭瞥見鏡中的自己，忽然間錯覺，我似乎只有七歲，也是坐在這種椅子上，只是背後有嚴厲的父親在注視著。

是在北方老家的城市，我將入模範小學讀一年級了，按校規一律留短髮。無奈何我被父親「押解」，坐上理髮大高椅，心情實在恐怖，想不出「丟掉」三條辮子的模樣？辮子與我七載相依，怎忍得割捨？心裏不覺委屈想哭。

那個狠心的男師傅，先剪掉我頭頂正中那一根「鏈子」，然後如切菜般隨便，將左右兩條也割斷，及至他所向無敵，勢如破竹般把我大部分頭髮去掉以後，我從鏡中望見自己，簡直變成了日本小玩偶的那種腦袋，突然間不顧一切的衝那個笨伯師傅大叫：

「你缺德！你賠我的頭髮！你給我長出來！哇！……。」

父親也不禁有惋惜之意，但卻勸我說，要做小學生了，應該一頭清清爽爽的才對。然後帶我去商務印書館買了一疊兒童讀物，這才停息了剪髮風波。

抗戰初期，到四川成都開始就讀初中，學校規定的髮型是髮長齊耳，髮縫偏分或中分皆可。經與母親商量決定採用「平分秋水」式，中分後兩邊各用髮夾夾住，然後戴上女童軍船形小帽，倒有幾分英挺之氣，飄飄然自以爲是巾幗之材，對於髮式如何毫無意見。

初二下學期，家兄大學裏有同學結婚，請我做女嬪相，此一劃時代的任務，令我新奇又惶恐，我才十四歲呀？家兄鼓舞我說：「妳早晚都要踏上人生的舞臺，何妨先領略這一章？」

母親為我特製粉紅綢的旗袍，買一雙半高跟的淡粉色皮鞋；我的耳朵上自幼就戴著祖母贈賜的金耳環，腕上是家兄傳遞下來的K金錶。面部的化粧求助於母親，只不過是面霜與撲粉而已，最後發現掃帚似的頭髮缺乏戲劇性，但又不能去電燙，於是用當時流行的火剪燒炭火取熱捲之，可以維持數小時效果。

我從沒化過粧，更未穿過高跟鞋，當我全部「武裝」完畢，走向穿衣鏡時，只見滿臉的白粉，翹拔的頭髮，以及步履不健的吃力相，看上去真像個漂亮的笨鵝！我怯羞得不願去禮堂亮相，但家兄一味誇讚我好像嬌貴的公主。等我從禮堂「演出」返家，頭髮全直了，白粉汗脫了，忙不迭地甩掉高跟鞋，哈！哈！我由公主變成了「灰姑娘」，還我自由啦！

高中時代與初中相同，髮式無變化，只是在演話劇勞軍之際，用火剪燙捲或戴假髮，當時的假髮當然不似今天的逼眞，但多少也有效果。後來升到大學，情形又為之一變，社會在歷史的腳步中，步步更新，而人生的鬚髮小事，也逃不了應變與適應。當我與中學時卽是同校的好友秀珍到大學時，就像一對鄉下土丫頭；剛出中學的門兒，頭髮不長不短、無型可言。看別人梳著古雅的兩條或一根大辮子，以及風吹蓬舞的「紅燒獅子頭」，眞是帥極了。而年輕的女孩愛美，誰也不能剝奪這分權利。

於是我倆在寒假，趁回重慶之便，好不容易找到一間美髮店。話說抗戰時期人們生活節約，不僅城市裏沒有現今這麼多林立的男女理髮店，甚至想燙頭髮還須找人指點「迷津」，因爲這種店屬於奢侈一類，都隱隱蔽蔽地。

我們二人懷著「犯罪」的心理，到達一間燙髮店後，不由大吃一驚！那電燙頭的氣勢眞和受刑一樣，屋頂上吊下一個大圓圈，連著許多電線的下端，各有一個電夾子，客人一綹綹的髮鬈弄好後，就用電夾夾住吊著不能動；足下則踏在木板上以防漏電，這情景使我們想到，馬克吐溫在作品「傻子旅行」中，曾描述他遊到巴黎想理髮，找了好久才找到一家，指定房間後進去一瞧，滿牆是大小剃刀陳列，活像外科醫生的手術室，所以他稱之爲巴黎的屠場，甚至差點被嚇跑。但我和秀珍相當勇敢，雖聽說有位太太因燙髮漏電，頭被燒成「焦土抗戰」型，但我們仍願一試。

由於這空前的美髮，返校後還特地與秀珍合影留念，居然還大膽的寄乙幀回家。不料父親十分反對，手諭中訓責很重，他說我爲了梳粧浪費光陰，不知專心向學，又說我的樣子不像學生，但卻允許在結婚時自由打扮。

爲了安慰父親，我剪成短髮，且把兩個髮鬈兒隨函寄上，這樣調皮使父親啼笑皆非。但在半年後我的頂上發生問題了；頭髮漸長後，與有舊燙痕的地方不順合，參差不齊沒法整理，任它長成「野草閒花」，秀珍反對我如此邋遢，還勸說「將在外君命有所不從」；老人家怎知道年輕人的潮流？不如燙了吧！

但是學校在鄉下，連住戶都沒幾家，只好行數里路到鎭上去找燙髮店，而鎭上又不比大城市現代化，於是大費周章，找到一家女子理髮店，最奇怪的是那裏只有火燙，我心想又將領受另一種方式的苦刑矣！

這種燙髮，腳不必踏木板，也不必擔心過電，但是當那一條條燒熱的鐵條，送進捲好的鐵髮夾去時，心中不免抽搐，惟恐鐵條掉下來受傷，再者鐵條的熱度需要經驗，一大意就會嗅到燒焦的怪味。幸而我有定力，正襟「危坐」了兩個小時，才脫離了「威脅」。清洗過後，當年吹風機尚未普遍應用，小鎮上電器更少，那麼如何把濕頭吹乾？

我見那師傅提過來一支「薩克斯風」，心想弄這玩意兒作啥呢？哈！等我與秀珍看清楚之後，禁不住拍手大樂，那是一具土製的吹風機；全長比半人高，一條吋半鐵管呈S形，上邊約半尺彎度，下邊相反的彎處接著一個方形火爐子，可以開門煽火加炭，門一關上管中的熱氣上冒，師父提著中截的把手，就這樣輕烟繚繞中，耳邊呼呼地，來回不停把頭髮吹乾。

抗戰勝利後一年，我畢業了，住在家兄處待嫁。結婚當天中午，嫂、妹陪我到美髮院，此時成都十分繁榮，髮院的外觀與內部都進步許多，不過電髮的方式仍舊，爲怕再次受「刑」，只把髮花做得漂亮些，配合佩紗就成了。我一向對於打扮喜歡別出心裁，面對那一條好長的頭紗，計上心來，用針線把正中綴出個大蝴蝶結，頂到頭上一看，嘀！一朵芙蓉頂上開！人的個兒似乎也高了，自以爲這種構想很奇妙，何必非學別人一樣把紗平夾在腦後。

不料家兄瞥見，調侃說：

「我看妳從小喜看『霓虹關』，可能受了東方氏打扮的影響，不過，我可不願意你行為上學東方氏喲！要終身愛妳的丈夫啊！哈！」

他的期望沒落空，我雖沒學東方氏，卻是學到了王寶釧，是個忠實安分的好妻子。

婚後到上海，當時正流行好萊塢明星髮式，如桃樂珊拉摩、蓓蒂葛藍寶、費雯麗等人，在影片中都梳那種頭，左右各有梳起的髮「包包」，後邊的髮長搭肩，經過往外捲曲再用篦子挑開，蓬鬆自然。很有雲鬢鳳鬟的味道。這種髮式到了寶島，便又告消失。此後三十年我身為教師，不曾在髮式上變花任何花樣，只求平實普通而已，頂多在四十歲以前，頭髮長及肩下時，便編成兩條辮子，像西藏女同胞那樣，盤在頭上，卻也整齊俐落。

這卅年間，女性的美髮隨著世界性的潮流，越變越享受。記得我廿三年前離開嘉義北遷時，正流行原子燙髮，是用藥包燙髮，不再有「通電」之苦。歲月悠悠中到了今天，新奇的方式就更不勝枚舉，茲此社會繁榮，物質條件高於從前太多之際，本人的頭髮與人生，也到了生命史的中頁，撫今追昔，眞有無盡的感觸，但也極為安慰，我們的社會是進步的，人們的生活是富有的，尤其女性們在衣著化粧髮式上的無盡享受，眞是美不勝收，這要感激我們的國家啊！

我一念回到腔子裏，服務小姐已取走我頂上的「缽」，用梳子梳理著，突然間我想笑，笑我這大半生的經歷，竟和頭髮有密切的關聯，而今這顆歷經變化的腦袋瓜子依舊，而人卻走向老境矣，甚至由於內在情緒的恬淡，連外表的美化也不在意了，這不是矯情，而是如今在追求精神意境上，寄託了更大的樂趣所致，朋友們若問如今這種髮式該稱作何來？曰：「返璞歸眞」式也，可能再過十年廿年，就成爲「鶴髮童顏」式，人生的路本來就是一段段的過程嘛。倘若不信，下邊這首「辮子詩」，就可以了解「色卽是空」的道理。

詩出清代「文苑滑稽談」一書，述及淸朝男人紮辮子求官的趣事。

「當其未生時，本來無辮子。及其呱呱時，有髮無辮子。迨夫免襁褓，忽有小辮子；並諸小辮子，爲一大辮子。偶然到日本，忽然無辮子。一朝想做官，忽然有辮子；不論眞與假，但呼爲辮子。忠君與愛國，全視此辮子。國粹宜保存，保有此辮子。但願全地球，人人有辮子。若問爾祖父，也曾有辮子，只怕爾孫子，漸漸無辮子。辮子復辮子，終歸曉辮子。作詩以哀告，我亦有辮子。」

六十九年九月二十三日　大華晚報

恐怖的一夜

我有一床大紅棉布的被面，已有五十四年的歷史了，看起來不起眼，還有點老舊，然而它來自不平凡的出處；它與我的生命共安危，它身上寫着揮不去的國仇家恨！也寄注根深濃濃的鄉愁！

民國廿年的九月十八日晚上，十時左右，突然電路斷了，祖母登樓遠眺市區，瀋陽城陷在漆黑中，及而前院有急促拍門聲，父親驚惶進來，他從朋友家急歸，氣急敗壞對家人說：「日本小鬼佔瀋陽了，情勢很不好。」他囑咐家人皆到樓下，舖毛毯在地上臥倒，以防流彈。

這時砲聲由稀而密，不久便聞嗖！嗖！的尖銳「飛」彈聲從屋頂上空掃過，兩歲的妹妹和我從未經此變亂，嚇得相偎緊抱，全身禁不住直打哆嗦！我的牙齒也上下互撞得嗒嗒響，無法平靜，後來母親過來，爲我們蓋上被子，叫我們不要怕：黑夜總會過去的，天亮了再看情況吧。

父兄點燃一支蠟燭，從書櫃中搬出大批歷史書籍，他們一本本在檢點，忽然哥哥問是否國父思想、三民主義，也跟歷史書一塊埋藏起來？當然，這些著作絕不能落入鬼子之手，一任他們毀壞，於是包紮起層層厚紙外加油布，父親便去前院一棵大樹旁挖地，正此時，母親找出來一個大紙盒，裏面赫然是一面青天白日的國旗！

啊！怎辦？結果是決定把青天白日暫時取下，包妥後納入書「包」中央隱藏，而大紅的那一方布面，交由母親盡速找一條被單，縫成兩層的夾被，便可免去被搜毀的危險。事情交代妥後，父親含淚悲憤的說：「這是不得已啊！唉！國旗是不可以分拆的，但是絕不願日軍加以搜毀，不能眼見它受侮辱！」

母親的動作利落，她還找出兩條大黑長布，爲那夾被縫上平行的兩橫條被腰，雖然不似一般的被腰有綉花圖樣，但是這條夾被卻是最名貴的，因爲它不是凡被，它上面滴著父母的淚水，以及全家人的祈願：千萬別做亡國奴！希望危難很快過去！也早日將另一半國旗縫合起來！

但處心積慮的日本軍閥早有準備，他們攻進北大營，又佔領兵工廠，一夜之間逞其凶狠侵佔的野心，天一大亮我們兄妹踅到樓上，從窗帘中窺視，啊呀！不得了！怎麼街心的電車上貼滿標語，什麼「維持東亞和平」、「滿洲國成立萬歲」，街心崗位上都是著黃呢軍服的日軍，成隊的日軍列隊荷槍而過，皮靴狂肆有力的踏在我們的土地上，踩！踩！踩在我們的心上，好痛！好酸！好沈重啊！

雖然大人們，不免怨怪措手不及抵抗的當局，但也清楚日軍的居心叵測，實在太突然太可恨，了！全市從幾天沈靜垂死的狀態中，逐漸在日軍挨戶調查後，不得不活動起來，正這時，距離瀋陽城六十里外的老家，傳來晴天霹靂！我那任鄉長的伯父被日軍槍殺！祖父貪夜逃出、等叔叔輾轉回到瀋陽家中，噩耗傳到時，三代人老、中、少大放悲聲！伯母數度暈厥，父親捶胸頓足！祖父母中年喪子，又是忠厚立家的長子，其遭受打擊之重，無法言盡。

我和哥哥奉令到校上課，路經日軍崗位要向之行禮：校內增加硬僵僵的日語，我不用心學，也不愛唸，竟被老師打手心，哭着回家，而且老師教我們記住：是大同元年的滿洲國人，若露出中華民國便有全家災禍，同時還教我們唱：

「滿洲大地產春陽，東亞黎明銀曙光，快哉民眾三千萬，大同世界合萬方；五彩國旗新表現，新國民眾意洋洋。」據說這首亡國歌，出自溥儀僞帝御前的一員名人，總之誰願做新國民眾？誰願意自動唱這種歌？

我們奉命改穿有海軍領的制服，人手一枝紅藍白黑黃的橫條紙旗，參加滿洲國成立全市運動會。在場上巧遇就讀南滿中學堂的哥哥，他們中學生國家民族意識較強，見他們都甩動新旗，亂揮亂搖一直甩破，作無言的反抗！以洩心頭之憤，儘管學校為日人主持，卻阻止不住反日情緒。

由於種種矮簷下遭受凌辱，祖父堅決促我們逃亡，不願幾十口人都作順民，能脫出虎口的，便是他日爲家國之恨復仇的種籽！祖父鄭重的取下壁上一座古老掛鐘，要母親特別用大紅夾被包裹起來，對父親說就把這半面旗幟，懷抱著投奔自由；永記「九一八」的國恥，掛鐘告訴我們每一個時辰都可貴，努力盡心做人做事，善教子女，祈祝早日勝利還鄉，再把旗幟縫合起來，也希望東北同胞的苦難日子早期結束。

懷著悽楚，在颯颯秋風中拜別祖父母、及伯叔兄弟們，至於在北寧路車上，所受日本憲兵及漢奸的盤問、威脅，曾使不到十歲的我，倍感亡國奴的卑微與傷害，也由茲益堅對國家民族的熱愛。父親爲工作養家，我們跟隨著從廿一年秋季，落腳北平半年後，數次遷徙到過內蒙古察哈爾、山東、河北諸地區，迨至廿六年「七七」事變爆發，我們正在河北行唐縣，無奈又將有國難與逃亡，令人切齒痛恨的侵佔行爲，正如每聞淚下的歌詞所說：

「沒齒難忘仇和恨！日夜只想回故鄉！萬里長城萬里長，長城外面是故鄉——啊——！……」

而另一首歌給人的警惕，也是終生難忘：

「九一八，血痕尚未乾！東三省（抗戰勝利後重劃爲東北九省。）山河尚未還，海可枯、石可爛，國恥一日未雪，國民責任未完！」

自離瀋陽，無論身居何處，全家人都在「九一八」國恥日禁食一頓，以警惕山河未復、以祈念家鄉父老骨肉的災禍早早解除！

我常感幸運，托庇國家的養、衞，得在復興基地安居樂業，給我做第一等國民的尊嚴！即使個人才德有限，但是在效命奉獻棉薄的崗位上，不曾偷息、不曾懈怠，雖已退休向老，而心志不移！

年年「九・一八」紀念日，我取出大紅被面，撫摸再三，萬分親切；就像親炙我的祖父母，我的父母一樣！辛酸悲愴之中，也含著淡淡的欣慰，因我擁有這歷史的珍藏啊！

七十四年九月十八日　中央日報

棗兒的懷念

我不是美食者，但卻不放過吃臘八兒粥的機會；每逢臘八兒多少總要熬上一鍋粥，不爲別的，只是由衷醉心這一份傳統的民族生活情趣，尤令人懷念童年往事，以及對故鄉父老的溫馨親切感，卽使相離了卅年，也難忘記昔年家族相聚的情景，而吃臘八粥只不過聊慰鄉愁罷了。

煮臘八粥，不論加添多少種材料，棗兒是必不可少的，可是在此地買棗，卻還有一番分教；寶島臺灣近數年來，不僅各類水果改良品種成績卓著，同時種植棗樹也十分成功，我們吃得到青綠圓脆的大棗兒，像小蘋果似的外貌十分可愛。

不過，由於此物本非寶島原生的果木，種植者可能尙不十分熟諳果性，大多在青稚之際就忙著採下來，吃上去難免有一絲酸感，我們生長北國種棗區域的人，都了解採棗時必需要有耐心，等到它泛紅時再擷取，那滋味就香得多了。

何況青棗只合「生」吃，不宜下粥，於是轉往中藥店去買紅乾棗。昔年在北方小紅棗收成後，大多輸往外省當藥材用，如今在藥店中用戥子來秤它，其貴重可知，但爲了應景，再貴也要買一些沾沾味道，及至粥成入口，啜吸之間忽又想起種種有關棗兒的故事，一切事猶如昨日，怎麼也忘不了。

棗兒在北方之普遍生長，一如臺灣的番石榴樹，簡直不稀罕。無論是居宅庭園、郊野陌旁、土坡之上，處處皆是棗樹；屬於小灌木的野生酸棗，顆粒只有小拇指肚大，秋天時節變得通紅，肉極少只見兩層皮，但是卻甘酸香冽，是我們孩童時郊遊的「口香糖」，它隨地可採，而且解渴生津。農家多以這種帶刺的酸棗樹當籬牆，好像臺灣鄉下用「算盤子」作籬一樣方便。

另一種旮極柿子的黑棗樹，也是屢見不鮮，只是體積小多了，鮮綠時如小柿，秋時採下要加以熶的過程，便是甜美好吃的黑棗了。這種樹是專爲大柿子當苔木用的，據說經過這項接移，柿子會長得更肥碩好吃。

說到較大株的棗樹，也很容易種植成長，俗謂的「旱棗落梨」，就是指棗樹有極強的抗旱性，可見它不怕地脊或乾燥，只是大的棗樹如坡棗，生長期要較緩大約七至八年始結實。這種坡棗個兒碩大，一顆棗兒約一、二兩重，味道香甜。

大棗之中也有略含酸味的，像大圓酸棗便是。它的顆粒大小，很像我們臺灣生產的巨峯葡萄，這種棗至成熟期，如娃娃面，微紅豐滿，樣子逗人，是小孩兒爬樹最勤的時候。由於棗樹的葉子非常密集，上樹取棗往往不易抬手「捕」來，要有左右搖幌從縫隙中瞥見閃亮果實的技巧，有時候誤觸築了巢的黃蜂，羣蜂便會不客氣的發兵追趕，小孩兒們連忙下樹飛奔，少不得來一場摘棗的遭遇戰。

此外還有幾種奇形怪狀的棗兒，名稱有和尙頭、葫蘆棗兒、戛戛棗兒、兩頭尖等等，這些怪形的棗兒卻都很甜美。至於此地中藥店裏的乾紅棗兒，在北方稱做小紅棗或小棗兒，新鮮時候的一英寸長，最紅最香甜可口。這種棗樹，在黃河流域各省，如山東、山西、河北、河南，以及安徽的北部，都是常見的鄉土植物。

在北方吃棗兒，極少到市上去買，因爲家家戶戶都有。我最深刻的棗加工製品，館先要數醉棗，尤當年節來臨，誰家不端出一盤來奉客？醉棗的味道甘美香冽，小孩子吃多了居然能醉倒呢！

醉棗的做法不難，只須在秋季收成時，把棗加以挑選，如果有破損的要棄之，清洗完了將表面晾乾，然後納入小口的罎子中，放棗時不可散亂甩下，要像放蛋一般小心，一層層擺滿之後，再注滿上好的高粱酒，最後把罎口密封起來，擱在陰涼之處，直到春節期間再開罎取棗兒，只聞及香味撲鼻，一股醉人的甜香引人垂涎也。

此外還有一種脆棗兒在北平叫掛達棗，也極受歡迎。做這種棗兒要先做一個工具；狀如今日化學實驗室中所用的軟木塞打孔器，是用鐵皮製成的管狀器具，目的在把棗的中央穿孔、取核，然後烘乾，變成一顆顆乾爽香脆的食品，用細繩一串一串地穿掛起來，由於北方冬天的溫度低，此棗串掛在室內較久也不致泛潮發軟，甜脆的感覺倍添口福。

至於蜜棗兒，也是以大坡棗做的，棗被選好之後，經過清潔手續，便用排針加以刺劃成許多條紋裂痕，然後用蔗糖醃漬起來，醃缸之中加壓，至年店即可取出曬乾，其形暗黃半透明，十分好看，離開老家卅多年，久未嘗過家鄉蜜棗，不久前有朋自美國來，贈予一小袋他由美國市場買來的眞正蜜棗，只消看看它的模樣，嗅一下味道，就知道它是來自家鄉的土產，不禁心情黯然！這小袋的蜜棗不知經過北方父老姐妹們多少辛苦的操作，他們爲人做加工外銷，他們自己有品嘗蜜棗的自由嗎？從前我們吃此物十分大眾化而普遍，區區之物算得了什麼？可是卅年後，此物居然還「躍登」爲外銷美國的美食了。

曾經在研讀唐魯孫先生大作中，見到棗糕的敍述，這種糕在北方，是屬於較高級的製品，不是一般人都吃得起的，當然此糕之美味自不待言。一般棗食品中較爲普遍常吃的有較爲粗製的切糕，以及棗泥餡兒的月餅，或各式加入棗泥的小點心。記得童年時我最嗜棗泥月餅，有一次正逢我換牙齒，竟把一顆壞牙給嚼到餡裏，幸虧及時發覺，才沒吞到肚子裏去。

由於棗樹的生長期較長，棗質特別堅硬，好像我們臺灣產的赤皮木那樣硬。棗樹因爲樹幹不够粗巨，雖無法從事大材製作，但對民生日用卻頗有貢獻；它的木質適於做刀斧或任何需要把柄的柄木。昔時北方鄉下尚未流行使用電熨斗及裝木炭用的大熨斗前，人們洗淨的衣服被單，全靠棒搥來搗平，而那種一尺多長類似打棒球用的棒子，就是棗木的製品。還有北方人做麵食用的擀麵杖，也多半是用棗木做的。

在讀小學的時候，我迷上平劇，很喜歡「鐵弓緣」那齣戲，其中不是有位開茶館又會武功的「媽媽」嗎？她所採用的武器，正是棗木做的棒槌哩！有一個冬天的故事，流行在北方，是關於小動物刺蝟蝟的趣事；天寒地凍大地消失了綠色，刺蝟蝟尋找食物較爲困難了，可是當牠爬到棗樹上，發現還剩有數枚棗兒時，便在夜裏悄悄上樹，使出力氣左右搖晃，一俟棗兒落地，牠急速下來，用腳爪將棗兒排成一條「縱隊」，然後來一個吊毛斛斗，四腳朝天再接著翻滾動作，一直滾到「排尾」，及至牠站起身後，那些棗兒全乖乖地扎到牠身上，高興的滿載而歸。

幾年前，有一次我在外雙溪故宮博物院欣賞古畫，站立在「秋庭戲嬰圖」前，久久不想離去，這幅畫不只是巨石芙蓉與雛菊的構圖美，而全畫的意境充滿典雅，小孩兒的可愛姿態更令人喜愛，而令人益加親切感的畫面，乃是小孩兒正在做棗戲的童玩，孩兒正在做棗戲的童玩，雖然棗戲的部份畫面因時間已遠，已不甚清晰，然而對我這曾作過棗戲的觀者來說，似乎又回到了童年的歡樂情境，一時間心神飛離，躍回往昔那長滿各類棗樹的河北大平原。

後來，我聽見一位年輕人對他同伴說：「這幅畫的說明是兒童正在玩棗戲？是怎麼回事呀？我沒看懂。」

本來我有股好爲人師的衝動，想向他們解釋一番，本來嘛；都市中難得見到棗樹，而棗子又不是本省的原生植物，難怪大家對它陌生了。可是我沒有開口，素昧平生不好意思。

然而如今，既以棗兒爲話題，便趁機作一番野人戲曝式的敍述，給不明白這項童玩的小朋友們，增添一項可以就地取材，又能玩得高興的節目吧！

說穿了實在簡便不過，目前市場上正有青圓的棗兒可買，只須三枚就够了，另外要取兩片竹篾；寬約半公分，一支長約六、七寸，另要三片二寸半長的短篾，如此「道具」就够了。接下來先把一個棗兒咬吃半截，露出半截尖棗核，以三條竹篾鼎足而三的插進那半個棗的下部，這就是中心軸的臺座了。另一條較長的篾片把兩頭稍加削尖，每一頭揷進一枚棗兒，成爲一個「挑子」，於是再把挑子的中心點對準了臺座上的棗核尖端放下去，用手指輕輕推送一下，只見那挑子就像兒童樂園裏的高空坐飛機一般，儘快地旋轉了起來，飄飄忽忽之中棗兒閃成紅色綠色的虹影，十分好看。孩子們會樂得拍手喝采，有時候因推送的力量過猶不及，棗挑子幌動兩下便摔了下來，孩子們也會逗得哈哈大笑，然後在重新「上陣」時，大家口裏還數著數目，看看誰的棗兒是這場「運動會」中是優勝者。

從吃棗，玩棗，以至於用棗，看上去只不過是生活上的一樁小事，然情而它卻根生在我的記憶之中，它也表現了中華民族精神的一部份，不能視爲古老的保守之見吧？

六十九年二月十二日　大華晚報

吃酒又戴花。

俗語說：遠親不如近鄰，確是不變的人生體驗，誰不是與左鄰右舍，有密切的關連呢？即便說富在深山有遠親，那遠親又能登門拜訪多少回呢？即便是貧在鬧市無人問，至少也還有鄰居朝夕相見吧？所以說人的一生與鄰居相處，尤較遠親親近，彼此守望相助、遵守公共道德，致使彼此的生活有樂趣，才能高枕無憂也。

然而有人說，人生最無奈的事情，除生、老、病、死、苦外，要算事先無法選擇鄰居爲第一，不能事先選擇好芳鄰，其煩惱與困擾，眞也一言難盡，相信各人都有經歷，不一而足。好在是，如今的社會教育普及，人們的理性提昇了，而高樓大厦的公寓式住宅，多的是「門羅主義」，所以鄰居之間互相干擾生非的事件，似乎因爲「封閉」的情勢而減低，不知道就睦鄰方面來講，這是否算進步？

記得有段諺語說：鄰居若是處得好，旣吃酒又戴花；如果處不好，旣揹鎖又戴枷，可見睦鄰一事關係人生處世大矣哉！也關係心理健康大矣哉！

筆者大概是前世燒了高香，所遇的左鄰右舍都是君子與賢婦，因此來到臺灣的卅年中，只有他們助我、勵我、安慰我，從沒有鄰人傷害過我，困擾過我。

首先我要感謝：我服務的機關、及外子服務的機構，先後我們都安居在公家的宿舍，也正因此，我們的芳鄰盡是自己的同事，論思想觀念及做人處世的原則，無形中似有默契，於是那屬於大雜院式的噪亂與干擾，根本不會發生。

日常生活中，偶因誰家有喜慶大事，或假日得閒，便彼此有邀宴之樂，小酌之餘倍增情趣，所以在那段日子裏，絕不會想到人世間還有「揹鎖戴枷」的刑罰，來造成鄰居之間的不自在、不安寧。

記得住嘉義女中宿舍時，我們的「街」上，院中總擺著一小缸衣老師的豆醬醃小黃瓜，我們任意取用，成爲早餐的佳味，而出生在安徽的戴老師，她的一手道地四川牛肉麵，曾使我們大快朵頤，最意想不到的，要數美術老師周氏母女，她們大多吃湖北口味，可是竟能調製山西的貓耳朵麵食，烹調術之妙，是我所僅見的。

我家遷移北來之日，一清早就叨擾了周老師做好的早餐，她們母女的高情厚誼，我們自是感激不置，就連周老師的五歲小兒子，也不顧老芳鄰分離，他一直追在我車後哭喊：「阿姨不要走！不要走哇！」

赤子的貞純，使我抑不住淚水潺湲，及至到達火車站月臺上，另一個動人心弦的送行鏡頭，加勢地敲開了淚泉，我揮淚與校長、老同事握別，互道珍重，當車過臺中的時候，已是淚濕青衫透！

我默祝；親愛的老鄰居、老同事，他日再相逢。敬祝大家安順健康！

北來之時，因我服務的學校已無宿舍可住，外子服務的機構，正在開闢倉庫變宿舍的工程，我們遷入那「大統艙」之際，甫經打成的牆洞尚未完全做成大門，一切零星工程是以後逐漸完工的，當我們從「難民」式的情況，跨入安居斯地的時候，陸續的遷來了新鄰，入夜，那條亂樹雜草與荒涼織成的街道，也露出溫暖的燈光，我們有了羣居的朋友，心境不再孤寂。及至斬荆闢棘，我們全家動員整修地面，化腐朽爲神奇，種植些瓜果花卉以後，鄰居們相處益密，彼此間皆有照顧；當我們雙雙上班外出，也可以放心無後顧之憂，兩位高堂老親，總有芳鄰們相與爲伴，倘或有事也不成問題了。

當時與我家後窗相對的護理工作者，是位能幹熱心的程女士，無論是我們老親有病，或者我半夜裏突發了腹痛，她都會毫不抱怨地爲我們安排醫藥事宜，簡直成爲私人的家庭醫藥顧問了。如今她雖已退休，全家喬遷到南臺灣，但她的善心與幫助別人的美德，永遠銘刻心頭，偶而她北來到「老家」與眾芳鄰聚敍，那種親切味兒，別提有多溫馨啦！

數年前，我們有個機會「出幽谷而遷喬木」，搬到村子的腹心地帶，四間平房紅磚房子雖然不大，然而因爲附有幾十坪的院落，可供我們大量栽樹蒔花，房子雖簡陋，但我們卻以它爲皇宮，非常滿足，新的環境一住已十六個年頭，最難得的是四周的鄰居都不是「外人」，大多「沾親帶故」；左鄰的崔宅賢伉儷，也是來自嘉義的；人不親土親，何況崔太太還是我嘉女的校友哩！

我們兩家比鄰而居，我們都愛花卉，乾脆把中間的隔牆拆除，以茉莉枝作綠籬，使兩家庭院的能見度擴展了一倍，誰家的蘭花或盆栽綻放，便懸掛在窗外，或擇放院中，以便互相欣賞。當紫豔色的蒜香藤爬到我家屋頂，當我們的豔麗楓葉隨風飄向他們的庭院，只覺得花滿庭、芳滿庭，內心清新可喜，增添幾許家居的樂趣，我一直有個構想：等我的畫藝能再進步些時，我要畫乙幅小鳥挺立在香蒜藤上，然後題字在上面：花藤似解通鄰好，引蔓殷勤過牆來！

再說對門兒的兩家吧，其中一家是三代同堂的陳宅，在中學執教的媳婦，是我們嘉女的校友，這種關係又爲鄰，還有什麼話說？另外的鄭宅先生是老陝，我當年曾住長安近兩載，好喜歡當地多采多姿的各種麵食，還有那裏的地方戲，迄今我還會哼陝西小調哩！而鄭太太的令妹是我新竹的學生，所以我們談陝西名勝，或學校生活，都十分順暢而親切，這樣的人際關係，眞是天賜良「緣」也，多麼難得啊！

他們幾家的孩子，都十分聰明可愛，有良好的教養，當課餘在「街」上嬉戲時，不是打打羽毛球，就是閱讀兒童故事書，或者坐在小凳上，捧著畫板寫生，有時侯也玩籃球，從來不干擾鄰居。當他們還更小的時候，曾熱中於玩塑膠製的保齡球，我這個奶奶級的老天眞，還跟她們一起打球哩，老少打成一片，玩得很開心。

也許，天下事並不都像神話，我們的居處附近，也偶有較隨便的鄰居，不盡如人意；如像有的家長太溺愛小孩，而放縱孩子任所欲爲的淘氣，或者有人一年四季都找個「題目」大放爆行，無視於公共道德與安全，然而這些也只是少數，偶而爲之的狀況，大體說來都很自重自愛，而我們自己的作爲，也許並不一定令別人滿意哩。總之，存心與人善處，必有良好的後果，同時在與人相處當中，我總記住一句發人深省的銘言，那就是：

孔子曰：「見賢思齊焉，見不賢而內自省也。」

七十年三月十七日　大華晚報

相對何喋喋

有位年輕的夫人問我：

您們夫婦全都退休家居了，成年八月的相對，都說些甚麼話題？誰說的最多？

哈！有趣的一問，如果抽樣調查一百位夫婦，看看他們是怎樣說話，必定多采多姿，人的性格與成長中的家庭背景各異，都影響對談話的習慣或內容；一般的武斷說法，以爲女性天生話多、嘮叨起來如疲勞轟炸，而男性幾乎各個是沉靜的，然而我曾見過兩位做丈夫的，偏偏是愛以絮聒、管理干涉家中那些雞毛蒜皮的小事，妻子受不了精神虐待，差點逃家，可見有句話說很公平：

「頭腦空洞者，舌頭的運動就大。」不分男女的吧？

且說愚夫婦，相處四十年於斯，做到白首偕老地步，也算是一種光榮的記錄了吧？然而維護起來卻是少不了堅毅與忱悃。大致說來他是一隻悶葫蘆型，木訥又內向，有話說時常丟掉主詞，要我從附加語中去揣摸全意；試想四十年中，多少次我建議他何不先把主詞說明，再加敍述，別人容易懂得全意；可是他否認所說不得要領，反而說得更糊塗了，哈！

年輕時代，他喜愛觀賞有禪味、哲理的武打影片，我則恕不奉陪，待他返家滔滔述說劇情時，我以一百廿分的忍耐力，聽他溫吞、打結，又不時前後顛倒加以補充，聽到中途我的血壓慘要上昇，趕快告罪：有空再說吧，我該洗衣服去了！

我的翁父在世時，能和我聊天溝通，頗得天倫的情趣，但與他兒子相對，多半是不知說啥才好，往往是父問子答，他主動時多是問老爸：

「您吃過咳嗽藥了嗎？香烟少抽好不好？您今天想吃點甚麼？」他孝順父母是第一流，惟有說話的部份，不敢恭維，因此翁父曾對我說：

「幸而妳個性開朗，說話流暢，否則咱我家眞是沉悶，妳婆婆也是話少的人，兒子像她，如此若是沒有妳的調劑，咱家可會悶壞了人。」哈！想不到翁父欣賞我：眾人皆默我獨響，哈！

不幸二老先後棄養，我們沉痛的悲傷守制，他竟然說了一句令我芳心大動的話，他說：「老人不在了，今後我們要自己照顧自己啦，也彼此多照顧吧！」想到老人已遠去，今後獨對「悶葫蘆」，直把我哭得淚人一般。

時光荏苒，四十間爲了工作謀生，治理家政，兩個人商量的事情何止千萬？該說的說了，該吵的倒也不多，及至都已坐六望七的年紀，世事滄桑歷遍，榮辱得失已不在意中，人到無求的境界，還會在生活中有何爭吵的？

兩年前，誼婿昭旭書法極美，特別寫一把大扇面贈義父告老紀念，書寫的是稼軒詞「西江月」一闋，眞佩服這位晚輩的金頭腦，他選引的詞眞是活生生的寫照：

「萬事雲烟忽過，百年蒲柳先衰。而今何事最相宜？宜醉、宜遊。宜睡。早趁催科了納，更量出入收支。乃翁亦舊管些兒；管竹、管山，管水。」

且說他六十五歲之前，雖不酗酒，但從來不醉，如今年高保健，已是與酒絕交。偶有心儀的展覽，我們會連袂往觀、或看花市或至近郊風景區，兩相交談十分愉快。說到宜睡，他的清福不淺。

每晨六時起，我在四週繞滿大樹、院中植滿花蔬的庭園，作自然森林浴；前後院往來澆花、拔草、掃落葉，以及洗衣烹茶、倒圾垃，好比馬拉松競賽，弄得汗流浹背，到浴室冲個涼，此時的茶香正濃，嗬！他的大夢已覺，正是九點半鐘。先來「管」喝茶，而且一天喝下數大杯，才說：水够了。每晨二人品茗閱報紙，約一小時間，是上午的談話時段；談世界局勢、談國內大事社會新聞；感慨社會上道德之低落，噓唏不已……。然後是他出遊採購，我則清潔室內，剪貼報紙、餵小猫及狗兒，當然都是默默地，不需要有言語交通。語言上做到「弗知而言爲不智，知而弗言爲不忠。」到中午大多共入庖廚，他會問：「吃打滷麵好不？妳打滷我煮麵。」我有時問他：「

炒個糖醋白菜行嗎？怕酸不？」下午有一小時午睡後，便是各自的「頭腦體操」時間；他雕刻石章、桃核、練字，最主要是「管竹」；玩弄著竹桿竹筒，又做新胡琴啦！興濃時拉弓演奏一段兒，往往也引我去唱一截。

我在書房浸入繪畫、讀書、寫信或爬格，二人互不相擾，及至午后四時半，便連袂往清華大學的梅谷散步，在山嵐水色間，用不著說話而是唱唱哼哼，輕快怡然，此刻便是「管山」「管水」了也？

晚飯多半是他主饋，飯桌上也常聊幾句家常話，到了電視新聞後又是他的閱讀享受，不到午夜一時不止，我把廚房清理妥當，聽收音機節目、看雜誌，十一時前入睡，自是一宿無話，何來喋喋？

七十四年九月十一日　大華晚報

迷你博物館

往往朋友光臨我家，都不禁詫異，怎麼兩口之家卻是如此「擁擠」？東西琳瑯滿目，品類也挺繁雜的。

其實也無怪，咱家本來是屋小「貨」多，內容堪稱豐富，而所謂的「貨」，都是我們精神文化上的資料，也許東西並不具任何價值，然而它們提升人的創作力，增長心靈的喜悅，我們直將這些「擠」在紙箱紙袋裏的東西，視做寶貝呢。

紙箱中的各色花紋的零頭布料，是我縫製布偶及靠墊的材料，另外就是一捲捲的緞帶，我喜愛人造花，但卻要按自己的設計創作，此外還有綉花用的材料、織毛衣毛襪的材料等等。

如果再加上先生的「遊戲器具」，那更是「錦上添花」啦！像是照相器材啦、平劇用的樂器啦、唱片和錄音帶啦，以及他喜好雕刻圖章用的工具與材料等等。

其次，自從學過幾年國畫以來，宣紙與畫稿成堆成叠，而練習書法的紙張、字帖，加上名家的畫册及畫片，少不了還有文房四寶，及紙盒與顏料等等，都造成小屋的熱鬧感。如果再到戶外一觀，則田園操作所用的器具陳列在牆邊，養蘭蒔花用的材料皆備，又有青蔬與花朵「齊艷」。

總之，無論居室內外各適其用的「貨物」，似乎把蝸居變成一個小小博物館，每逢友朋來此小敍，都有不同情趣的「焦點」可賞，使賓主間話題更爲鮮活，至於我們從遊藝之中創造的種種「作品」，除自我欣賞獲得愉悅外，並擴展精神領域，達到眾樂樂的與人結善緣，彼此感受赤子般的歡欣與感情溝通。

餽贈給人的東西，並非値錢之物，但卻是心血加藝能的結晶，受者見了喜悅，也就完成我們一份滿足感；也許是幾朶洋蘭或兩朶緞帶胸花；或者是一幅朱柏廬治家格言毛筆寫的中堂，有時是一幅國畫花鳥，或者是一枚美石刻成的圖章……當它們被贈出之際，我們也喜樂在心，又結一次善緣啦！

有時候因緣時會巧合，朋友會留下吃頓家常便飯；則親往後園我們一同摘鮮芹、割韮菜，並也挖取芋頭、採一些九層塔；有茄子與綠辣椒的時候，便都是飯桌上的香甜「菜根」，把勞動筋骨的「績效」奉獻出來，把田園種植的樂趣也分享給朋友，彼此開懷大樂、齒頰清爽，多麼可愛的歸眞返璞？倒不是爲了「富人之口厭膏粱，貧士之腸習藜莧」也。

因爲「玩」相機有年，雖無了不起的大作，卻也爲生活情趣積下來許多專輯，美好的回憶都捕捉其中了。我們喜愛旅遊乃有「屐痕集」、飽覽寶島南北的風光。與親朋好友的合照及贈賜的玉照，則爲「老壽幼慧集」；三十年來蒔花植樹的記錄，便稱爲「蔬果香」，我家都喜愛小動物，而有他們的「狗之集」與「猫之集」，另外有玩製人造花的每一種留影，是爲「四時不謝花容集」。

相簿中有具歷史價値的「懷恩崇德」集，收藏著由廿年代以還，十分珍貴的祖、父輩及童年靑年時代的照片，到如今歲月悠悠往事仍駐心頭，親人骨肉因國難拆散、已四十載天涯相隔，幸有這些影像抒慰心緒，晚輩每每喜翻此册，他們從中熟悉了近代中國史，何爲「九、一八」事變，何爲八年浴血抗戰，由於每幀影像包蘊的眞實故事，悲辛而感人，往往是他們感到有興味的經歷。

倘使書籍也能「炫耀」成財富的話，則寒舍最具經濟價値者，便是提供文、史、哲、宗敎藝術方面的五書架藏書。西方的學者說過：「人生對書的需要，無異於呼吸空氣」，而我更認淸細讀慢「啖」這些珍貴的著作，產生取之不竭的情趣，尤其可貴；獨坐澄心與古今哲人「交談」，逐漸領悟較深的人生意義，任你思想馳騁再挹注於領悟，其樂何如？

此外由朋友晚輩贈送的世界各地藝品，也積滿一座玻璃櫥；阿根廷的皮製白馬、切磨的璞石如瑪瑙或紫水晶的小擺設，墨西哥皮製鞋形小皮包，萊茵河某地的抽紗小巾飾，以及美國法國製大小各式瓶裝的香水；還有沙撈越土製圖案的香水缽，以及其他國家的小玩偶。這個引人欣賞的「櫥窗」，不僅賞心悅目，也與來訪的朋友共享斯樂。

也許，迷你博物館的內容尚不止此，然而也足夠我們「遊戲人間」的啦；忙著「遊戲」，已從各項情趣中擴展成生活安健的「整合」，每個日子都透出新鮮，沒有多餘的時間去無聊去妄想。論語中云：「發憤忘食、樂以忘憂，不知老之將至！」，我們幸能接觸精神文化，也幸而稍讀過詩書，好之樂之心有安頓，而無利害得失之慮，何樂不爲？

七十四年三月五日　大華晚報

蘭石齋掇拾

他又做好一把胡琴，口裡哼哼嘰嘰地「唱」著流水板，一邊又不停的「粧扮」這把琴，按好了碼兒，又上好弦，幾度調音之後，忙不迭地操弓拉琴；忽而西皮忽而二簧，瞧他那閉目沉醉的忘我之樂，我不禁笑了，這般模樣我從他廿八歲「欣賞」到如今皆已白首，奇怪是卅多年來，不曾嫌煩過，一直涵泳在他沉穩的意態，以及美妙不輟的琴音裡，感受無限的幸福與快樂。

琴聲嘹喨又抑揚頓挫，忽然我有想唱上一段的衝動，可是又不忍打斷他的「享受」，及琴音戛然而止，只聽「啪！」的一下，他拍拍大腿樂得跳起來，兩手捧著胡琴，邁著臺步，走向我說：

「安人請了！妳可聽見嘛？好清亮的琴音啊！哈哈！好胡琴也！」

他的道白甫停，我已被那傻相逗得直不了腰，突地腦中靈光一閃，嗳！有了，我對他說：

「嗨！眞是了不起的技藝，爲了慶賀又增加一把琴，我特贈半首詩如何？請聽了：『琴爲戲迷添花錦，戲迷操琴心常青』！祝你琴藝日高！」

哈哈！……

他是老戲迷，自從十四歲在北平的學校登臺票戲，大半生對國劇的藝術始終慕戀，當年由北平經四川、而上海，再携到臺灣來的一把京胡，卅幾年來一直當寶貝看，有時候體諒琴齡已高，不忍再對之「鋸鋸」拉拉，因此萌念自己製作合乎京胡標準的胡琴。他以九年公餘之暇，上山採竹子；節度要適合，粗細要標準，把家裡塞得像是竹器店；他四處買蛇蟒皮，在琴桶上繃蒙，乾的皮放在免受潮的鐵盒裡，新鮮的就往冰箱裡擱，弄得我大敗胃口，好像吃啥都有一股腥味。

家中儲水的大缸，浸泡著他精挑細選鋸下來的琴桶子，讓它們沐浴數月吸出醣份，而後撈出來晾乾、受烤「刑」，再又送進冰箱裏受凍刑；接着是雕刻那精緻「小橋」琴碼兒，先把烘碗機中的竹筷子弄個精光，及而是大雕其桃核，如此的折騰一陣，又抱回木製的琴「擔」子，還有弓子一大把，於是他就開工了，做做改改、鍥而不捨，終於製作成功。

當牆壁掛著大排的胡琴與南胡之後，有關國劇一類的書籍、唱片、錄音帶，還有國劇的報導剪報，已把書櫥擠得十分膨脹不堪，不想他又抱了幾册臉譜回來，我想再不能任其充棟下去了，向他打個商量：

「嗨老伴呀，你沒瞧見自己的老皮鞋、舊襯衫呀？以書『易』之如何？這國劇方面的知識，該已是肥『飫』了的吧？」

不料他嗤之以鼻，笑道：

「一切眞正的美，都是從淸高純淨的心流露出去的；外表嘛只要不出奇的怪異，何必太重視『色相』？對內心快樂的認識，才是找到自我。再說，妳的書不够『飫』？」

此話令我語塞，眞是當局者迷，怎麼自己愛書的「毛病」倒忘了呢？

且不說有關我教學用的工具書，及成套鉅册或文藝創作方面的書，就以初退休的頭兩年中，我學習製作人造花，不僅幾間小屋處處「飛」花，而關於造花使用的器具及材料，足足盛滿再大抽屜，至於有關的書籍大多是精裝的，直把書櫥的「兩層樓」壓塌，那時候沉迷的程度，以廢寢忘食來形容，實不爲過。

尤其甚者，在「玩」過兩年有餘後，自己也創了一些新花式，同時也受到對美藝狂熱的促使，竟然寫了一本散文與花藝的彩色書，碰巧愚夫婦結婚卅年，於是「珠樹花開」這本富紀念性的創作，就以自費出版了。

此書編排特殊，純以散發美感爲旨，本人乃一書獃，自然不諳銷書之道，所幸初衷也並不爲此，書成而能贈送親友，一睹爲快，也就不枉耗費心血了，但家中成了「囤」書的倉庫，他見我「玩」得如此有「成績」，往往安慰我說：

「這麼精心製作的，留著活到九十歲還能送給人家多好呢！高雅的禮品喲！」

哈！承他好心我非常感激，自是反而很少去造花了，不是興趣減低，而是此技既已成熟，暫時不再多研求，而被另一項學習的興趣所取代，觸動我另求新知識的機緣，是意料之外的事。

昔在重慶求學時代，曾受業於臺靜農教授，及至渡海來臺後，我這疏懶又不禮貌的學生，雖少去拜謁老師聆聽教誨，但每出一本拙書，都寄給老師敬請指敎，得到許多鼓勵與指示。所以當此書寄上不久，便喜獲臺老師的賜示，並特別榮幸得到老師有名的墨寶，高興之情自不待言。而老師最重大的提示，才是關係我、繼續增長豐富心靈的關鍵，那就是學習國畫。

老師在手諭中指示：何不多參看中國歷代花鳥繪畫？當有助於造花的神韻、精神，尤其該多看看明代惲南田的作品，會得到各方面的吸收；惲南田不只是畫筆生動，而且也書法俊秀，詩格超逸，這都有助在藝事上的意蘊之功。

太感謝老師高明的指點，已往怎麼迷住一竅了呢？

因爲家住鄉郊，拜師不易，先是報名函授學習年餘工筆人物畫，結「業」後，正好市內社敎館國畫班招生，我每週一次擠公車去當老學生，學的是雙勾花卉，半年後共經過兩期，拈了乙張第三名的證書回來，使老伴十分快慰，大有望妻成鳳的期許，叫我繼續下去，讓美感永溢我心，也不致家事之外把光陰枉費。

但是有心向學、何處覓師？就在自己摸索一陣之後，承老同事陳大姐邀伴，向一位藝專剛畢業的林小姐學習沒骨法基礎。說來可笑，畫慣了工筆勾勒法，一旦改學沒骨法，必須落筆成形，不能任意改添，深感其難，起初連用筆都一竅不通，多承林小姐不厭其煩的示範，並說明使用顏料的要點，我們從一朵花、一片葉，再「畫」成一枝莖，如此的練習下來，多少有一些進步，然而一年完畢，林小姐應聘到國小去教書，當然；學藝術的人，不能只靠烟雲供養，也要現實生活的，因此我們便「放學」休筆了。

總括學習工筆與沒骨，共兩年多時間，無非皆是基礎的學習，更爲了有助用筆同時練習書法，對於起碼的國畫認識，稍有入門，然而「失學」之後何以爲繼？

他爲我買來一批畫册，我也抱回來不少資料，再加上已往學畫的畫稿大堆大捲的，無處安置，不得已又添置一座書架，把個小書房「豐富」得書香與畫香齊放、筆桿與墨盤雜陳，雖然家中只我二人，卻是熱鬧非常，朋友們來見，都驚訝地說：哇！東西好多呀！那像兩個人的「小」家？

也許是有緣，一年後我特別榮幸，拜在名畫家林中行教授門下，做一名老媼生，哈！教授課忙，繪畫忙，硬被我們愚夫婦磨菇上，他只得撥冗教導，我當然把握機會，從根本上學習，老師諄諄爲我說明畫理，分析名畫精神之所在，由淺入深的教材，讓我一步步地學習，這期間他鼓勸我要多寫生，向大自然觀摩，多看畫展去發現別人優點。就這樣於是我的書架上，多出了不少的畫片和畫書。有一天我對老件說：

「咱們家的種種書籍，論參考是夠用了，以後別再進書了吧？」

他首肯，但沒過幾天，又抱回好幾本有關雕刻與金石學的書，他的理由是：總有一天我的畫會進步，那時可以拿得出去贈送親友，如果沒有專用的名章與閑章，怎麼能算一幅完整的畫？

接著，買回大批「石頭」，甚麼泰國石啊鷄血石啊等等，常常在水龍頭下細細地磨著，又特製一個刻牀，及一大盒的雕刀，又再三的鑽研字體字形，然後開始動工。他只是週末回家時才雕刻著玩，不覺也有了五十幾枚作品，有一天他說：

「我的大畫家！咱這廂侍候著妳畫畫兒，給妳刻章，妳也該多用點功，把畫畫得像樣點兒，才對得起我吧？」

「急啥呢！『不怕慢、只怕站』，我的老師有四十年繪畫的「功」力，我才多久？我還在摩做學習期中；路還沒走穩那能開跑呀？這是學習過程必經之途，給我時日，必有一天我會丟下『手杖』的。」

他聽後大笑，說我反正是游於藝，只要「玩」得暢快，又不指望成爲甚麼家，慢慢學吧。不過。他有個建議：

「至少，咱們家也該起個『名號』，像某某館呀，或某某齋的？若不，以後贈人書畫以何爲名呢？這該不算附庸風雅吧？」

我想着，廿年來他都是「綠手指」，蒔養的蘭花，滿庭簇簇，經他移植的其他花樹，也無不活得勃發，而如今家中又多的是毛筆，筆也畫花，這就起了聯想，我對他說：

「我想到一個名號了，叫筆花齋。」

「是從夢筆生花來的靈感吧？太通俗，不好。」

我又想：像咱倆這對「唯美」主義的書獃子，從未進過銀行去存款，倒是在精神生活上稱得起「富貴」，這證明心靈上的滋養，能使人清神氣爽，清心寡欲，才能領悟人生的眞樂，那麼何不名之爲「進補館」？

他聽後笑得眼淚直流，哈嘀！他說的也有道理：

「咱們一向吃得清淡，何曾衣食足而復啖禽獸？就算說是『進補』；純屬心靈與精神上的功夫，生活正常，心理健全，妳沒高血壓，我沒有貧血，好好的人，進甚麼『補』哇？」

哈！本來也是，那就看他的吉光片羽出現吧。

後來，他一言九鼎的宣佈，我家書房的名號叫：

「蘭石齋」。聽上去相當鏗鏘悅耳。

而且他還有詮釋：

「蘭爲王者香，幽遠高雅，連孔子都讚賞哩，何況咱家正是蘭苑不假，可謂表裡爲一；再說石之爲物，有堅定不移之氣，石之美者而爲玉，玉乃君子「穩步」尊貴之相，又有守身如玉的德操，我深願咱倆能多所磨鍊，以期由石變玉，達到精神與心靈的更高成就，更盼能福慧雙修，至白首而不易志操，以爲如何？」

恭喜他的金頭腦，帶來了蘭石的清趣及內涵，當他刻好此一石章後，我想他今後除了拉琴、唱戲，也能動筆繪畫而外，還有不時的刻刻閑章，贈送親及，此外，他還要「玩」甚麼呢？

一天，我趁採購日用品之便，到書店去逛逛，被一本製作內容獨特的「中國結」吸引住，翻閱後愛不釋手，便買回家來，不想此書對他非常吸引，搶過去一看，不禁大樂：

「噯！我會打一些，小時候見過媽媽打，這回我可以裝扮妳一下。」

不久買回幾塊玉佩，有白有綠也有灰藍色的，另有一大堆粗細並備的絲絲子。他那唱戲時慣擺的「蘭花手」，（他唱梅派青衣的）居然左繞右穿，擺弄了一會兒，把一塊塊玉牌給裝飾起來了，哈！眞妙，他把一塊拴了絲子的，往我頸子上一套，掛在胸前，眞是優美好看極啦！一抹古色古香的韻緻，十分令人喜愛，興奮之下對他說：

「等夏天到來，我穿的洋裝上，給我結一條多花結的佩玉腰帶，定然環珮叮噹，豐姿宜人呀！」

他笑我老而愛美，老得古典，眞是一位不衰頹的中國姥姥，他鼓勸我也動手學打結，那份喜悅才更直接呢。

他愛玉，最早所見是祖父在清朝服官時，頭上的頂戴，還有祖母的玉鐲和簪，後來他服務社會，被奉派去新疆的半年之中，觀賞過不少和闐美玉，甚至還見過難得取求的稀珍子玉。他有位上司是玩玉名家，傳授了一些玉的常識給他，他的結論是：中國人的「玉石文化」，已有三千多年之久，玉的學問可說是鑽之彌堅的，不斷的探求仍是引人入勝，是門深奧的學問，吾人能領略玉的內蘊精神，就很受用了。

從此，我們常跑外雙溪故宮，以及歷史博物館，去看玉、品玉，欣賞它的造型和藝術極致的美，而從此在我們手頭方便之時，便多多少少買回一兩樣，爲生活帶來驚喜，當然絕不致玩物喪志的地步，那樣又怎麼對得起玉的本身？

蘭石齋的內容尚不止此，男齋主原是一個攝影迷，從中學時代就「玩」起，自從蘭與畫常常勞他攝影留念之外，每有親友學生來訪，又值好花盛開，無不一一拍照紀念。我們喜愛旅遊，自然少不了大批照片留影，多年以來相簿成災，爲免相簿佔領空間過多，近幾年全用小本紙册保留照片，卽使如此仍感「地盤」不够，加上攝影雜誌等等，又爲家裡製造了問題。

此外，尙有訂閱的雜誌刊物數種，以及日報晚報，簡直把小屋變成處處皆書攤兒，若把種種書籍集合、分類，詳細的整頓一番，恐怕要好幾天的勞役吧，如此看來，蘭石齋內包容了如許的「寶藏」，愚夫婦二人該是大有學問之士吧？至少也「學」有專精的吧？

哈！不瞞您說，我們雖然愛書也讀書，愛「玩」也懂得玩，可是卻是沒有甚麼大學問，套句常語說：樣樣稀鬆！只不過在嚴肅的正常工作之後，充實休閒生活而已，我們兩人的確是天作之合，玩中自有眞味，我們之間的「玩藝」彼此都能溝通，彼此無嫌隙，更難得是誰也不會落入功利的陷井，尋回自我，知足常樂，樂在「玩」中，或對養生有益？

有的晚輩和學生來訪，聊着、看着，興味冲冲，有的說：當我老時，能過這樣的精神生活，才有福呢！也有人很羨慕：外表看房子舊爛爛，一踏入室內，好像是光華四射，眞引人入勝啊！有的是讚賞着：

「這裡像個俱樂部，要甚麼都有，只不過要『玩樂』得高尙而已。」

我回答他們：這就是蘭石齋也。

七十一年三月二十日「天天樹」

顧曲情味長

猗歟盛哉百藝競陳的民間劇場，雖已於本月一日閉幕，然而多采多姿的民族戲曲及技藝，確實豐富了人們的心靈，獲得精神上的歡樂，一時無法或忘，所謂「繁弦急管吟老古，山歌俚語詠民風」的民族精神文化，原來是根植在中國人的民族情感中，它的社敎功能，早爲有識於敎育文化人士所認同，它的力量實不遜於文字典籍的功效。

筆者生長十年代以後，社會物質科技文明不若今日利便，無論多媒體聲、光、影各方面，均無法與現代化相比，再以當時女孩兒除上下學、隨家長旅遊、探親外，不能隨便出門，因此偶爾得隨家長上平劇院聽戲，成爲家庭以外的娛樂之一，也是求之不得的樂趣。

一般家庭的娛樂，一具話匣子（卽留聲機）、一兩支笛簫或口琴，已算是很有音樂氣息了。我家因爲京戲迷較多，所以大半的唱片是國劇，如高亭及百代公司出品；家兄學習小提琴喜歡西洋音樂唱片，乃是來自日本的哥倫比亞公司，然而在耳濡目染之下，他竟也欣賞起西皮二簧梆子腔來，買一把京胡拉得興致盎然，我們兩個姐妹送他個綽號「雙弦手」。

家兄週末由學校回家，拉琴陶醉時要我們辨別琴音，說實在，六歲的小丫頭直把一些甚麼倒板、搖板、散板和快板，弄成曲調不分，後來聽懂了反西皮是表示悲劇性的，曲牌南梆子是由河北梆子演化來的，而二六又是與反西皮相反的，這時家兄教我唱「虹霓關」裏的二六，被母親聽見，她反對：這是「粉」戲呀，所謂「粉」便是男女間調情的描寫，女孩兒家不可太早懂得，以免妨礙正常心理發展。

家兄當然唯諾遵命，主題移向二簧曲牌的認知，其中反二簧極扣我心；悠揚、蒼涼而低迴，較之反西皮更叫人鼻酸，但卻是美妙的辛酸，誰解其中味？顧曲者情有獨鍾，直到五十年後，每聆「雷峯塔」那段如泣如訴、柔腸百轉的反二簧，依然感動得落淚，傷心之中含著暢發的痛快！

由於迷惑舞臺旦角的俏麗身段，滿頭珠翠的閃亮艷麗，常在兄妹「串」戲時，將母親從北平買回的宮花，插在頭上，學着戲中人的動作；弄粉調朱貼翠拈花，在琴音「過門」曲調中，學著上下樓開門，做蘭花指等等的象徵性表演，以及乘轎，上下馬，還有「拾玉鐲」的做小鞋子如何認線的巧妙做派，至此也了解到：「神是人，鬼是人，人也是人；一二人千變萬化。車行步，馬行步，步亦行步；三五步四海九州」，對於國劇中的精緻表演藝術，眞是美而深厚，百聽不厭，百看入迷，至於對丑角與臉譜的喜歡，更是不在話下了。

小學時，每週的班會舉行談話訓練，輪到我時多半來一則國劇的故事。曾經聽家兄講過兩回最有趣味的，當然就當場獻寶一般轉播出去，同學們聽後都歡笑鼓掌，我也挺滿足的鞠躬下臺：

其一是，別小看舞臺上跑龍套的，沒有規章誰也不能亂跑；說有四位新到的龍套，敎師爺講解排位變動，他們不用心聽，認爲那有什麼困難。可是眞正到了臺上，就弄不清方位和秩序，亂不成陣，幸而主角靈機一動，臨時自編了詞句，唱著道：

「一邊一個一邊三（ㄙㄚ，讀撒，是北方土話。）拉過來一個跟過去倆（讀ㄌㄧㄚˇ，北方方言，兩個的意思。），踢你們一腳都去吧！」於是四個不盡職的龍套，狼狽的逃下臺去。

結果本已哄笑的聽衆，見此富於諧趣的安排，不禁鼓起掌來，沒有喝倒彩。

其二是，國劇除去「無唱不歌、無動不舞」的高度藝術，還有一個妙處，就是道白治療口吃的毛病很奏效哩。

說有位富翁，他與夫人最大遺憾，是獨生子的癡肥與口吃，肥胖嘛可以減食，逼他運動，可是口吃該怎麼辦？豈不有傷富貴人家的體面？後來有人建議，何不高薪聘請一位敎師爺，敎公子學道白呢？

敎師爺是位工青衣的，所以他敎胖兒子唸青衣道白，約有半年之久。忽然一晚前院有火光閃跳，胖兒子夜半如廁時發現，一驚非同小可，趕快敲打父母房門，二老披衣遽出，一見兒子指手劃腳、咿咿呀呀，臉脹得通紅，不知發生何事？最後還是母親機靈，要她兒子用道白的方式說明白，始得免去一場更大的災難，把火及時救熄了。

那兒子用標準的道白道：「娘啊！——起——了——火了！」

廿年代屆臨，因日本軍閥侵華，先有「九一八」事件，後有「七七」蘆溝橋事變，我們投奔自由，離鄉背井，曾在河北省寓居數年，所在的縣份因地廣人稀，地方建設又不及今日之繁盛，市內街道不多，文物不繁，日常由學校返家，途經冷寂的道路,找不到幾家書店,可資駐足遊賞，回家後便不得跨出大門，因此讀書、寫字之外，特別企盼能有遊走來的戲班，搭野臺戲，唱廿幾本的「狸猫換太子」，還有「七俠五義」的故事，以及「三國演義」中的熟悉人物。

家父教導子女較嚴，輕易不「放」我們私自外遊，然而他不禁止往觀戲劇，（當然十歲的女孩已不很小，「粉」戲仍禁觀。）認爲忠孝節義、倫理道德，是國劇的多數主題，也肯定它的教育效果。

那時我始接觸到鄉野戲臺，雖然聲光設備很差，但是與四鄉民衆共趕廟會似的盛況，眞是開朗歡暢，氣氛自又不同於坐在戲院裏的形態，但是都一樣的達到戲劇感人效果。此時也常有評劇班演出（俗稱蹦蹦戲），但因戲碼多爲成人戲，家長不允多看，自已便不強求。

前後往返北平那一段歲月，隨父母聽過名角兒的戲，也領悟更多戲如人生的「苦悶象徵」，戲是動態的文學，述說人生酸甜苦辣，藉以發抒七情的鬱結，一段切合身世遭遇的戲詞兒，正好以歌當哭，有慰於多少情感的疏浚，此時每見父親聽「四郎探母」落淚，內心亦感黯然，我知道祖父母遠在家鄉，無時不懼日本的黑帽子（卽日本侵佔東北後，派出大批諜報人員，猖狂無端傷害人民。）是否會找欲加之罪。父親的悲痛，正是：親心欲寄天涯路，無奈水遙山遠！

家父一生孝友重義，在河北某縣任職時，竟遭遇貪污被劾的上司，家父奉命辦理善後及移交，不願再留寓衙門官邸，乃遷賃民房而居，輒於公餘教授我們讀誦詩文，及清唱國劇解悶；洪羊洞、八大鎚、搜孤救孤，以及李陵碑、失街亭、借東風等意正味醇的老生戲，斯時家兄負笈北平，故而缺去琴音伴奏，但父女們仍是玩得淋漓盡致，從戲詞中感悟出何謂浩然正氣、何爲士可殺不可辱的情操，在那段沉悶不愉快的移交工作中，父親能够從容辦理，不損本身敬業精神，使我想到戲臺上的楊家將、諸葛亮，身著端莊袍帶，氣宇軒昂，一派行止不重則不威的氣概，我心中崇敬的父親，他就近似這種型態的啊！

及至日本軍閥，再度侵華發動「七七」事變，我們是在敵人砲火逼近卅里的危況下，倉皇逃難。經過許多波折險阻，始得渡黃河抵達潼關再流寓西安，此時家兄偕伴，偶爾到遊藝場去參觀，發現秦腔高亢豪壯，竟然學會一段「月亮彎彎像把梳，美女嫁了個美丈夫；白天沒有柴和米，晚上沒有……」覺得活潑有趣，後來也喜聽河南墜子，會唱一小段：「說黑驢兒，道黑驢兒，黑驢上坐的是個佳人，頭上梳的是故事兒……」輕俏可喜調曲好聽，覺得地方性戲曲，各具特色描寫民間生活情態，很富親切感。

當一段流離、尋親、異鄉拓落的苦難過去，家父由十九陸軍一位軍官協助，結束他交待公務工作後，經百刼渡黃河抵西安與我們團聚，不久即越秦嶺，經過不少歷史上的知名地方，安抵四川成都。

住後定，兄妹們按學歷入學，因爲白日多逢日機空襲，改在夜間上課，我在初中就讀，白天參加抗日救亡工作；向民眾宣揚抗日求存的意義、發傳單貼標語，登高教唱抗戰歌曲，如遇空襲則就地找躲避之處，如此忙碌的學生生活，仍然不能忘情戲劇，當時國劇劇團不多，往觀川劇的機會反增，川劇的特色是有「吼班兒」幫腔，猶似歌曲的配音合唱，再者那面大鑼聲音十分鏗鏘，已往觀國劇對於開鑼前的「打通兒」，覺得好不嘈雜，急於想看正戲，才感到不耐，可是如與大鑼相比，倒不算厭煩人了。何況「打通兒」這規矩，也是有來由的，它在開戲前打通兒，是暗示後臺的準備都周全了嗎？到如今還能唱兩句「王三巧掛畫」，引起對四川抗戰時期生活的無窮回味。

初中二年上學期，即隨家長遷居西康省會康定，當地漢藏合處的社會很和諧，寺廟與喇嘛增添了濃厚的宗教氣氛，因此宗教活動較多，如迎神賽會、賽馬會、跳歌莊，是人們精神生活的大部份寄託，至於電影院僅只一家。具舞臺的戲院也僅一家，但卻是門雖設而常關；川康路途崎嶇遙遠，雖有康青公路路段修建，但尚不到通車程度，因此往來川康一帶，除起旱（步行）外只有乘滑杆了，所以請戲班來演出不易，一年之中能有幾天川劇可看，已屬稀罕，倒是我們學校作爲租用場地，每學期都有勞軍演出，發揮了舞臺盡其用的效果。

抗戰時期話劇運動鼎盛，學校方面往往擘劃多幕大劇勞軍，場地除戲院則商借電影院，每次都爲文化活動稀少的社會，帶動熱烈的迴響。演話劇的角色求之於操國語的師生，我則多次膺選爲女主角，家父雖以我的功課爲重，但不願干涉作愛國演出，一切都順理成章，達到無大缺點的效果。其間有兩次居然與國劇有關，是在戲院的舞臺公演。

一次是全校學期結束前，各班的遊藝項目中，我特約胞妹和我演一段諧劇「探親相罵」，此乃已往在北方觀戲時印象的再現，談不上有什麼可圈可點的演技，好玩逗趣罷了。另一次因演話劇「生死戀」，我任女伶雪艷一角，劇情需要唱一段青衣戲段，適巧有位愛票戲的男老師（組織票社，多爲當地成年人參加），綽號「康定梅蘭芳」，經他指點我唱會一段二簧原板，若非自小受過薰陶，對於連續練習有半月之久，必會感到煩厭的吧？

給劇團當導演的，是校方情商聘請的國民日報主筆，張先生本人是顧曲周郎，也雅好話劇，所以盡力而爲，把話劇導演完滿，且在報端加以批評，頗有口碑，使師生們倍受鼓勵。只是我的後遺症不妙，要補課、交作業，想做「特權」，門兒都沒有，但我甘之如飴，今日能回顧已往有事跡可尋，豈非一種幸福？或是一種成就的感受？

年華逐漸飛昇，結束了中學時代，前往四川重慶升學，在學院裏把握讀書時光，不再踏上舞臺，只跟幾位同學玩玩樂器、唱歌，對國劇也只順口唱著玩，但有一事迄今難忘，有位同系張同學，也教會我一段「太眞外傳」，這段戲以梅派唱腔唱出，特別甜美典雅，遐想唐代宮廷那個綺麗的世界，唐明皇喜愛戲劇，甚至以帝王之尊串演丑角，就可知那時梨園子弟多麼風光倍受優待了。眞值得感謝的，若非唐代產生梨園藝術，經過百餘年的錘煉演化，創作出兩百餘個劇目。怕如今就難見精緻的傳統國劇了吧？當西方人士想來中國觀賞 China Opera 的時候，我們拿什麼最具中華特色表演藝術給人家瞧？他們又如何能瞭解，一位成功的演員必有較豐富的人生體驗，始得光美演技；也認爲國劇演員利用腦後音的音色，十分圓潤好聽，更懂得國劇舞臺的打破時空，象徵性的道具運用，很有格調值得學習。總之當筆者也具有這些常識時，益對它的藝術價值傾心，雖未培養某項成就，光只愛好與欣賞，已帶來心靈的慰情，想想看：「三五人，可作千軍萬馬，六七步，能行四海五洲。」又道是：「三寸舌，談論古今，有甚說甚；五尺軀、扮文裝武，演誰像誰。」一身爲中國人，豈不爲這項文化資產，感到驕傲？尤其欽佩終生爲國劇貢獻的演藝人士，發揚優良傳統，不因窮達而異心，有了這些敬業熱情的人，會合戲劇專才人士，不怕國劇不發光、不散熱。

當卅年代中期，全國上下浴血抗戰、獲得勝利後，全國各地掀起狂熱的慶賀！曾親見成都軍校學生，在傳播勝利訊息時，乘幾部大卡車敲鑼打鼓，而鑼鼓點兒就打的是國劇武戲跑場，他們高昂的歡唱中，有歌也有戲，有笑也有哭，街上圍繞車子的民眾，也都忘情瘋狂的高唱，把積壓胸中八年的苦忍與憤怒，一起「怒吼」而出，勝利了、是全民以生命血淚，犧牲忍苦換來的；不經一番寒徹骨，那得寒梅撲鼻香？

勝利的歡欣中，故鄉卻因俄人侵入擄掠，而致還鄉路斷！遙望雲天黯然神傷，鄉路迢迢既不可歸，我游移去向時，卻出現一樁喜事，相處三年的「王公子」，前來婚娶了。

他早年負笈北平，初中開始拜師學武術，學梅派青衣戲，初次在成都家兄處邂逅時，聆他一大段「宇宙鋒」，幾乎失笑，一七二身高大寬肩膀，卻有嬌媚的嗓音，再想及他會打好幾套拳術，也能舞動虞姬的劍；在大學票社裏，他也唱「鴻鸞禧」裏的金松，最有名的「王公子」綽號，是同學們給的，他曾去過王金龍一角，知道了這些歷史，當他的琴師——家兄，要我也回敬一段時，便不好意思「班門弄斧」，畢竟我無師無藝，不過是顧曲傻妞而已，但爲了禮貌唱了一段「小放牛」，自己感到頗不搭調。無論如何一對戲迷成了天作之合，在兄妹的祝福聲中，飛向上海開始人生另一新頁。

當時在上海電臺國劇廣播極盛，每天都有好戲可聽，最過癮的一次，是轉播杜月笙先生壽辰辦堂會，幾乎知名的大角兒都參加演唱。我們也到天蟾舞臺，聆賞過梅蘭芳的「洛神」與「御碑亭」、以及馬連良與張君秋的「梅龍鎭」，還有李多奎的「太君辭朝」、姜妙香的小生戲，他們都有了相當年紀，然而國劇的化粧術、服裝、及優美姿態與表情，加上演者陶鎔角色的內蘊精神，依然是神情颯爽「描寫」深刻，不減當年，着實令人欽敬，尤其梅大師已六十多了，當舞臺燈光乍暗乍明間，她從後臺飄然優雅的亮相而出時，全場屏息靜肅聆聽，而我自少時聽過大師的戲，睽隔將廿年，頗有他鄉遇故知的激動，他的柔美嗓音、魅力不減，我們感動得熱淚盈眶，拍痛了手掌，對於他秀美溫文的扮相，迄今不能忘懷，難怪他曾到美國獻藝時，瘋迷了那裏的洋觀眾，那一頁光輝紀錄，帶給他大學贈予的戲劇博士榮銜，良有以也。

及至隨政府播遷來寶島，經過大家發揮華路藍褸精神，由百廢待興，到今日各方的繁榮樂利，也帶給大眾更多精神文化藝術的哾飫，民族技藝地方戲曲、繁美多釆，不僅供給人們娛樂，且於潛移默化中，培養高尚情操，行爲典範，引導趨向仁愛和善，以藝術啟發情感，跳出庸俗，滅輕膏火煎熬的名利追逐，頤養自家年命，據說有藝術內涵修養的人，少有乖張的傾向，或者陰鬱瘋狂，可知藝術教育的薰陶，不只給人鑑賞的快樂，尤其增加美化生活與心理的能力，這種民族精神教育，想必不容置疑？

由於居在外埠，偶往臺北觀劇，或參觀民俗活動，並屢往故宮危物院、歷史博物館、省立博物館文化城等處，並帶回出版物及紀念品，畢竟受時空所限，日常的精神領域則來自家中的書籍、唱片、樂器，隨時與來拈賞陶醉，況有戲迷先生會自製南胡、胡琴，在他的影響下，對國劇欣賞視角拓寬；既感受「販馬記」及「打棍出箱」的喜劇內涵，也因「羣英會」中蔣幹盜書的那段默劇、艱難又突出的演技而喝彩！當然還有太多寫不勝寫的生旦淨末丑角色的齣齣精采演現，劇情的描寫細膩、刻畫入微，曲調變化之令人沈醉，至此始知國劇之劇藝，所以能萬古常新，是因它綜合性又成熟的美，對於傳統的優美文化藝術、不受時空限制，也無法切割；卽使因時代生活所需、有推陳出新的作品，但畢竟「舊」學「新知」相互鎔鑄中，不失國劇劇場的精緻與表徵，維護與發揚，已喜見在小學裏萌生、及有心人的努力，可慰。

曾拜讀羅蘭女士一篇文章，述說她觀賞雲門舞集的感受；舞者溶入了國劇的「武」打及鑼鼓點兒，使舞劇更豐富，贏得觀眾的鼓掌與起立致敬，有的人熱淚盈眶！也常聽說舞界人士，往往向國劇中的舞蹈學習，可知國劇內涵之厚，有不少值得學習及再創造的東西。

在舍下，年逾花甲的「王公子」已不復昔日的青衣嬌喉，早已改唱「痰」派（老生譚派也），在票社操琴之外，偶爾也做修整樂器的事，當然都是義務的，樂在其中便極滿足。卽使我這不入流的水準，也往往忍不住他琴韻的誘引，清唱幾段歡喜的戲段，品味再三，感受親切，有道是：

顧曲雙癡唱無厭，清福只緣結識卿。

甚至舍下的小寵物，也都沾染國劇之美意，大黃貓咪叫「金錢豹」，二白貓咪叫「四老爺」，君不見「打麵缸」戲裏從白默粉中冒出來的人嗎？還有那隻收養的狗；半夜三更回家報到，又餓又髒，我們歡呼說：「小生莫稽回來嘍！快拿豆汁兒呀。」

只希望有一天，他伴我共唱「鳳還巢」，重返故鄉、追尋昔日顧曲舊地，和我的親人。

七十四年十一月十日　中央日報

物欲的陷阱

鄰居讀小學的女孩，帶著兩位同學到舍間玩耍，她們觀賞過庭院，進而到書房看過書畫，在經過臥房時，其中一位忽然驚奇的發現，矮木櫃上擺著一面大鏡子，以及少數的化粧品，她可笑地嚷著：喲嘿！這叫做克難化粧枱吧？全不像一個有格局的樣子呀？

哈！我不禁也好笑，因爲小小年紀竟懂得克難這個久疏的字眼兒；這一代的兒童，生長在民生經濟繁茂的時代，沒有受過物質匱乏之苦，更不解勤儉修持之理，這怎能怪她們？周圍所見多是豐美華麗之物，加以父母的呵護備至，她們何曾缺少甚麼呢？

我不怪她的好奇，也不是好爲人師，才向她們倚老賣老才說下面的話，而是爲了要她們了解；物質生活的克難並不可笑，在今日國家多難，社會風氣又顯現了奢靡之際，實在太需要人們在物質生活上，有所抑制，應該在衣食無憂之外，參加勤儉建國的行列，共同維護這個社會的進步、祥和才對，否則安定的生活就有不安定的後果，大家都趨向豪華、享受，誰還能顧及大環境的安危?而意志集中去爲國家社會効力呢?

她們似乎懂了大半,我接著敍述我童年時代的生活情況,也令她們瞠目結舌,覺得如「天方夜譚」一般:

在日本帝國主義,尚未侵佔家鄉東北,剛剛跨近廿年代以前,是我一生的富裕歲月;我的家建新屋所用木料,係由父親往「東方巴黎」哈爾濱,再以火車運抵瀋陽的。父母所穿毛呢質料衣服,全是英國及澳洲貨,我們所穿的皮鞋是來自捷克斯拉夫的「拔佳」鞋,(捷克以優良皮鞋聞名世界,各國均有分店。)母親有一座很漂亮的梳粧枱,化粧品大多是法國貨;冬天我們流行戴的各色呢帽,也是法國來的,在當時大家生活安定,父輩的工作收入頗豐,我們並不覺得有甚麼奢侈,因爲很多家庭也都如此這般過日子。

可是,安順的生活被炮火摧毀了,爲了投奔自由,不得已離鄉逃亡,憂患悽惶的流亡之中,所有往日一切全都化爲煙雲,再也無法重返,像飄蓬似的受驚受難,內心惟一渴望的,只求國家勝利、消滅敵人,那時候那怕每天只有兩頓稀飯吃,已感萬分滿足了;試想想,往日的富貴而今安在哉?大我的環境不安定,個人那會有安身立命之所呢?也因此勤儉建國的目標,是需要大家來實施的。

孩子們聽得有些動容,我再繼續說:我這一輩的人,經過抗戰艱苦與磨練,並不重視物質的追求,但在心志與精神方面,卻比今日的青年人豐富太多;我們有一股文化傳統內涵的力量,支持意志的堅毅，妳們別看我家裏如此不够現代化；沒有電鍋、冷氣機，又缺乏錄影機、除濕機等等，然而我們非常知足，我眼裏的克難梳粧枱已相當豪華，我們不以外在的物質作炫耀，卻自我要求志不可懈，意不可頽，粗茶淡飯（身爲公敎退休者，可能致富否？）有滋味，明窗淨几是安居，這足够了！

要知道人生在世最貧的是無才，最賤的是無志；人的品類不是以財富來分別的，所謂有進步的、停滯的、倒退的，妳想做那一種人品呢？我輩中人大多經過困厄風浪，已把身外榮華看成平淡，何況那永遠不能滿足的追求，就是煩惱惹禍的根源；我們所一意修持的，是在誠意、正心、修身前題下，尋求清簡單純的高尚的高尚生活，多讀書多自律，領知積蓄知識，勝過積蓄金錢，摒除世俗的虛榮，遠離誘人落入陷阱的物欲，在已算不錯的生活狀況下，認清掌握在手中的「金錢」，實際上就是智慧啊！

尤其女孩們，要記住將來長大，也不忘永遠要與書報爲伴，培養純正的裝飾品「美德」，而不是一昧增加華麗的服裝與珠寶，把生活以外的心力，貢獻給社會、家庭，及正確的敎養子女的方式，倘使過分迷戀追求財富及外表的美好，豈非自暴自棄、自找煩惱？家庭又何得平安？

聽得入神的女孩，有一位回問：那我們已有的現代生活，總不能故意變回到抗戰時期吧？

當然，我們的大環境已是人人富庶，不虞匱乏，問題是近年來社會風氣傾向奢侈，過分的享樂是不智的，我們欣慰於目前民生之樂利，但是在精神生活及心靈上，卻不可因貪欲心而消逝了意志；別忘了我們國難正殷，不可自行靡爛造成「物必先腐而後蟲生」的危機，要堅固、團結、效力，則小我的安頓始得在大我的強盛中，獲得幸福，因此惜時、惜物，提昇精神生活，是十分必要的課題。

現代的孩子，受大眾傳播的影響，知識頗稱廣博，她們聽我一席話，大部分能了解，也表示贊同，最後再說明的是；所謂經過爆發後的火山，它的泥土更爲肥沃，適於種植，人也是一樣，經過波折磨練的人，便更懂得人生的眞諦；所以我不在乎家具是否華美，也不在乎家中缺少現代的最新式電器用品，我認爲生活得够便利就好了，而最快樂的是有機緣爲我的年輕朋友（學生居多）多付出愛心，以及講述人生經歷的可取參考，我們固然不排斥現代生活的種種，然而卻仍願散播傳統的憨厚；單純的、眞誠的，跟他們溝通，在精神上輔助年輕朋友，如何享受自己的生活，而不是虛榮的在物質上與別人相比。

七十五年一月十五日　中國婦女週刊

瑪瑙手鐲

又是一個週末。

他從外埠公畢返家。進門先把旅行袋打開，從一堆該洗的雜亂衣服中，掏出一個紅綢子做的小口袋，不用說那是首飾之類。

「祝妳五十七歲的生日快樂，健康！」

奇怪他，我們成家卅年以來，立家的精神與目標是：知足常樂、勤儉持家，所以極少想到購買那饑不能食、寒不能衣的珠寶裝飾品，我們逢到手頭寬裕時，大多用在文化或藝術的追求方面，何曾著意去修飾外表？

再說他，每週的車資與生活費全有定數，那兒有餘裕買奢侈品？正自疑惑，他開口道：

「打開瞧瞧嘛！只不過二百五十元新臺幣，禮輕情意重，請哂納！」

哈哈，二百五！能買啥？趕快摸出一看，嗬！好美的淡淡的紫色瑪瑙手鐲，眞俏麗啊！忍不住高與地道謝，然後到浴室去、用肥皂泡沫打濕手腕，很順暢的細手鐲就戴在我腕上，眞有幾分說不出的滿足感，腦際忽然想到一段有關耶誕節的故事，我就問他：

「你記得那故事嗎？爲互送禮物，太太賣了美髮，只爲要贈送先生一條錶鍊。而先生亭也賣了最心愛的金錶，只爲要贈送妻子一把漂亮的梳子？」

「眞是對妳抱歉，妳嫁了一個『浮雲婿』，對於求財造富方面毫無才能，只好委屈妳做一輩子的無薪女傭了。」

「那兒的話！我倒認爲用金錢能買到的快樂，不一定是眞的快樂；請問像你給予這個家的平實、負責、沉靜、可靠，金錢能買到不？我提那故事，是因爲我很感動。倘使你今天能以數萬元之鉅，買一隻名玉手鐲贈我，我還未必喜歡呢；咱們這種卅餘年來同甘共苦的『友情』，還用得著以貴重物品來『錦上添花』呀？對不對？」

他無限歉疚地，唱了一句戲詞兒：

「憶起當年哪……，淚不乾！記起了……」

能記起當我們年輕時所經歷的磨鍊與艱苦，那是爲人生注入了滋養料，有益而無害，設無從前的「教訓」與苦幹，又怎能獲有今日這種小康的局面？好的是我們都能領悟，都有毅力迎接逆境的挑戰，如今回顧起來，內心確有一份滿足感。在我們婚姻生活史的記錄上，對於婚姻給予雙方的教育與互助，實有鼓勵的作用，因此，那些苦樂參半的往事，也就特別難以忘懷。

回想在成都結婚時，他從上海工作單位，預支了兩個月的薪水，搭乘了便機，就飛到成都準備做新郎了。至於，我雖然雙親賜以較豐的奩資，但我自幼享有他們的教養並供我受大學教育，這一份「嫁奩」已太豪華了。因而只接受部份治裝，餘皆歸還二老作納福之資。

於是我和他，兩個甫出校門的年輕人，就在同學們的協助下，完成簡單隆重的婚禮，當時全部的家財，包括書箱三件，衣箱乙件，行李一肩。新婚兩週後，由江津機場搭機飛回他上海的工作地點，告別我相依廿餘載的兄妹，到一個完全陌生的新環境中去奮鬪了。

自初中以還，我全是住校，頭腦裏對於如何處理家政？如何安排開門七件事？可謂毫無概念，甚至上街買菜也視為畏途，心中不由得欽佩母親，她老人家做事伶俐效果高，當初為何忘記向她討教，可是一個在愛寵氣氛中生長的女孩子，怎麼能想到日後做人妻子還要親手做羹湯呀？

最初的半年，我曾燒焦了米飯，把餃子煮成片兒湯，以及割傷及燙傷了手指；每當做事不順遂之際，我便不自禁的感傷起來，覺得做家庭主婦太難了，而當時他的收入不豐，我是沒有理財效能的人，種種因素交錯，令我幾乎失去生活的信心，所幸他為人沉穩、不挑剔，協助我學習，雖然日子過得辛苦，在物質享受上掛零，然而愛情終於戰勝了「麵包」，我所藉以能安心的，是他敦厚的扶持，以及天塌下來都不皺眉的鎮定。

這時期，我們的家只是個存身之處，家徒四壁，除了書籍與必要衣物，別無長物。奇怪的是；我們從未用過心思往物質享受方面去追求，八年的抗戰生活，已訓練我們腳踏實地的發揮意志，只要精神突破空虛，就是最佳的生活，我們不會與別人比，也不自認寒愴。

一年後有機會，我也出外工作了，更巧的是他也辭去原職，和我在相同的機關服務。這機關辦理船務，地址在黃埔江畔一個小島上，由於宿舍缺乏，我倆只配得一間四坪大的小屋，包括厨房與臥室。地方是仄狹了些；但我們已很滿意它能遮避風雨，在無法自炊的情況下就在外面打伙，倒也省卻許多麻煩。

這時期，我們二人的收入較豐，自然在遊樂方面活動加多了；上海所有的公私立大小公園，拍下了不少的照片，乘江輪浮於黃埔江上看日落，到南市城隍廟一帶品嚐各種小吃；在四馬路上書攤翻閱老書，到天蟾舞臺去欣賞平劇……，雖然都不是越軌敗德的行徑，然而也未諳儲蓄之道，收入與開支幾乎相抵銷，那時候馳騁上海全市的祥生出租汽車，我們乃是常客，週末的暢遊固然稱心，但卻沒給家中增添件任何用品，我們的確是「天作之合」，偏偏都趨向精神第一的生活，但是這種生活態度是否絕對正確？

年輕不解事，終於造成了痛苦的遭遇：

機關易長，我們只見不少人奔走忙碌，卻不懂爲了什麼？我們入世未深，不了解複雜的社會情態，以不變的安閑每日雙宿雙飛，不料！我們在機關改組時雙雙被資遣！沒有過失，我們從未請假曠職過；沒有理由，我們只是不諳世故的傻子，如此而已。

人在遭逢打擊時，始能反省一些道理，爲什麼平時不知儲存之道？否則橫逆之來生活也不致陷於困境啊！我自幼養尊處優，眞不知一旦生活無着，口子如何度過，再想到父母遠在關山外，即使近在咫尺、我們又能赧顏去求援乎？父母作夢也想不到，我們正在十里洋場的上海受困吧？

時在隆冬我想燒開水注熱水瓶，可是小屋內的惟一水管被凍得流不出水來，手扭得發紅發痛，抑不住傷心地哭泣！想我活了廿多歲，何曾遇過這種艱窘？反而他十分冷靜，勸慰我說天無絕人之路，我們如此年輕，往後還有得闖呢？豈不聞勞其筋骨、苦其心志，才能更懂得人生嗎？

誠然，我也怨過他說：

「你這個迂夫子！光說這些，有助於解除失業的痛苦嗎？」

然而不能否認他的看法確是一般力量，支持著我們的希望，就在半月後，我的同學由杭州來信，她介紹我去湖州（吳興）省立師範教課，這眞應了柳暗花明又一村那句話，我當然決定就聘。

他長我幾年，像位老大哥，很不放心我單槍匹馬獨自前去，但是我們急迫需要有個工作，他在上海也不停在煩請熟人代覓枝棲，只是一時尚無結果。爲了婚後這首次的分離，我們內心都非常悽苦，無奈何他送我到了湖州，將我「丢」在完全陌生的環境裏，目送他乘車回上海時，我衷心惆悵，淚灑衣襟！

學校的教職員宿舍，分散在各處，我被安置在某姓祠堂的二樓，最末端的一間隔間，門楣上懸掛了一幅大匾額，上寫「奎星樓」，我一見不禁肅然起敬；奎星君是廿八星宿中主理文昌的神，也許我與文學有緣，才住到這裏來吧？我把行李安放好，往四周探視，只見隔間木板的縫隙後邊擠滿一屋子的泥塑木雕的高身神像，這一震令我悚然！

當時我太年輕，尚未能接近三寶佛法的因緣，否則我心誦金剛經，心情自會平靜。那一晚我蒙頭心惶，度夜如年，翌晨往學校上課時，還忍不住驚恐，並請求總務另換住處。在此特別感激一位方女士，是她見我可憫，允許和她共住校內的一間宿舍。並且還有位女工友為我們打掃，每晨的早點，由她買來馳名江南的諸老大粽子，此時的心境已稍安，然而午夜夢迴，念及上海孤獨受困的他，不覺萬種憂思來枕上，比限於銀河彼岸的織女還要悲酸！

每個月，他從上海來看望我，他告訴說接受了一位牛肉麵店的老闆的贈予——一雙黃貓，可謂家中有伴矣。這件事我很贊同。也由於我們遭過失業的教訓，在用錢方面方收斂得多，必使有存蓄以備不時之需。因此在半年後，當臺灣的老友楊君，為我們覓得合適的工作後，手邊不僅有足够的路費買船票，而且在離開之前，在街上選購了著名的湖筆、毛扇，並還去蘇杭二地旅遊一番，「少年」雖已識愁滋味，但在愁過以後依然是年輕的我，明天的日子再從頭迎戰吧！

回到上海準備就道，意外地，我的翁姑應兒子之請已由北平出發即將抵達上海，我們乃欣然會同二老，乘海黔號於卅七年夏季來到寶島。生茲亂世，能有父母同住共享天倫，幾家能够？我們所享有的照顧與關愛，筆墨何能宣洩萬一？

最慚愧的是，我們一直做清樸的公教人員，生活無虞但卻未能以甘旨奉侍親長，當民生主義的經濟政策實現，社會繁榮中我們收入也較好的當兒，十五年來相伴的老親卻先後以高齡棄養！昊天罔極之哀，用什麼來補償？

回憶住在嘉義那幾年，雙親在公用廚房之旁，隔間變作臥室，忍受煙燻火燎，我和他住在前院一個小屋，沒有任何裝飾，公家借給一床一桌二椅。他爲自己買回一張廉價竹床，由於身軀高大，往往一個翻身，卽將竹板陷落下去，好多個清晨，我找不到他身在何處，原來正在「浴池」裏酣睡呢，此人之憨厚和隨遇而安的天性，後來也深深影響了我，而他的這份性情，更像我的翁父，可謂家傳性格，受用無盡。豈不聞一句哲言嗎？「要使一個人快樂，別增加他的財富，要減少他的欲望」，如此，內心始得平安恬淡之樂。

近十年來，我們先後由公職退休，固然退休金可以維持最起碼的生活，然而，歲月悠悠中我們已逼近花甲之年，晚年的生活與醫藥費用，勢必應及早籌措，所以單獨辛苦了他，在一家私立工專任教，感謝該校重視老師的經驗才能，而無年齡上的歧視，他得以再傳所長，並爲家庭準備了生活之需。

由於抗戰生活的洗禮，由於父母辛勞關照及教訓，我們如今更了解克己復禮，與正當使用之道，我們「利用」金錢改善了生活，但卻不被其「奴」役，雖然在今日安和的生活狀態下，不必規範自己仍向抗戰的物質艱難生活看齊，但是，也絕不再是當年初抵上海時的年少無知，我們對於物質生活一直有相當的約束，但卻不是「病態」的金錢至上，就像最近發生的一件家務事吧！

也是個週末，照例他由外埠返來的晚上，看過電視新聞，兩人各捧香茗一杯，就到了談話時間。我首先告訴他：

「嗨！你五年前自製的這張角鋼架成的床，已經銹得很啦，床上的木板七出八進，常常碰傷我的腿，那個海棉墊周圍都已乾裂，一片一塊的剝落好像餅乾渣，你瞧如何修整法？」

「唉，眞難爲妳，結婚了卅多年，都不曾享有過好安睡的床，如今這身老骨頭，再經不起『摔』硬板床的苦刑了，換個新的好嗎？」

說起來好像笑話，在今日富有的寶島生活中，每見晚一輩的年輕人成家，大多買進成套的家具，甚至連窗帘地毯也都選最佳品質的，其他一切電器用具更不在話下。我們很欣慰他（她）們的運氣好，生逢這個國家實施民生主義大有成果之際，自然會得到那樣的享受。然而，我們爲抗戰貢獻了辛勞的成年人，也更爲懂得如何運用今日的樂利成果，而不造成過份的奢侈，兩者的命運都是亨通的，應該感激的、是我們的國家、政府。

最近，一位嘉女老學生林淑芳夫婦，贈送我們一枱烘盌機，我們也趁此把用了十幾年的大同電鍋換新，不久後，我們將爲臥室改變一下風光，這物質生活的改進，恰逢我們結婚的卅三週年紀念，更巧的是我的生日到了，除了他贈送的瑪瑙手鐲，還有誼兒女們寄到的賀卡與小禮物，我覺得自已好有福氣！我把弄著手鐲，心中好滿足。

我更是感謝他，他不愧爲貧賤不能移的大丈夫，他那順天應命的人生態度，正是他保持正直人格的因素；倘使我當年嫁得紈袴的金龜婿，那就不敢確定，我今天是否也如此幸福，我也不敢說：

「人間多少賞心事，鸞鳳雙飛月正圓。」

六十九年十一月　婦友月刊

歲暮情懷

一

時序的腳步剛剛踏入十二月，新年的氣氛便開始瀰漫，忙碌負責的綠衣人，連連地送來由國內外寄到的賀卡與祝福，像一條條熱線，把人情的溫暖縷縷傳送連繫。

我拈起每一張精心挑選，且又漂亮的卡片，既欣賞「畫藝」又感承着溫馨，內心的幸福感是一波一波地激盪著。

分別居留在美加各地的，以及國內南北部的學生、晚輩與朋友，卡片上的摯情與寄贈的小禮物，是每一個新年提供我家新景觀的好題材，在牆半腰，拴拉一條粗棉線，將卡片一張張掛搭起來，立刻變成燦爛眩目的「畫展」，至於那些來自中外的特色小物件，也都被放進玻櫃或書架，每件禮物都含有一個情感交流的故事，不忍心去多加觸摸，要它們永遠鮮麗，永遠充實我的心靈

——豐盈快樂。

在卡片的附言裏，每每被海外遊子的思鄉情懷，感動得眼眶發熱；她們曾參加愛國大遊行，她們親見大陸赴美的同胞，因突然獲得自由後的那份「貪婪」——拚命的做工賺錢，迷戀物質文明。她們不忍苛責，但卻擔心會被另一種「唯物」的迷惑而造成傷害；她們儘心地協助以求得心安，對這一份同胞的愛心，令人感佩。

她們要求老師常賜教誨，提昇她們的內在力量，她們認爲上一輩人，比較有深厚的中華文化內涵，飽飫詩書有操守，她們不忘浸染這種中國文化特色，只這一片丹心和意念，便足令我得到安慰，又何吝惜筆墨、時間與郵資？惟一赧愧者，身爲老師的我，也並非對詩書眞髓納入血肉之中的眞士，但我將儘心儘性而爲！走筆至此，很思念她們，不禁有淡淡地悵惘：

一年將盡夜，天涯未歸人！

二

每年三節，原服務的學校都以掛號信，寄來數百元的慰問金，數年以來不曾間斷，每次捧著信件和匯票，心中無限感激！

政府愛顧退休人員，而校方承轉德意，發揮同袍之誼，這個被關注的情份，溫暖著「老臣」

的心田，遠超過金錢的數量與價値，我們未被遺忘啊！

人人必有退休之日，而離開團隊的人，只是轉「戰」人生另一個陣地，並不是伏櫪老驥，只是混吃等死而後已；有朝一日國家需要他再馳疆場，仍然能鼓起餘勇作「駑馬十駕」的服務，願所有退休後的同袍，不可自棄。

離開舊日同袍，並不是彼此形同陌路，精神上仍然存在同舟共濟的道義，爲了我們多難的國家，大家該更團結多鼓勵，使彼此心中充滿信心與希望。筆者曾多次受邀返校演講或會聚，老同事莫不前來殷殷垂注，相與寒暄，令人感覺如回娘家一般，在大家的友情激勵下，不敢懈怠心志，更不敢使頭腦與知能也一起退休，仍須努力學習新知，以報答校方與同袍的期望，人老並不可怕，如果變成枯木死灰那才可怕！

離校依依，我從心裏祝福他們！在此新的一年來臨，願我們安和樂利的社會，更充滿積極貢獻的精神，衆志成城！我的同袍們也健康如昔，一切都充滿希望。

七十一年十二月　大華晚報

也是創作

補肘的毛衣

他本來有好幾件新舊厚薄的毛衣可換穿，但是卻偏愛公公遺下的那件舊的；衣齡已有十多年，袖肘處磨出兩個大洞，有鷄蛋那麼大，冬來時他愛不釋手抱過來問我：這窟窿可以縫補嗎？其他地方都挺好的吶！

找出一大塊近似毛衣顏色的呢布料，把形狀剪好用大頭釘固定住，再用較細密的針線將之縫合起來。當手指撫觸到這件毛衣時，多少令人孺慕的往事湧上腦際，記得我以分期付款買回這件毛衣時，公公試穿上身時微笑說：挺好，很溫暖柔軟的，只是又破費你們啦！

自我適夫家，得與翁姑相處廿餘載，他們視我如己女，愛之誨之、厚恩不遜我親生父母，日常生活中老人家深深體諒我們是清樸的公務人員，從無物質上任何要求，粗茶淡飯他們甘之如飴，對於艱辛中能享天倫之樂，十分滿足；公公本是軍校出身又堅守氣節的軍人，少時飽讀詩書，因而他並有武德與書生的內涵，不時訓誨我們要做潔身自愛的公民，不可隨波逐流心向虛名浮利，要固守家訓知足常樂。

公公耳提面命的訓誨；終使我們堅守品格、奉公盡職，從無旁騖或見異思遷的妄念，勤勉自重直至雙雙退休，公公的精神始終引導我們清心寡欲，淡泊寧靜之中惜福養性，如此修習得獲內心平和，袪煩惱、保貞定，人生得此尚何憾哉？

袖肘補妥了，他歡欣的穿上身，似又獲到老父的撫愛。

改頭換面變新裝

爲了換季，將一批夏秋衣服收進衣櫥，卻意外發現一套他從未上過身的運動衣褲。我問他爲何閑置着？回答是尺碼嫌小、勉強穿著好像「綁」肉粽，於是提議由我改來穿，也免得糟蹋東西、暴殄天物。

先試穿上衣，啊哈！兩肩下溜袖長超過清代大臣的馬蹄袖，至於身寬身長雖不免鬆大，但卻符合運動便利原則，無傷雅觀。我乃操利剪將長出的袖子去掉，再將肩部縮縫進去，一件嶄新的運動衫完成。至於那條雙腿外側壓有紅色布牙的灰褲，腰身竟然合適，惟只褲裉長出三吋多，處理它十分簡單，剪掉多餘的褲腿再褶邊縫進，一條新運動褲也誕生了，今後我已有兩套運動裝可資換替，眞是來得全不費功夫呢。

若說愚夫婦的運動項目，並不上「譜」，只不過庭園中除草蒔花，以及種菜植果樹，但最感幸運的是，家住水木清華的清華大學附近，每日晨曦或傍晚，皆往寬濶幽靜的清大校園散步或慢跑，尤其不久前該校規劃拓展園區到更廣大的山坡，開碧湖植柳樹，環繞的徒步區光潔曲折林樹成蔭，舉目皆綠、生機盎然，吸引不少附近民眾來此，開放的校園提供了人們舒暢身心的場地，感謝大學在教育宗旨之外的又一「系」保健意義，因此凡是臨校慢跑及散步的民眾，皆極遵守公德，不製造圾垃、不喧嘩擾亂，儘量享受不花分文卽可獲取的森林浴效果。也正因爲與大家共樂，我因此才擁有空前設置的運動裝，卽使它不頂好看，但卻舒服實用。

媲美國劇的富貴衣

自退休以來，數年間在家庭做主婦，日常爲使操作家務方便，盡穿昔有的洋裝或褲裝，以致上班時期所製的旗袍閑置著，想昔日身爲師表，不能在儀表方面太隨便，因此，四季衣裳力求整齊優雅，以維身教。然而今日極少交遊與集會，「冷落」之下的旗袍已不合身；不是衣身嫌短，便是中圍太狹，看著質料不差的旗袍行將成爲廢物，甚感可惜，半絲半縷恒念物力維艱啊！

首先有個靈感，不見市上流行的毛衣、呢衣各式外套嗎？充滿圖案排列組合的多彩變化，無非是相對色或系列色，多的是菱形，三角形、圓形方形，甚或類似印象派畫風的種種設計嗎？這種看來拼湊式的自由配合，不也相當自然光鮮好看？透着幾許青春的朝氣。

也許那種新潮的色彩不太適合我這老嫗穿用，但我可以稍作保守的設計，做爲家常服用，又有何妨？於是將旗袍的顏色加以分組設計，我的目標是每件旗袍將圍頸的領子取除，再把腰上的打折拆開放大，從臀部以下將下擺剪下，縫妥邊緣燙平，再買幾尺色彩相近的織綉花邊，沿領口及於大襟釘妥，如此便變成一件很中國風味的上衣，也是市上流行的一種設計。也有的旗袍質料較薄則只取下領口，將衣摺放大，就成爲一件改良旗袍洋裝了。

至於改爲上衣的旗袍下擺，可以合兩件的下擺部份改成一件對口開的背心，拼合的圖案均事先畫圖再裁製，如此則多出數件「新衣」，廢物利用造新品，外表縱有「補丁」又有何羞？

廢紙舊木變戲法

愚夫婦自從退休，由於有限的生活費不能任意消耗，乃同意今後儘量節流，除非必要連最喜愛的書籍也該愼買。

豈料不上兩年，好書好雜誌又堆叠起來，此乃我們節衣縮食增添的心靈食糧，問題是它們都有可讀性，且不受時空限制，隨手拈來皆可閱讀自娛。在部份贈人後仍有大批，又加上我習慣與興趣所鍾，剪貼的簿册「人口」大增，這些經過編輯後的自版雜誌，也必須找一安放之處，以便不時取閱含英咀華。

數年前，曾自費印行一册散文兼手工藝的彩色書，書成後一捆捆書「包」寄到，卸下書安置妥當，竟存有許多大張包裝牛皮紙，心念一動將它們刀裁成一疊疊似大本照相簿大小，廿頁為一組釘成册子，封面上選剪報紙的彩色廣告粘貼，册子脊背用做衣剩下的布料裁成一條，粘敷樹脂膠將它固定，於是做成廿幾册剪貼簿，每册封面以墨筆書寫分類，如散文、小說、醫藥、繪畫、園藝、可愛的鏡頭等等，堪稱多采多姿、美不勝收，更為心靈開濶帶來滋養，成為家居生活中既不浪費又極「享樂」的項目。但，往那兒安放它？還有那些精美典麗的書册，何處棲止？

曾問過木器店的書櫃價錢，令人咋舌，忽然他靈機一動，找出戶外棄置的幾塊舊木板，計算一番後再買來一大張三夾板，經過一週的鎚鎚打打，居然一具六格的書架成功了，當我們納入書册、相簿、雜誌、集郵册，及自輯剪貼簿，還有名人畫册等，直把一座新書架塞得滿「足」，待到木材十足乾透，又用本色漆將之髹亮，這座書架與先有的兩具玻璃門書櫃並肩而立，為我們的書城增加更光華的氣勢，它們是我家的「財寶」，是取之不竭的智慧「美食」，也充實了我們的腹笥。

七十四年二月　婦友月刊

羣女「親」情

當玉蕙抱著兩條毯子進屋，衝入臥室，不容分說便把我的被子舊毯子掀走，細心地將新毯舖平，撫摸上去柔軟舒適極了，她表示這種溫暖的臥毯最宜老人家使用。

她的柔和友愛的心，最爲同輩人所稱道，也視她爲知友，有困難或心事，都向她尋求安慰。她是公務員，又是相夫教子的忙人，而且並非是大富有，可是在師友中間，她從未吝於放射愛心給別人，這也就是她快樂達觀的原因吧？

說起來，與她同樣愛回「娘家」的「女兒」，爲數不少，足可讓我開一間「瓦窰」啦！在羣女的感情圈中，散發著光和熱，是她們的敬慕，加我的忱誠與愛心，編織成歷久不淡的「親情」，廿多年來溫馨關懷相溝通；彼此感受着溫馨，卻沒有任何苛求，純純的情誼在自然建立，她們這一羣就是我的老學生，忘年交，誠如銘言所示：「財富並非永久的朋友，只有朋友才是永久的『財富』」。

她們畢業已廿幾年，皆已年逾不惑，成家立業生活忙碌，正是人生的「夾心」時期；上有老下有小，肩負職業的與家庭的雙重壓力，辛勞之餘心中仍不忘關懷到老師，雖不克時相過從，但在精神及心靈上，是常相關注的，沒有世俗的功利成份，也沒有利己損人的動機，純出於相知相交，成就了非親有義的情誼，我們之間從無世態炎涼的感喟，一片和諧怡悅。

自從她們走出高三的教室，爲社會貢獻做基層幹部的才能，努力進修，迄今尚未有誰失職敗德，只這一點就極大的安慰老師的關注了，一個師長的「權威」，不是教學生畏懼，而是義正詞婉與人生經驗的傳遞，所幸她們能力行實踐，不負老師諄諄教誨，如今以事實說明她們的立身行事，發揮了正其誼不謀其利的品格。

多年來，做師友間連繫的富慈，她嫻靜友善，是同學們的好姐妹。她結婚成家，我是被正式邀請的送親人，而後的廿幾年目睹她辛勤的侍老育幼，協助丈夫成家立業，百忙中四個兒女已長大，她經營的小百貨行也頗具規模，而她辛勞依舊，從無怨尤。對老師更是如母如姐，自從畢業年年來爲老師祝賀生辰，幾經婉謝不可增加廐煩，但都擋不住她的摯誠關愛；往往還有更多的同學偕來，老師除以炒麵招待過幾次，其他聚晤全是同學們邀宴，最盛大的一次乃聯合下一班同學，共同歡聚爲我祝福六十歲，而爲師的，只不過畫幾張並不成格的國畫，作秀才人情相贈，再就是幾句鼓勵的話，就只如此她們也視爲珍貴。

可喜的，她們無論從事何種職業，都能敬業樂羣，而且也以家庭爲重，手腦並用堪稱是時代女性。其中從公者如美慧、祝華、鳳仙與麗照，皆已由基層努力升至高職，任教者如月霞、鳳蓮，都是克盡厥職，自律自修的良師，她們曾說，她們的教學與任導師，多半是我當日的「再版」，做經師也做人師，內心感到十分充實。面對着薪火相傳的接棒人，豈非老師的安慰。

他如嬌齡、富美、蘭妹，經營商業循規蹈矩，積多年辛勞與努力，皆有良好佳績，而寶燕身為醫生夫人，做賢內助協做不少工作，相夫教女之餘，對同學也是相親相愛的關注，並不因生活裕如而生驕狂，實在難得。

去年初冬，在此一住廿多年的容華，因丈夫工作在臺北，乃將公職調到臺北附近，以便照顧家庭兒女，她偕家人來辭行，我們洒淚而別，臨行之前她還量身為我織一件馬海毛衣，每當穿著溫暖的毛衣時，容華的憨厚和面貌，就出現在眼前。

上禮拜有一天，忽接淑媛電話，乍一接聽以為她又返國探親了，原來因春節將至電話線線擁擠，故而事先賀春節快樂，並問候師丈安好，當時我雖感動想多聽一會兒，可是美國畢竟太遠，就在言不盡意下掛了電話。但內心的欣慰久久不消。

還有住在紐約的玉珍，及舊金山的安娜，也都在返國時專來舍下歡敍，帶來一些可愛小玩意，及她們衷心的問候，返回僑居地後，逢到母親節、新年，都不忘選張最美的卡片寄來，對於這些精選的「畫作」，多年來已經存有好幾大册，我珍惜寄卡人的情誼，卡片的份量無可比擬。

自我退休，雖自甘菲薄退休金的淡泊生活，但是羣女體貼，總有人間隔著來贈衣、食、用品，雖再三告以年老人所需不多，日子並不匱乏，但是她們一番誠意，拒絕無效。不知吃過月景做的多少蛋餃，水果，秀盈每次偕夫來訪，都爲師丈帶來香煙，還有我喜愛的精美瓷品。今年的新年前，春梅的美麗月曆寄到了，她年年精選漂亮月曆給我，她是職業婦女，但兼及家事樣樣精通，有幾次她來訪，不但未及參與晚餐，竟是我們大啖她做的滷菜，還有從臺北買來大饅頭哩，如今她獲得美滿婚姻，同學們都祝賀她遲來的春天尤其美！

前兩天忽然收到包裹，原來是彩英從美國寄來好美的床單，我抱著玩偶在新床單上拍照，寄給她，以慰她身居異國的鄉愁，我知她心繫寶島，尤其思念她的親人與師友，似這樣遙遠的往來關注，爲彼此都傳遞了無限欣慰之情。

在保險界工作的蓓麗，多年來總在母親節獻來一束康乃馨，不久前也爲老師手織一件大紅的兔毛背心，十分柔軟溫暖，她常說老師雖沒有兒女，可是廣慈博愛的對待年輕朋友，無意間獲得許多回饋，這比專注在少數子女的身上，更多樂趣；因爲師生間的情誼，是彼此尊重摯愛，並無親子之間那種先天的權利與苛求，十分自然的溝通，實在值得欣慶與信任啊！

忙碌的竹蓉在電臺工作，多在值班的空隙來舍看我，每次都是水果、小吃與她同到，歡敍一陣傾聽她年輕人的心聲，往往給人一些新的觀念與認識，她自知學無止境，去年參加空中專校，工作之餘又做學生，因此常介紹書刊鼓勵她得暇進修，相信她必能融會知識，有助於她的工作內涵。

羣女各個善解人意，確是爲「母」者的最大安慰，她們不但不怨我當日在校的嚴格要求，還感激老師引領她們領悟書本以外的「人生」，否則那有今天的平實正常？儘管我自己愧不敢當，但亦不免以她們的表現爲榮。在這人情冷漠往往以財富勢利做「估價」的社會中，她們從未嫌棄老師的淡泊與擇善固執，並願從如母如姐又如友的人生經歷中，吸取些可資豐美人生的東西，她們的慧心與行爲，不由得老師受感動，又那能吝於「掏心」相與，無論文藝的，女紅的，生活方面的種種，盡皆知無不言，言皆盡意，不是好爲人師，而是一種不容疏忽的使命感——傳播眞善美的種籽，做歷史文化的過河卒子。

日前靖琦寄來新年賀卡，她寫著：老師說髮已皤皤有老態，我則以爲白色是世上最純潔高貴之色；何況老師心情永遠年輕、勇於學習新知，是我們最好的榜樣哩！

說到她，令人敬佩，在罹患肌肉萎縮症之後，乘輪椅完成大學教育，她的毅力與精神，實在難得可貴，記得她畢業不久曾在物理治療後，還可以慢騎單車，來到舍間小敍，一直感謝老師往年的鼓舞，豈不知今日這成果，全是她咬著牙努力的收穫，而她家人的愛護與協助，才是她最大的力量。

已數年不見的承光，月前託她來臺公務的先生，特帶來禮物，匆忙中我未能盡地主之誼，他已返美，他們賢伉儷的關注，令我感念不已。還有皖竹遠嫁赴美前，特爲舍下換新瓦斯爐及熱水器，猶似子侄輩的孝心，使我感動。

有道是：人生路途上的是非成敗轉頭成空，只有無盡的眞愛，能穿越廣濶的時空，進入宇宙的永恒；我與這一羣「女兒」，相處相關，何其幸運？卽使在俗世的富貴觀點上，我一貧如洗，然而在內心與精神上的富貴，卻是豐滿無缺的，因爲我擁有「女兒」們的愛心與鼓舞，老年人的希望在青年，而老師的希望在學生身上，祝福她們學德俱增，前途光明，讓我分享她們的快樂與成就。

七十五年二月十九日　中國婦女週刊

半個圈兒

本來，他還可以有幾個小時的停留。享受天倫，但是爲了提高同事們的體育興趣，情願犧牲假日，早些回到辦公處，義務教授打拳健身。

我跟在他身後，算是送行，走完門前的小街，正當他拐彎兒之際，兩個人不約而同的高舉手臂揮兩下，偶而他會提高嗓門兒對我嚷嚷：

「妳可要記得多吃青菜喲！每天至少吃兩種，再見！」

眞虧他「慈愛」有加，總在行前爲我採購一冰箱的食物：青菜、水果（我腸胃有毛病，醫囑不能吃酸的水果，這就得大費他周章啊。」一連貓的魚、狗的肉也都準備齊全。

雖然我答應過他，爲了他也爲這個家要自己珍重，可是當他前腳一走，我後腳就成爲「老姑」獨處，我有「玩」不完的節目，往往忘了自己，忘了還需要吃東西。首先是迫不待把堆積的報紙搬出來，該剪貼的剪貼，該重讀的再讀，如此折騰下來，弄得滿牀滿地，以及茶几椅子上，無處不是報紙，在無憂無慮中，眞個是「山中無歲月，寒盡不知年」，直到郵差先生的車聲與投信入箱聲響起，才驚覺地瞧瞧壁鐘，喲！都快下午一點啊！怎麼肚子不「叫」我呢？

趕快打一個鷄蛋，放入待熱的電鍋中，然後從冰箱裏撈出一把青菜，也不勞砧板和菜刀，只待小鍋裏的開水翻滾，放下半匙麻油、撒上少許鹽花，於是用雙手扭擰青菜成爲一寸多長的段兒，一骨腦的丢下去，看看湯水又一次沸揚，得！我的菜餚完成了。當然在其他日子，我還有其他的菜單。

我這快速實簡的烹調術，從不在他居家時表演，第一，我要顧及他的營養所需，何忍叫一個健康的老男生硬陪著我「不食人間煙火」呀？第二，我有獨處的「自由」，那是我自圖方便，但不能做個不負責任的懶老婆吧？

有一次，他提前駕到，發現我的吃法，一時大爲驚慌，忙不迭地逼問我：

「嘿！妳整天就是一個蛋？一鍋清湯？還要不要活啊？」

「咦！螻蟻尚且惜命，我還等着回大陸哩，幹嘛不要活？」說完，我跳了幾招迪斯可，表示活蹦亂跳的，充滿生命力。

「哈！小心扭壞了老腰吧！妳這個作風，倒使我想起妳曾唸過的一首新詩，現在『原封』轉贈給妳好不？」

哈！那是一首俏皮可愛的詩，據說是一位詩人，爲他夫人寫的墓誌銘，其詩曰：

「吾妻四十有九，相貌甚醜。梳頭不用梳、用手；切菜不用刀、一扭；白米煑黑飯，糯米釀酸酒。嗚呼哀哉寃家撒手，尙饗！」

我們一起「合唱」到最後，笑得肚子都疼了。

話說，當我把一捆捆，開過「天窗」的舊報紙，送給「少女的祈禱」車以後，手邊就多出幾册「新作」，可供隨時閱讀，而這剪貼的工作永遠都在繼續，惟有當那另一半個圈兒回家團圓時，始得暫拋，因爲我珍惜共聚的時刻，兩人有志一同的繪畫啊、聽平劇音樂啊、種花散步啊，談心啊……，那能浪費一寸光陰在我的私事上？

有人說：「結婚十年之後的太太，才開始表現做太太的氣概；廿五年之後，丈夫若無太太共同生活，根本就過不了日子。也許老妻子年老色衰，但內在美更多，她釘的鈕扣，也比從前更牢了……。」若此，我已是卅五年的老糟糠，理應表現何等的氣概呢？

其實我的「十項全能」威風，全在獨處時孤芳自賞了；他週末回來兩天，見到的只不過是黃臉婆會做的平常事，那裏透露出什麼氣概？誠所謂「神奇卓越非至人，至只是常」也矣！且不說我爲民生問題，所做的種種給養、料理，光就清理庖厨一事，那一週能馬虎不管？

本來入廚做羹湯，就是件十分邋遢的事，油漬麻花地實在不討喜，然而卻奈何誰也遠離不了它，所以硬著頭皮也要幹到底；該甩的甩掉，該清洗的清洗，儘管這老舊犀不甚理想，但也要使出慧心，化腐朽爲神奇；看看泛烏的牆壁，我把剩下來的塗漆，拿來爲之化化粧，我登高爬梯，像畫「潑墨」畫兒，放膽的大肆「揮毫」一番，既暢快又開心，我邊刷邊唱家鄉的蹦蹦戲：

「小老媽兒，在上房打掃塵土嘛呵呵唉！打掃了東邊呀再打掃西邊喲……。」

有句俗話：「足不出戶，日行千里。」對我言十分恰當；做完了清理廚房的事情，接踵就來到書房，整理書架，清理畫稿，揩淨文房四寶，倒掉字紙簍等等，依次再到貯藏室、臥室、小客廳。我用X光般的目力，四處掃瞄角落、櫃面、茶几、地面裏髒亂的東西，甭想漏掉半點。

我馬不停蹄，手持拖把加掃帚，來往於洗澡間水池邊，卽使是寒流來襲，也會頭上冒汗珠，體力雖稍勞，然而心中好欣慰，望望清潔有緻的居室，好生滿足，於是高興的舉起掃帚，做幾個舞姿、臺步，口中念念有詞道：「昔有佳人公孫氏，一舞劍氣動四方……。」小狗不解掃帚之舞的美妙，嚇得鑽進桌下去。

我很欣賞自己對事物的美感，從小就喜歡亮麗美好的東西，成家以來，侍奉老親的日子，當然不能任性浪費，後來隨著社會經濟的成長，這些年稍具能力，爲這幾間平淡的家居，多抹上幾片「彩霞」；於是小飾物，擺設，畫兒，就把家的四方給粧扮起來，日常他不在「行宮」之際，我便有別出心裁，重新佈置「景觀」的機會，所以隔不多久，他回家忍不住稀奇古怪地問了：

「咦？這隻瓷貓又關進玻櫥啊？敢莫是犯了啥錯？噢？花瓶又換了？喲！那來的這麼大個兒的奇天大笨狗哇？」

哈！那是我以大公司售價一半的價値，從地攤上買回來的，可以當靠墊又能當枕頭用。

他見我實在一個人會折騰，惟恐因操勞過度出毛病，所以常勸我，家裏髒一點怕什麼，又不是觀光地區，省點力多學畫，爲什麼兩隻手就是閒不得？

我當然自有觀點，常常反駁他：

「女人的手只要用得是地方，一定不能閒，你想想看，手若閒了；誰去推動搖籃？誰去勤勞持家？誰來齊家報國？……男士倘如做不了這些「精密」工作，也別嫌女人的『天將降大任』的樣子吧？你想過沒？一旦女士們全都罷工，那後果可堪設想？」

「當然了，比如咱們家，一定亂得變成狗窩，一切日常的秩序全會出軌，無法再唱：『我的完庭眞可愛，美麗清潔又安祥！』嘍！」

他說了眞情實話，他愛「吾廬」很深，所以對於我平常都操做些啥事情，他也就不干涉了。不過仍有個約法：不能過勞，要維護正常的健康。當然，天下那有絕對的「保證」，我就曾因爲在院中鋤草，忘記中途休息幾次飲水太少，有幾回得感冒了，記得上週有一次，因爲有點發燒無力，跑到宿舍醫務室去，承「天使」們的照護，取藥回來服下，正準備提前入夢，覺得飄飄然，茫茫冥冥之中，電話鈴大作，每日一「電」來啊，傳來京劇道白似的磁性聲音：

「嗨！妳好嗎？家裏有事嗎？繪畫了沒？」

「我很好，畫也畫了，玩也玩了，青菜也像羊吃草那樣吃了，再見！」

適度的說謊不傷大雅吧？他反正不能「乘」電話即刻回來侍候我，何必給他後顧之憂？而且我又不是啥大病。

重新回到被窩，逐漸地又在渺渺沉沉中將入夢鄉，可是心裏十分明白，竟然告訴給自己：「只要兩心相繫，何必朝朝暮暮？不過，老伴兒一起度晨昏的日子的確好，等待把養老金籌到相當的時候，他再不會『出走』了。」迷迷糊糊地，不知怎麼，忽然間返老還童一般，想起兒時一首歌謠的後幾句：「盆兒啊，罐兒啊，我的老蒜瓣兒呀！呀！哈！哈！」

七十年三月廿七日　大華晚報

黑馬王子

少女時代，我有個羅曼蒂克的夢；假使未來成長到需要找個異性伴侶時，我則心儀白雪公主故事裏的英俊王子，他騎著如飛的白馬，身上的披風閃動飄揚，好不帥氣！

結束了中學時代，心無旁騖地準備投考大學，仍未見有個白馬王子前來獻花，自己暗笑好個幼稚的少女幻夢，世上那有如此典型的白馬王子啊？

但是萬萬也料想不到，竟然是失之東隅而收之桑榆，當我赴渝途中，在成都世伯家小住時，竟邂逅到一位黑馬王子；他騎的是鐵馬(單車)來去，膚色赭黑而不英俊，或許是他有一份獨特的「品質」，還勝過白馬王子一籌的，就是眞實、誠懇、溫和、沉靜，當時甫出大學之門，從事化學方面的研究工作，時茲抗戰末期，父母皆在北方老家，他是孑然一身。

這就是緣！在千千萬萬的芸芸眾男之中，我是個幸運的人，偏偏巧遇上他，倘使機緣改換，碰見的是一位無才缺德的「黑驢笨蛋」，那我也惟有認命了。妙緣是上天的安排，所謂無緣對面不相識，難得是我們相遇沒有勉強，沒有絲毫的特計入彀，完全出於自然的感情契合。

他等我完成學業，我們結婚成家，時光飛躍中，一晃就跟他度過卅五年，有道是「廻黃轉綠世間多，後來新婦變爲婆。」每每攬鏡自照又見華髮頻添，內心不禁感慨萬端！這麼多年多虧他，也辛苦了他；雖然我也任職迄至退休，不無對家庭小有益處，然而決定大策，應付磨難，以及克己復禮對待人際關係，大多是苦他的心志，他對家人的負責，對親友的眞誠，對晚輩的慈愛，在在說明他是個盡情盡性的人，毫不虛僞，這就是始終令我感激與尊敬的原因。

際此世亂擾攘當中，我娘家三代人皆遠在大陸，每次打開相簿或拜讀家父、兄、妹的舊信時，都忍不住悲從中來，涕泗交加！他往往要勸慰一番，最近一次他充滿信心告訴我：

「很奇怪喲！近來我常有一種感覺；不久就要光復南京北平了，我們中國一定快統一啊！咱們倆更該省吃簡用的，好儲蓄些財力，以便回大陸去援助親友，我先陪妳到西康、東北，然後回北平再到淸苑，好好地珍重身體吧，『捲詩書整行裝』的歸去日子不遠，快樂起來！妳有責任對不？」

聽他一席話，眞想抱住他大哭，他如此體貼勸慰，我再頑癡，也不敢以悲傷之情來消沉意志了。

做爲一個妻子，固然生兒育女不是婚姻生活的全部，但是對於膝下猶虛的遺憾，女性總是自責較多。每逢有此類話題，他總是溫文地笑：

「嘿！妳記得這句詩嗎？『牡丹無子始稱王』，妳永遠是我尊貴的王后，這是實話。說眞的，人生不過數十寒暑而已，我們以有生之年要學習許多事情，也該做許多事情，何必斤斤計較這個問題？」

「其實，妳所付出去的母性光輝，已遠超過只溫暖自己子女的範圍，這種愛心更廣大呀；像是妳對晚輩、學生，不一直是盡心盡力嗎？應該輔導的、有能力愛助的，妳都曾默默地貢獻過，而且從未指望報答，妳更無負於任何情義，妳內心實在太充實了，我相信他們雖然因成長而遠去，可是都會感念妳，妳所要求的也就是他們能不負教誨，做個堂堂正正的人，這就夠了，又何憾之有？」

細想他的話，內心釋然了，人生的意義不是盡責任嗎？還貪求什麼呢？內心又何曾感到寂寞？

從事科學研究工作的人，難免生活呆板，尤其缺乏美藝方面的情趣活動，當初我對他曾如此擔心過。然而事實不然，他是位大大的玩家！他的一系列「玩藝」表現，是我在卅年中逐漸發現的，他爲人沉靜木訥，不擅於自吹法螺，這正如他在工作崗位上的工作情況一樣，只問耕耘，埋首苦幹。如果他不在必要時「一鳴驚人」，休想知道他有啥本事。

遇上任何不愉快，或者困窘的問題，他都十分冷靜，極少見他驚惶失措、暴躁失常。頂多他提著胡琴到後屋去拉琴唱戲，發抒一番，一俟音樂的力量，將他撫慰得不再蹙眉時。我便他一副對聯曰：「獨坐廚房裏，拉琴復長嘯。」其實我了解，他在那悠揚的旋律中，已經用頭腦思索出來應對之方了，我常調侃他，應該做一位將軍，臨危不亂，才能揮軍打勝仗啊。

說到此，不禁莞爾，他曾有三次被誤爲將軍；兩次我們去臺中探親，坐上計程車後，駕駛先生回眸對他說：「我看您的氣派，至少是位少將，對否？」他哈哈大笑說：「非也，我最愛吃芝蔴醬。」逗得駕駛也樂不可支。另一次因一晚輩住院，我們赴三總醫院去探望，一進大門忽聽到啪喳一聲，只見衞兵立定向他行注目禮，他趕快還一個軍禮，走進裡邊時，我問他：「這回你該吃甜麵醬了吧？」他不禁呵呵地道：

「妳瞧我這德性，舊襯衫老皮鞋，理了個三分平頭，那一點像個將軍人物？簡直令我受寵若驚嘛！」

和他結婚之初，我不會騎車游泳，而後我做他的學生，學會騎單車、機車、游泳以及唱平劇，還有玩照相機。他的玩藝甚多，甚至還能幫我織毛衣、鈎帽子。此外他還會拼裝收音機，自製胡琴，只要家中電器用品出毛病，他均手到病除，此外他還是「綠手指」，凡經他栽種的花木，大多活得很好。差些忘了。他烙的餅及烹調的炸醬，簡直比館子裏的還好吃，近幾年來爲生活奔波，在家時少，我已很少享受這種口福了。

最近清明爲翁姑掃墓回來，他發願寫兩遍「般若波羅密多心經」，連夜虔誠以正楷寫到深夜，次晨我起身首先去書房，只見那兩大張宣紙上，墨瀋淋漓、鐵劃銀鈎，比我這教國文的教師好得太多。面對如此墨寶，我覺得十分感動，他不只在父母生前克盡孝道，菽水奉親至情至性，即使二老棄養這十多年中，始終是晨昏三柱香獻香茗，和我閑聊時，更念念不忘老人的敎誨和期許，眞正是「勿忘爾祖、聿修厥德。」他一直遵行翁父生前的心意，在祀祖的供桌上，堅持將我娘家祖先的神主位擺在正中，我曾多次要求不可如此越禮，但他一定要代行父命，我惟有感激而已。

自他由公職退休，倏地已有數年，他的健康甚佳，而且甫過花甲之年，精力能力皆允許再對社會貢獻下去，前後雖調換過服務機構，但是一連幾年都安於臺中工作，是因爲該處的工作環境很適合他，他也喜歡在那兒盡心的工作。

那就是私立樹德工專。該校規模稱不上大，可是設備不差，辦學的主政者態度認眞，平實穩健，尤其難得他們懂得敬老惜才，不嫌棄從公職退休而來的「老成」之輩，反而很注重這樣經驗豐富的人才，因此他在該校的工作心情，自然是愉快的。除正課之外，他還教同仁們打拳健身，也義務地教學生書法，並教女生打中國結，這套本領學自我婆母。他常說發揚固有文化是我們的責任，雖然辛勞一點但極富意義，能有機會傳薪火，豈不是樂事？

近年來，五專的學生畢業後，要經過檢定考試，以提高工科人才的水準。每逢考試之前，他便與其他老師忙於輔導工作，經常不能回家。曾有一種「新」的考試科目——燒玻璃，這個試題令許多人惶亂，因爲很少的學校開這門課，然而到了他的面前卻迎刃而解了。

早年，他在某研究院時，就曾以玻璃的水平儀得過獎勵，迄今不忘，於是如何燒玻璃，如何控制成形等等的方法，都教給弟子們了，幫助他們獲得良好的成績。他的「表演」使許多人驚奇，怎麼從來沒聽他「吹」過呢？

他每天上下班全騎單車，藉以運動，不喜搭公車浪費時間，每日飲食起居一概自理，這要歸功昔年的軍訓教育，我可以不必顧慮他生活上有何不便。每週末他都笑呵呵的回家，從未聽他感嘆抱怨什麼；生活給他什麼，他就努力地接受，他一直有個原則；工作的收入是維持生活的手段，掙錢不是人生的全部，够生活就足矣，精神要放在學習與貢獻上，因此他沒有貪求和妄想，只求把工作做得合情合理，自己盡心得到成果，才是最大的收穫。

受了他的影響，當我接過每月的生活費時，也必須花花腦筋，量入爲出，才不致給他困擾，在我心裏身外之物都不重要，就像西方一位詩人說的：「情人是稀世之珍，有了你我就擁有一切。」

當然，人非聖賢，我雖然感謝昔年的黑馬王子，也以他爲榮，卽使他不是富有和「有辦法」的人，然而他的內涵卻比大海還要浩瀚。可是，他也有令我不願意忍受的缺點；他很少幫我洗盌，偶爾客串燒菜倒不難；他不會清理居室，一任報紙雜誌堆滿在沙發上；他把自己每週的零用錢，省一些來買蘭花買書，卻從不打扮自己；他常常不經過同意，把我心愛的東西隨便送人；他只要「奉命」代我去買一次菜，定然花得一分不留，有時候還得我跑去還債；每年在換季時清理衣物、理箱篋之際，他不會下一次手，若是埋怨他，他倒也理直氣壯：

「呀？我在外也忙，回來的時間不够，也沒那麼巧正碰上妳正在整理東西呀？」如此輕鬆地逃避了「兵役」。

他長到這麼老，一向不愛管別人說的是非，更不說閒話，說他是閉關自守嘛，也不盡然：那年一位年輕同事追妞兒，他忙着到市上去代人家買蘋果鮮花，以便給同事去獻殷勤；某同事犯了血濃症，腳丫腫得像包子，不良於行，他就每天騎機車去帶他上下班；暑期大學生的理化研習班，來到此地時，因爲一位女生感冒了，他則把家中燉湯的鍋子，取去讓女生熬藥，及至還回來時，一股洗不脫的中藥味兒，只好不用了。如果對他質問，他便反唇相譏：

「幹嘛這樣小心眼兒，人家小孩兒出門在外，幫幫忙嘛！大不了損失一個鍋，人家病好才要緊哪！」

有一回我腸胃又犯了病，請他去買針藥，取回來給醫生一瞧，是過期貨，我請他送回藥房換一下，他堅持不去說：

「算了吧，沒多少錢。還給人家老闆心裏會難過！」

「那麼我好過？我還等著注射哩！」結果他還是去了，不過又買了新的回來啦。

總之，他有時候也很令人氣結，加上他金口難開，不知丟給我多少個悶葫蘆，反正我已習慣，倒也不以爲忤了，倒是他反嫌我的毛病多呢，說什麼：

「像隻雲雀一般，吱吱地傻笑傻說，嗓子低一點不行嗎？」

「做起事來沒命的死幹，不懂得分段好整以暇呀？」

家中小犬在春天外遊，追逐女朋友，常常在我卽將入夢時歸來抓門，有兩次氣透了，輕輕地拍牠兩下屁股罵道：

「誰叫你回家報到，半夜三更？」男主人一聽趕緊阻擋，不許我再訓，並代爲辯護：

「豈不知狗非草木，孰能無情，等牠瘋過一陣就好了嘛。」

反正，他的故事難以敍盡，我只根據一個原則來「品評」他；一個人的優點如果多過缺點，則此人可取，仔細想一下，他頗符合條件，想要抱怨又覺得不忍，只能調侃一句：「好個可愛的糊塗蛋！」

最難忘的趣事還有一椿，當年在上海，我從楊樹浦底的服務機關，週末回到江灣的家，走在大道上，明明見他從對面走來，心想敢是接我的吧？

孰料他迤迤然無視而過，約莫走過五碼遠時，我用女高音般地嗓子喊住他，一個猛回身嚇他一跳，他靦覥地說：「喲！沒料到妳現在回來，以爲是下午來哩；現在我是去買麵條，咱們晚上吃炸醬麵好不？」

「不好！吃你的沒心沒肺，居然連我都不放在眼內啦？」

「眞的嘛沒瞧見，對不起。」

「我看呀，你恐怕變成『艾子後語』中的病忘者了！怎麼得了？」

「此話怎講？」

「你聽着：從前齊國有位患了忘病的人，走路不知停，躺下去不知道起，他太太聽說艾子足智多知，便鼓勵丈夫去找艾子醫病。此人出了家門，走了半天走走忘忘，又走回家門口來，他太太正好從屋內出來，一見便知他又鬧忘病了，便很失望的罵他，不料此人一聽，居然回駁她道：

「『娘子素非相識，何故出語傷人？』哈哈！你就是那個有忘病的人喲！」

歲月逾邁，歷經滄桑，談當年的黑馬王子，雖已不復年輕力盛，近兩年已不曾遊山、游泳表現英勇氣概，然而內涵益趨豐盈，也更平實樸質了，而勤勞努力的熱忱不減當年，做一個平平凡凡的人，盡其應有的責任，他不失爲一個快樂的人，一個不頹唐的人，也是給我鼓勵和愛護最多的人，如說他是我此生的知己，孰云不宜？

茲逢他的六三誕辰，身爲老糟糠知道他不重視物質上的禮物，僅以至誠祝福他壽比南山！贈給他這秀才人情一張紙，還嘮嘮叨叨的「數落」他一番哩！

七十年四月廿八日　大華晚報

生活零縑

元月一日

新年新日記，感謝幻生法師贈我這樣精美日記的美意。自從五十七年九月十七日，慈祥的翁父辭世，追慕孺念之情使我心境索然，乃中斷日記。如今承蒙法師鼓勵，讓我重又拾起這項「功課」，俾以自律及學習寫作，不再徒自傷懷。

由於陳慧劍先生爲慈航雜誌臺灣代理並主編，曾在晤敍中，承他介紹幻生大法師，故而相識。又因老友小民女士的詩友自立法師辦「慈航」雜誌，約我撰稿，大家又誼屬同文，而幻生法師是自立法師的師弟。

二月二十七日，氣溫爲攝氏十度，寒風陣陣襲人，正適合拜訪「冰山」，先生偕我同往福嚴精舍。一路上山林木森森，四周寂寂，遠離萬丈紅塵，如此幽靜的環境，惟高僧與雅士適於在此懷抱貞獨，以烟霞水月爲伴，眞箇是「乃知一念靜，可洗千刼忙。」使我們碌碌俗世的人無限羨慕，這種淸福該是一種極大的福報啊！

會晤法師時，由於彼此素昧平生，都透着拘謹，法師與我交談時必稱「朱女士」，十分客氣。我這位平素木訥的先生居然滔滔然向法師請敎佛學中某些問題，法師均一一作答。後來又談一些別的，我們深知他是位好學不倦的人，恐怕躭誤時間，不久卽行告辭。

第二次拜訪幻生法師是在炎熱的夏季，由於大家已經熟識起來，交談的內容漸廣，始知他患有心臟方面宿疾，故而「不苟言笑」，而被諧稱爲「冰山」，並非有意道貌岸然也。

精舍院中有兩株南洋紅豆樹，第二度上山拜訪他時，紅豆正成熟，我的稚氣十足表示喜愛這種心形的紅豆，法師便找一竹竿攀折條條的豆角下來，我剝了一大把殷紅玲瓏的豆子，心裏好生高興，後來我將豆子分贈我的女同事，她們拿去鑲成小裝飾品，都很喜歡。記得當時法師曾笑說和尙送紅豆給女士，覺得不禮貌，我回說豆子是我自己要的，不必講求世俗上的禮貌了，哈！

我的翁父棄養後，我們夫婦因守制不便出門，未再拜訪法師，但他卻從朋友處得悉消息，馬上寄來一册「地藏菩薩本願經」，要我們在七期之內，虔誠的誦讀，用以回向老人家早生蓮邦，以盡孝思。他這樣關照我們眞是存歿均感，我們早晚誦讀，內心感到無比的安寧。

元月二日

新年假日，家務亦然繁瑣，「小犬」又不願我們離開，乃取消佳節行樂的打算。「一家人」於院中草地上玩球，弄弄花草，然後烹調一頓可口的飯菜，其樂樂也陶陶。

午後他去新竹市參觀蘭花展覽，適巧中廣公司新竹臺的播音員郝小姐，在場內採訪，他被邀請談了一段「蘭話」。晚間郝小姐的節目「風城曲」來臨時，他那低沉緩慢的言語從電波中傳出來，別有一種情味，他一再強調養蘭足以養心，眞不愧是蘭花的知己。瞧世上多少人在營營苟苟，爲一己永不滿足的私利汲汲追求，別說養蘭愛蘭，即使請他賞蘭，怕也沒那份心情及時間，我常想：人若完全征服了物質，是否心靈及精神上就會滿足？

元月十日

幾盆秋海棠又在抽芽發枝，且有小花苞出現，我徘徊花架，似又見到白髮皤皤的翁父，手持小噴壺在給它們洒水，翁父心愛這幾盆海棠，我們特別小心培植，就跟他在世時一般的照護，覩花如見親人，內心不勝追慕。

元月十三日

有人說時間能改變一切，縱然如此，也改變不了我們對老人家的感恩與思念。

又以十天時間，仔細的再讀「培根論文集」，內心的感受如飲玉液瓊漿，味雋且醇。

培根說人在獨處或歸隱時，便會體味到讀書的樂趣，這話我完全同意；恬淡無為時多與書籍親近，直可豐潤心田、排除凡俗的煩惱，只是上世的好書汗牛充棟，無法一一「生吞活剝」，只能「捕捉」任何可資運用的時光，專心一志的去「吸」取，或可積少成多，潤美自己的「品質」。

元月十五日

買回兩套新發行的古物圖案郵票，再再欣賞圖面的精美，才放進集郵册去，它們是我的精神「財產」之一。

記得在四川讀大學時，父親常從遙遠的西康寄新郵票給我，他說：「父母愛子女，簡直到了『放不下』的地步，你已經這樣大了，聽說你喜好集郵，老子就陪你玩郵票，一笑。」

父親對我們子女，一向是教之嚴愛之深，「民主」開明，使我們能在非常幸福的家庭中成長，身心愉悅、永遠傾向純美高潔的生活。大陸淪陷後得不到父親片紙隻字，「骨肉音塵斷，往事不勝思。」不知父親如今可無恙？

元月十八日

陳慧劍居士送我幾本「弘一大師樂曲選」，我高興的接受。少年時代曾唱過他的不少樂曲作品，像憶兒時、送別、幽居、西湖，他的歌如今再唱，始覺出詞意高遠，曲譜婉麗，使人超然物外，內心澄澈，如今我獲此選集，又可多學些從前沒學過的新歌，不宜樂乎？

元月二十日

買菜回來，路過小學部的猴檻，特別送兩個蕃茄給牠，只見那細長的手指抓過去，就雙手捧起來吮食得津津有味。及而有三個小朋友過來，用短竹竿逗弄牠，我雖然不知是那兒來的小孩，但卻再三誘導他們不可虐待小動物，我問其中一個說：如果你離開了母親，有人欺悔你，你可不可憐？他回說：好可憐喲！

「所以也不應該逗弄猴子，因爲牠沒有媽媽，並且是被關起來的，瞧你多自由呢！」

「知道，牠好可憐，我們不要弄牠了。」

元月二十二日

我學摩托車，因爲有騎腳踏車的根基，很快的就能騎了，只不過機車的操縱較爲繁雜，我坐在上邊十分緊張，昨天下午曾在練習時，路過轉彎的街口，將一位研究所的職員從重型的機車上摔倒，還賠人一塊擋風板，眞是出師不利。今天似乎缺乏勇氣出「遊」，但他仍然鼓勵我多練習，只好硬著頭皮出去，總算平安的歸來，阿彌陀佛！

元月二十七日

寒假已開始，卻是我有生以來最孤寂的一個假期。沒有翁父陪伴，長日裏我不說一句話，他照常上班走了，只能在下班後共話家常。幸而我有許多事可做，買菜、整理房間、做飯、除草、修剪花樹、讀報與剪報、讀書作劄記……日子一久就能習慣，亦可涵養「愼獨」的功夫。

元月二十八日

那個十歲的白痴女孩，又跟在妹妹身後出來玩了。小圓臉上透著蘋果樣的紅暈，傻兮兮的憨態，天眞無邪。有人說她可憐，不能享有正常兒童的「權利」；進學校讀書，表達個人的思想，甚至沒有人生萬物的任何概念，腦海空洞，無異行屍走肉。然而我卻從另一角度看出她的快樂，以她本身說，她正像一位「跳出三界外，不在五行中」的消遙人，她不必擔心什麼，自然了無煩惱，古人說：「卻羨頑癡福份來」，大概就是這個意思吧？

聽說她的家人都很痛愛她，照護得也很週到，若此，她還有何可憐呢？

元月二十九日

人的自私心，到達極點時，眼睛裏便罔顧他人，好像這世界上只有他才是應該存在的。

聽一位同事說，他家新遷來的芳鄰，氣勢十分浩大，鷄籠就有三間，養鷄數十隻，全家老少多人皆爲嗜肉者。他們臭得薰人的鷄窩緊靠在別家的籬牆上，人家的廚房卻近在咫尺，簡直無法忍受這種「虐待」，結果只好「外交」解決，新鄰居答應遷往他處，然而遲遲一星期過去鷄窩卻原封未動，原因是他們尚未找到代搬的工人。

我聽了覺得可笑！聽說那兩夫婦都長得健壯無比，能吃能喝，卻挪不動一件東西？他們講求吃喝玩樂的時候，手腳都靈敏異常，卻可惜「有手不弄琴與書，有手不把犂與鋤，可惜白日空摩挲，不有博奕猶賢乎？」

同事說，他們的朋友盡是呼盧喝雉之徒，顯然那條街上沒有他們的朋友，因爲「氣味」不能相投也。

無所用心，沉迷邪侈，正覺爲業障所碍，自掘「陷阱」豈不可憫。

元月三十一日

今天將 John Steinbeck 所著的「薄餅坪」讀完，名家的大手筆果然了得，我細細咀嚼全書主旨，對於人性的刻劃非常細緻，他尤其強調了再可惡的人，也有人性覺醒的時候。兩年前我讀過他另一部得獎的作品：The moon is down 至今印象猶深，我仍記得其中幾段叩人心絃的話：

侵略者的軍樂隊在市立廣場上，奏著悅耳而感傷的音樂。

晚上睡眠不安，白天神經過敏，就這樣征服者慢慢的怕起被征服的人。他們的神經愈薄弱了，連晚上看見黑影都要放槍了。冷酷陰沉的緘默永遠跟著他們。

這裏的人和狗一樣的瘦。………

作者史坦貝克，去歲已逝世，他的作品永留人間，誰忘得了「薄餅坪」中一羣透射人性光輝的小人物，以及他們所表現的親切，快樂與博愛呢？

二月四日

此地機關有條慣例，凡屬本機構內員工之住宅，門窗上的玻璃如有破損，每年可由公家換補兩塊，多則自理。

我家自遷來此處，一晃十餘年，從未動用公家一塊玻璃，並非我宅完整無缺，房門上的兩方破孔始終以白紙粘糊著，將就擋風而已，及後經過兩度大颱風的襲擊，面目全非，結果買來塑膠板釘上，既堅固又透明，兩全其美。

倘使爲了享受公家「補給」的「便宜」，申請辦理手續不說，還要有一段時間等待，同時又找人家痲煩。自己所費無幾，來得個動靜自在，何樂不爲？

二月六日

前街上的大花狗及牠的兒犬，不知怎的忽然走失了，這不幸的消息使我難過。

此犬自幼生活艱苦，成天拴繫沒有自由；隨意發表「言論」或任何的要求均不允許。飢餓時如有乞求聲則常遭棍打，怒罵，好像他是主人家的眼中釘，每次牠遭毒打，鄰居聞聲莫不心悸反感，但又懼於狗主人之威嚴不敢「干涉」。

我家遷來此地後，家中兩犬從不擅自出大門一步，每天晚上定時帶牠們散步，人總形影不離的照顧著，花狗的主人目睹此情，日久之後似已悟及人狗皆應享受天生的自由權利，便將花狗「解放」，同時不常挨打，這轉變使周圍的人感到快慰。然而大狗的食物仍係殘羹剩飯，生產小狗時奶水不足，牠們母子依偎在大樹下的泥土地上，小狗時在半夜裏噭噭哀啼，靜夜聞此聲，我的心爲之顫抖，經夜不能成眠。

每天我上下班路過街口，花狗雖有一付嚴峻的表情，但卻不曾襲擊我；每天我率領二犬蹓彎兒，牠則遠遠地臥著注視，我很欵賞牠懂得敦睦「邦交」的「人情味」，所謂兔子不吃窩邊草，誰說動物的表現不如萬物之靈？

由於花狗並未仇視我，我乃相機將家中多餘的食物擺到靠近牠的路邊上，每次牠都在我離開後吃光，後來見到我時居然能向我搖尾（雖然不十分熱烈），我們已逐漸成爲朋友，我正爲牠的生活有好轉機而慶幸，不料竟傳來牠走失的消息，以牠一生所遭遇的來說，牠曾那樣的忍辱容受，卻不免淪作喪家之犬，這能算是一種解脫嗎？

二月八日

臺灣北部農會，爲慶祝農民節，特舉辦北部地區農業展覽會。今天是新竹地區展覽的最後一天，我們乃趁下午人少的時候前往參觀。

眞是大飽眼福！多麼令人驚喜的內容，難怪一直吸引千萬的觀眾，那肥碩漂亮的大木瓜、蕃薯、白蘿蔔、大白菜、洋葱……，我幾乎快樂得大叫，甚至懷疑自己是來自小人國的侏儒，不是嗎？除非有比我們長得更大更高的巨人，才會種植出如此龐然的農產品。

農展會的另一間場地，屬於園藝類。整個場地無往而非活色生香的花朵，各色各樣的玫瑰，各個不同品種的中國蘭蕙和西洋蘭。其中最新的洋蘭品種ＣＹＭ蘭，最爲吸引我們，這種蘭係由中國草蘭與產於喜馬拉雅山南麓的一種虎頭蘭交配而成。此蘭有數支成串的花朵，在挺拔油綠的長葉叢中脫穎而出，繁花似錦，色彩艷麗，致使我們竚足而觀，竟是如醉如癡地不願離去，兩人作個會心的微笑，便商議向承辦商人洽買幾株回家，爲我們的蘭園增加新的份子。

二月十日

閒來看護生書册第五集，第七百三十一頁中，有題爲「明日是中秋」的一幅，其詩曰：「閒院畜雙鴨，雌雄常相逐，主人勤照拂，不忘餵與浴；只爲酬佳節，肥鮮可果腹，明日是中秋，人笑鴨應哭。」

想到活潑潑的鴨子，被老饕弄作盤中餚的悲慘厄運，眞爲那些醜小鴨難過，人爲保持生命的存在，自然不能不靠吃食物來增加卡洛里，然而並不一定非要殺生、吃鴨子不可，爲了恣口腹之欲而多造殺業，何苦呢？

二月十二日

今天過舊居——倉庫修改的宿舍，看見我們從前親手爲那一帶地區種植的櫻花樹，已粗壯如手臂，嬌艷的櫻花鬧紅滿枝，蓬勃茁壯，給住宅區添上一抹彩霞似的絢麗，我們雖然已離此他遷，但卻有如此可愛的植物給別人欣賞，增加樂趣，這也算是善緣啊！

二月十六日

一年容易，又是除夕。恰巧第廿四期慈航雜誌寄到，其中的散文「遞」，乃是我爲紀念追慕去世的翁父所作。翁父一生淡泊名利，修持爲善，他的風範足爲我們晚輩人的楷模，慈航的主編惠允刊載此文，存歿均感。

將一本慈航供在祭臺上，獻花上香，默默地禱念，回想翁父在日，率我們一齊祭祖禮佛的情景，禁不住怛悵懷念，如今只有我們兩人相依爲命了，那嘘寒問暖的親情，只能永遠留在心的深處。

二月十九日

大年初三的氣溫在攝氏十度，晨起整理好房間，不敢像平常一樣到庭院去弄花，正搬出一堆剪報預備粘貼，忽聞叩門聲，原來是乾兒子小靖由臺北來此拜年。

這個就讀高中的大孩子，一跨進房門先去佛堂拈香叩拜，然後就來給我們行叩拜禮，我趕快阻止：

「人長得這麼大了，時代也不同，鞠個躬好了，不必行大禮。」

「不成，這是我們傳統的禮法，我父母早說過時代再進步，固有的倫理不會變。」

他堅持叩拜，我們惟有接受他的孝敬，內心覺得十分快慰，在今天許多人講究西洋風，嬉皮太保常作怪的社會中，仍能保持這樣的中國禮法，豈不難能可貴。

憶及乾兒子小時候，多災多病，孱弱不堪，親家母憂心忡忡，補養愛護件件顧到，但仍不見健壯，後來經一位批八字的先生指示，要他認一位水命人做乾媽，則可彌補五行中缺水的運脈，我們兩宅人家雖不迷信什麼陰陽五行之論，然而卻因此「親」上加親，眞是一段善緣。

兩位親家公是總角之交，昔時在北平讀中學，同學的關係又加上師兄弟的情誼，他們本是同一位國術老師的入門弟子。老朋友彼此相知，親家母素知我是大海水命，夫婦二人乃携長子來，進門叩頭口稱乾媽，再爬行從我兩腿之間「過城門」而出，表示他像我親生的一般。我本來沒有兒子，如今眞是天意使然，我既有浩淼的「大水」，何不分些與人，何況又不虧損什麼獲此千里駒爲誼子，豈不是一樁快樂的大事！但願我有福氣庇護我的誼子從此健康上進。

二月二十一日

這可是件厤煩事，春節時，他的同事送來一隻老母鷄，卻不知道我們是從來不當「劊子手」的。

在後院爲牠搭一個窩，米與水擺在眼前，先請牠住一陣「公寓」再說。兩個狗兒好奇不已，趁人不注意時跑過去逼視，經過制止仍遠遠地遙望，這兩位「土包子」從未見過鷄太太的豐采，總那麼念念不忘的想辦法接近牠。

寒假過去，開學後我公私兩忙，沒法兒照顧母鷄，正感爲難，忽然黃先生夫婦來訪，他們家養鷄有經驗，我們決定將母鷄贈他，不過有個條件：要牠與羣鷄共生活，要養牠的老，絕對不可當做穿籬菜吃掉。

二月二八日

上課已四天，連綿的陰雨仍未歇，氣候好惡劣，我那不爭氣的胃痛又發作了，說不出的難過。上午掙扎著授完課，將學生作業帶返家中，準備下午打起精神來批閱。誰料服藥過後昏沉大睡，醒時頭暈目眩，四肢如棉花般使不上力氣，連晚餐也是求助「老爺」代庖的。失去健康的人方知健康就是財富，眼睜睜望書臬而興嘆，心有餘力不足，奈何！西諺云：「病了的獅子不如狗」，看看我的小狗活蹦亂跳，我竟羨慕牠們的好「財富」，唉！

三月三日

邇來陰雨未歇，我的胃病又發作。

有人說，喜好寫作的人，由於枯坐絞腦汁，缺乏運動，再加上熬夜等等，最易患上胃病。但這個理論並不是我的寫照，我的精力遠勝過體力，所以每大必要鋤草弄花，操持家務中瑣碎的事情，可能是休息太少的緣故，個性如此莫奈何，及至病來如山倒，這才後悔沒有適可而止。

幾年前曾去醫院透視過X光，結果胃並沒有「破損」，而屬於神經性的痙攣，不能太緊張忙碌，否則卽會觸動病情。這一點我雖然小心，可是公私生活當中，難免會有諸事齊集的時候，如此一忙一亂，我便力不從心，頭痛胃痛立刻塌了秧兒。

不過對我也有個好處，因爲此症一發作，我便「絕食」，所以永遠都「福態」不起來，最好玩的是，當與我年齡接近的中年太太問起我：是怎麼保持身段不變成大水桶的？我心裏就覺得好笑，我怎麼回答呢？生胃病嗎？

三月五日

聽一位女同事告知，某著名的大學，有廿六位學生參加多令營合歡山滑雪活動。但是一天也沒滑成就被教官給趕下山來。原因是他們沒有禮貌，不遵守規則。他們自命是名學府的高材生。要做得比別人突出。

只知在學業上「塡鴨」，不顧生活教育，這是教育上的一個癥結，學而無德，不懂做人道理，不可取。

三月八日

一年容易，又逢婦女節，身爲職業婦女，放假一天。

事實上並未得到「休」假，洗衣燒飯，拉拉雜雜的家務便佔去了一天；家是自己所棲息的地方，寧願爲之辛勞並不在乎過什麼節，女性的天職原是主內的，忙碌得快樂就成了。

三月九日

午後去理髮店洗頭髮，聽鄰座兩位太太在談天，一個說：

「呀！你的眼角有些往下掛，怎不去美容醫院動動手術呢？」「喲！那該多疼啊！」

「跟你說呀不會怎麼疼，會上痲藥的，你知道××太太嗎？她現在看上去多年輕漂亮？她去做過拉額頭皮的美容術了呢。」

……

我覺得噁心，也覺得可怕。

身體髮膚受之父母，長得美醜同樣尊貴，「修修改改」多麼虛妄造作，何況女性的美，應多著重內在的修養，那才是眞美，所謂心誠、色溫、氣和、辭婉，必能動人，何必捨近而求遠？

三月十三日

上午只有兩節課。上完之後一見待改的簿本不多，乃步行回家。

這一段廿五分鐘的「旅途」。是十分美妙的時刻。多少年來我都在課餘找時間來「享樂」一番。

我給這條美麗的大路起了個綽號──翡翠大道。

這路上沒有車水馬龍，和熙攘的人羣，遠離市塵的喧囂，到處是鮮亮的綠，安步當車，徜徉其間，眞可提升虛和的靈氣。

跨出校門向右轉，行經名滿遐邇的十八尖山森林公園入口處，再數步則穿入交通大學的宿舍區「九龍」，由該處後門出去折向右路卽踏上翡翠大道，亦是清華大學的校園。

一路上雜花夾生草樹間，別有一番野趣可觀，至紅色大樓圖書館附近，可看到遠山似黛，近樹婆娑，不幾步卽到了公忠石橋；橋下流水潺湲，漂浮著水草點點，水花紫艷，景色十分宜人，我常在這裏倚欄稍憇，口裏輕唱著弘一法師寫的歌：唯清溪沈沈，有幽人懷靈芬，時逍遙以徜徉，在水之濱。揚素波以濯足，臨清流以低吟，睇天宇之廓寥，可以養眞。……

前行的路上，兩側是修剪如毯的細茵，上植翠柏成排成行，風姿綽約碧綠可愛，在一大片松柏林的旁邊，有綠堤繞圍的「成功湖」，夏日荷花田田，可以泛舟湖上，由此往前卽進入毗連我們的住宅區。

一路之上，花木欣欣，芳香不絕，我每感自己得天獨厚，往來於翡翠道上已十有五載，誠如某作家所說：最美好的東西，往往就在離你最近的地方。

三月二十八日

今天又發給學生兩頁油印的作文觀摩。他們都喜歡這種課外的讀物，其實那都是他們自己的

「作品」。

每次我批改作文，習慣將佳句及劣句隨手抄下來，然後再加以排列編撰，由教務處代爲油印，多費一點時間，學生可得些好處，何樂而不爲？

三月二十九日　清明節

清早，我們兩個卽往青草湖靈隱寸，靈寶塔去拜祭逝世已七月的翁父。見到他骨灰匣上的肖像，我心裏抑不住悲傷，緬懷往昔恩親似海，此生再無機會報答他，怎能不哭泣。

老人一生爲人，正覺常住，心不迷謬，所以才得享高壽，我們如能學習他某一點長處，就可稱是孝順的人了。

三月三十一日

鄰居×太太懷孕已兩月，卻不幸因婦科症狀嚴重入院動手術，失血很多幾乎生命危殆。如今她已回家，面色如紙、骨瘦如柴，需要特別細心調養才能恢復健康。我的僾先生聽到就對我說道：

「你眞是有福氣的婦人。」

「?」

「不受生育之苦，不受孩子的拖累；把全部心神貢獻給教育，以愛心分給更多更多別人的孩子，這豈不是好福氣?」我笑了，覺得他的見解實在不凡哩。

五十九年十二月　慈航雜誌

家有珍藏

相信有很多的家庭，都多少珍藏著一些傳家之「寶」，無論物件的大小或外表如何，對於擁有者來說，其精神價值的「富貴」，遠超過金錢的評估，因爲那些傳家的「珍品」，絕不是金錢所能買得到的。

家有傳世之寶，並不意味著滿足虛榮心，或者在人前炫耀，而是這些値得傳遞下來的物件，實含蘊歷史文化的光輝，以及先人在教育傳統的根源中，使吾人獲取繼往開來的鼓舞，且亦在愼終追遠的家族血脈裏，連繫了家族份子的相關；祖上留下來的精神遺產，能增益後人自勵自策的勇氣，思所以無辱於先人，便不敢在品德上稍有差池。面對著古色古香的珍藏，內心感到豐盈、溫馨，絕非參觀古物出土的心情，發一下思古幽情就過去了，而是以欽敬感動的情懷來面對它，又從它得到諸多的啟發。

且說吾家的珍藝，頭一件乃是外子先祖父的兩方官服衣補；上滹的圖案刺綉精美，纖細的金、銀絲線仍然閃露微光，仙鶴朝陽的太陽，是用精巧小瑪瑙珠粒穿織的，下面的江海水牙，綉線花紋仍是完整清晰，絲毫沒有損壞。

先翁父把它留給我們，並告知當年在清朝時代，祖父以湘軍中的文職，受光緒皇帝詔命爲居庸關地方首長的情形，祖父受賜四品頂戴的文書，也是我家珍品之一，上有皇帝親筆以硃砂畫行，使大幅木刻板的素紙面添抹了顏色。

爲怕年久封在箱底，變成陳絲毀壞，所以一直是小心的裝入鏡框，就如一件高雅的藝術品，展示著優美的設計；往往在取來作通風保養時，我們內心都感動不已！遙想昔年祖父被派遣到居庸關時，在那八月蕭關道、處處黃蘆草的塞上，只見到一片孤城和萬仞寂山，他的感受該是有些淡淡地淒涼吧？但是他毫無旁騖地奉公，不以爲苦。

據翁父敍述，祖父當時爲避免進出關口的商賈，向地方官餽贈輸通，祖父上班只由後門進入，恕不接見。地方上有貧苦人家生育兒女，祖父母常以自己俸金濟助，差人致贈鷄蛋掛麵和糖類。祖父待下屬親切公正，本身的清廉盡職，已足爲憑式，故而在執掌關務期間，堪稱與民眾水乳交融。

祖父逝於八國聯軍侵華之際，尚在英年遺下我翁父及三位姑母；當時翁父年僅十三，偕同祖母於擾攘之中，扶祖父靈柩，欲歸故鄉。行途中有條大河險阻，祖母與三女一兒，望水興歎一籌莫展，忽然有幾位壯漢路過，便問一行人要往何處？是誰的家裏人哪？

當祖母說出祖父名諱的刹那，幾位來人齊呼：「嘀！原來是××的寶眷，沒問題，我們都是受過他恩惠的人，一定設法協助您渡河。」就這樣解決了祖母的難題。祖母當卽告誡孩子們說：我們做人不可爲了要得好報，才去行善事，只要是眞誠的、無所爲去做善行，就够了。這樣得到的好報，才能使內心平安欣慰。

第二種珍藏，是翁父在世時經常閱讀的古老線裝書，每見這幾部由藍布封套裹住的「枕頭」，便無限追慕他老人家的耿直、慈愛與正氣浩然；他的忠誠謙和與無求無取的胸襟與器識，使他在做軍人、爲人父、爲人夫的地位上，都做到情義兩全，而他希求爲賢的志操，終老都不曾改變，只以一件事來爲翁父的行誼作詮釋吧：

八年抗戰開始不久，翁父與婆母因爲侍奉高年祖母，仍留在淪陷區。但卻鼓勵獨生子奔向大後方，翁姑二人在極困窘的情況下，奉侍老母，其艱辛可知。忽有一天，一位老同學到訪，代表日方聘請翁父出任維持會會長，並誘以優厚的待遇。

翁父聽後大怒，將來人痛訓叱走，當夜便遄往鄉下親戚家躲避，約兩個月後悄返。事後他寫信給兒子說：「我寧餓死也不當漢奸，窮死也不要敵人的錢，上要對得起祖先，下要爲後人做榜樣；至於過一簞食、一瓢飲的日子，倒眞可領略『回也不改其樂』的樂趣呢！」翁父早年畢業於保定軍官學校，不失軍人的武德，我們怎不欽敬他！

他留給我們的線裝書，一部分已贈送專修文學的晚輩，尚存的有四書味根錄、四書襯、古文釋義、以及讀左補義、木刻版的三字經等。雖然未能篇篇精讀，而這些用藍布封套包裹的「古書」，也並非珍貴的有名版本，但是卻給我們精神意志上，有太多的鞭策與鼓舞，我們縱然不敏，也不敢在歷史的尊嚴之前，做那「敗家子」的行爲啊！

我家第三樣珍藏，乃是翁父及先父的墨寶一大袋。翁父的手諭墨寶，是外子從三十年代以前，一直保留到如今的歷年信函。先父的及胞兄胞妹的墨寶，是我從卅年代珍藏到如今，自民國三十八年大陸淪陷，以致卅二年中間是一段無奈的空白，絕無親人骨肉的片紙隻字，於是這些墨寶眞成了無價之寶。杜甫詩中曾言「烽火連三月，家書抵萬金」。而今是消息緊閉卅二年，家書該抵價幾許？

每當我心煩悲傷，便取出二位父親大人的「訓誨」，一篇篇仔細咀嚼；上一代人的風範，實在令人由衷崇拜感念！墨跡斑斑、字裏行間，充滿摯情慈愛，充滿諄諄教誨與期望，我們從這些端麗的墨跡中，吸吮了心靈的與意志的滋養，逐漸地成長壯大，走上人生正確之途、盡自己責任義務，雖然平凡，但能心安理得，這種耐力與決心，皆根源於父親與翁父的教示，因此每每拜讀遺墨，雖然孺慕傷懷，但卻不敢怠惰消沉，雖是泫然清淚滴在紙上，內心卻極清明，思如何安慰老父的在天之靈，惟有堅持原則努力。

至於兄、妹的函件，所引起往事的回憶，更是罄竹難書，小兄妹三人昔日的生活狀況，相處的情景，此生永不能忘，除苦嘆：骨肉音塵斷，往事不勝思之外，就只有捧讀這一疊「老信」，

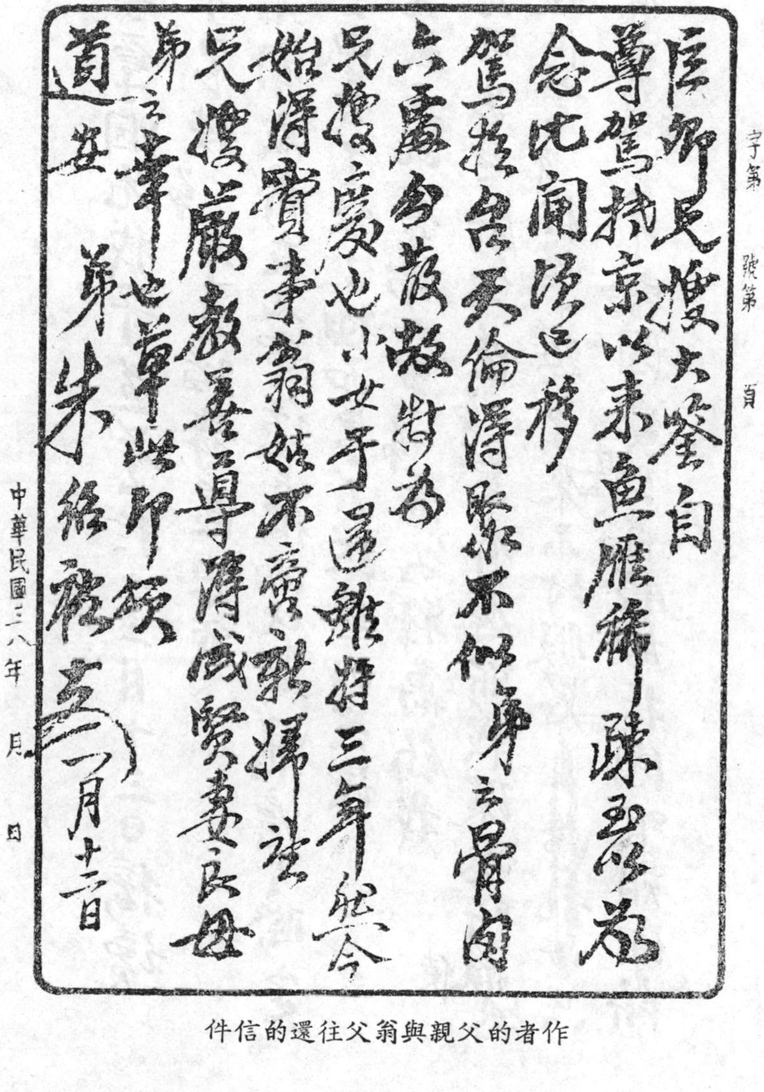

辰卿兄嫂大鑒自
尊駕扶京以來魚雁稀疏至為
念北聞得已移
駕於台天倫得聚不似弟之骨肉
六處分散勝為
兄嫂憂也小女于歸遠離將三年然今
始得實事翁姑不棄新婦諸
兄嫂嚴教善導得成賢妻良母
弟之幸也草此即頌
道安 弟朱經農 一月十二日

字第 號第 頁
中華民國三十八年 月 日

作者的父親與翁父往還的信件

子厚姻兄我哥道鑒於十二月十三日接讀
手書使弟手足蹈舞遥想我
兄聞成都友人電話言彼倆比翼飛滬之際定
然由喜生快〻極而書不然無此興諷
兄云了此豪舉大事弟亦为釋萬鈞我
兄可为無虧父道弟實有辱斯職環境所決使
複何言弟於此十數年來不時暇思自愧無只
有自潔之才報國與其為自己恨故於國難期間所

來求得溫馨和安慰了。因此，我們將這一袋萬金難買的墨寶，看成不世出的寶貝了。

另一種寶物，是幾冊照相簿，其中大半泛黃的老照片，使我們得瞻親人的容顏，以及同胞手足的形像，還有隔離長久的好友。每幀照片都「寫」著一個故事，親切的話語、溫和的叮嚀，似乎又在耳邊呢喃，我心無限的企盼，早日跟他們再晤，且把世事滄桑說從頭，再將積極的振作付之行動！面對著這些照片，不止千百次我念念有詞：「但願人長久，千里共嬋娟！」

最後要提到的珍藏，便是愚夫婦在成家前，往來情書的摘錄菁華，它被抄在日記本上，算算也有三十五個年頭，雖然老去的情懷，總有些像淡淡地國畫山水，然而每見這年輕時代、羅曼蒂克的「記錄」，卻也不免情意飛揚，太值得回顧那個黃金時代！

有道是：穿舊才是衣、人老才是妻；總算在美滿婚姻生活中，愉快地互持互諒已過去三十五度春秋，做夫的與爲妻的，皆能善待對方、投桃報李，而致心有所安、意有所棲，經過甘苦與共，而今始得甜美的「果實」，人的外形可以老去，相愛的兩顆心永不衰老！又何懼「今日龍鍾人共棄」？

人有回顧，就有了歷史，我們做自己歷史篇頁裏的人物，創造自己的一塊伊甸園，但卻非「世事浮雲何足問，不如高臥且加餐」，那種自我中心罔顧義務與責任，而是工作責任之餘在家居中，儘量享有我們的愛好與情趣，倆個人一起成熟、共同努力，轉瞬間已是所謂「藍寶石婚日」（結婚卅五的紀念日）。回想卅五年前的訂婚接力賽，猶感情味盎然。

時茲抗戰期間，我翁姑在保定淪陷區，我的雙親在西南邊陲康定；準新郎在成都做化學研究員，而我在重慶讀大學，至於那兩個「強迫中獎」的介紹人同學，一位在川北，一位在川東，就這樣由翁父開始，將一份官定訂婚書，寄過來飛過去，輪流由「當事人」簽名蓋印，然後再保存在翁父手中，直至我們抗戰勝利後成婚，翁姑由北方抵達南京，始將兩份婚書合璧，如今還珍藏在我們手中。據翁父告知，文訂之喜的前後日，我婆母連連夢見一頭小猪，在她腿邊偎依磨蹭，驅之不去，哈！這就是姻緣巧配，原來筆者生肖屬猪，婚後我依婆母廿年，得她的教導，學會縫製衣服及做家鄉菜餚，她的勤儉恭良，沈靜寡言，是我一直學不到的美德，也令我永遠追慕思念！

藍寶石婚日，靜悄悄地過去，我們只取出這本日記，從頭細讀，互相調侃不亦樂乎！想當初訂盟之情，出自衷心肺腑，從未有海枯石爛之句，而事實已證明由兩塊粗糙的石頭，經過卅五載的琢磨，才蛻變爲今日光閃的「藍寶石」，其情之堅已如金玉，隨日月轉移內心更爲豐富，即使兩人從事的清苦教書工作，也始終如一，而安於清樸的心志不稍思遷，這一份固執不也值得欣慰嗎？

七十年十二月五日　大華晚報

心寄天涯

永遠敬愛的爸：

此刻是民國七十五年的新正，算日子您已乘鶴歸去三逾寒暑。不論歲月如何流轉，永遠不能冲淡您在我們心中的孺慕與崇敬之情！

每每捧讀您昔日的手諭及照片，都抑不住激動落淚！爸！請原諒女兒的不孝；生時我不能奉養，逝後又不克奔喪盡禮，原本應當匍匐跪拜您的靈前，可是奈何啊！千山萬水阻隔，女兒的魂魄曾在獲得噩耗時，飛向川康一角，去向您請求寬恕，但，昊天罔極之慟，卻是我清醒時候，永遠掩不住的哀傷！爸！我們血脈相連、骨肉至親啊！

爸！雖然遠離慈顏已卅幾載，但您往日的行誼，及對我家兄妹的身教言教，都歷歷如昨，點滴都深鐫在心版上，自從卅六年拜別您和媽媽，我從少婦已變爲老嫗，而您的教誨不曾疏離左右，您一生所修持的德慧，在在影響我爲人做事的方向，爸！我有滿腹的感恩與崇敬，只能借這封寄向天涯的函件，聊表孺慕與感謝，但，這又怎能抒發女兒的衷腸於萬一？

小學時代，我們家環境安順裕如，四代同堂天倫融樂，我們親見您與媽媽孝敬曾祖母及祖父母、友愛叔伯嬸妗，嚴慈合理的教誨晚輩，使我輩領悟到做人的道理及禮節。我家生活豐厚，老家還有田畝房舍，稱得是中上的水準，可是您時常訓誡我們：不可恃寵而驕，我們堂兄弟姐妹之間兄友弟恭，家中也極少兩代之間的摩擦發生，這全因您處事公允，又能承順祖父的心意，修持品德，做晚輩的好榜樣，亦是家庭的支柱。您雖是位當家主事的辛勞者，但從未見過您有不豫之色，或是厭煩，難怪祖父及叔伯都那樣倚重您，而晚輩更以獲得您的指示與讚美爲榮了。

您送我們堂兄妹入瀋陽市最好的小學，買最好的文具，但也施予嚴格的要求；字要寫好，課文要能背會講；不能說謊及說難聽的粗話；吃飯時不可出聲音，並要爲老輩人添飯奉茶……您非常注重修身齊家之道，因此從小我們就懂得如何去尊重別人，而待人接物也自有其正當的分寸了。

聚族而居，共享天倫之樂的黃金時代，因爲日本軍閥侵佔東北，而遭到破壞，您無奈在祖父指示下，率領我們這一房人遠別故鄉，在瀋陽車站生別父老的那一幕悽惻景象，女兒是永遠記憶不忘的，可憐啊！女兒一別故鄉就是五十餘載，不知何日歸去？

但，女兒有個心願，只要光復那一天到來，決定和您女婿先至川康，拜見老母及兄嫂，連同妹妹的一家，恭奉您的靈骨回故鄉，歸葬祖塋一起，爸！記得小時候，每年隨您返鄉祭祖，故鄉的泥土芳香，原是我們縈懷馳念的地方，我永遠找得到那塊地方，爸啊！您放心釋懷吧！

您一定記得，「七・七」抗戰我們流亡到河北省幾處縣份的情形，您的上司竟是位貪瀆成性的官僚，您想改變他，您力疾從公，公正廉潔，給自己帶來超體力的工作勞瘁，而那上司卻一味享福要特權，終於他犯法被執，而忠貞的您卻視他為老友，給他諸多承擔與安慰；您說對一個年高的人要憐憫，給他自新內省的機會，怎可再事打擊？

爸！您如此寬待這個「敵人」，是您重視情義，可記得他已往是如何的跋扈？

「七・七」事變不久，我們在河北行唐縣，日軍砲聲在卅里外肆威，您那上司突然自動為您加薪廿個「袁大頭」，可是您一口回絕；您憑努力工作接受政府的薪津，多一文也不能苟取。

爸！我見媽媽持家度日，極有安排量入為出，她了解：我們家已非是家鄉時代的裕如殷實，而是在國家多難的流亡之中，絕不能浪費爸爸以心血、正當換來的金錢。

爸！這是活生生的一課；我們受教深銘腦海，養成我們日後品格上的完整；從未取過一文來路不明的財物，也避免了許多煩惱或災禍，這種福份是您賜給的啊！

您記得吧？那位貪官在日軍逼城前，背著你棄城私逃！拐帶公帑不說，所有他的親戚裙帶，也同時不告而去！爸，您是文職行政人員，居然勇氣煥發，配合地方上駐軍，部署軍事、挖戰壕、疏散百姓，您立意報効國家，與城共存亡；您命甫由北平逃回讀高中的哥哥，相偕我們母女速謀渡過黃河，再到長安落腳，等待您的消息。

爸！當時兵慌馬亂，人心惶恐，我們竟家人離散，只留您一人在危城中準備與日軍作殊死戰！您的忠貞熱忱、中華男兒的愛國情操，使我們小兄妹無限敬佩禱祝！但又何其悲傷？我們不幸處身戰亂中，家人父子分散，是如此莫可如何啊！當時眞的是：國破山河在……恨別鳥驚心！

後來總算託天之福，您與部屬終於在省政府指令下，最後有計畫撤離，追隨省政府到邯鄲，而壩頭再至道口，配合整個情勢，未作無謂犧牲，終於又經過許多刼難，在十九路軍參謀長的指示下，您渡過黃河到達陝西。

在西安我們如驚弓之鳥，媽媽正病得沉重使我們失措，您的出現，自有一番悲喜交集的激動！使我們感受深刻！而母親在逃難途中面對艱險，所表現的母性勇敢，及機智的衞護我們，更是我們終生都感激涕零的！

後來我們客寓四川與西康多年，您與媽媽堅毅勤儉，含辛茹苦敎養我們兄妹成人。當哥哥與我先後完成大學教育時，您便加倍諄諄敎誨，要我們從此自立自強，繼續學習新知、不可停滯讀書修身，從事自己能力勝任之事，不可追名逐利墜入不實的虛榮裏；人的價値不在於表面的炫麗，而在內涵的豐厚修持；有守有爲踏實有恆，不怕德業不修、人格不美。

我們唯唯受敎、您再爲我們製裝，您有不落伍又合情理的看法：社會上有些人重衣冠罔重人品，我們也不能不加以注重衣履的光潔，以免遭人冷眼或歧視。但是並非要我們只做「衣架子」，只須保持整潔高雅就好。這使我想起爸一向是儀容穿著整潔、皮鞋之亮眞是蒼蠅上去也會滑跤。

還記得您爲媽媽擦得雪亮的皮鞋，是媽媽最快樂的享受。您的習慣無形中影響了子女，他如取用物件必定歸還原處；書房、臥房都天天打掃清潔，您常說：「一室之不治，何以天下國家爲？」及至哥哥和我先後成家，一在四川一在上海，您再三函諭要我們兩家夫婦和順宜室宜家，尤其不放心我昔日是大家庭中的嬌嬌女兒，不免有一些任性，所以特別訓示要我敬侍公婆、善待丈夫，卽使自己是有職業能獨立自主的婦女，也不可表現出驕傲之色，公事以外當以家庭爲重；言行要端莊，絕不可有汚門楣，平實做事誠以待人，在樸淡健康的人生路上，盡心盡性的負責任，始能享有安順的人生，做到無愧於心。

爸！你還說並不奢望子女成龍成鳳，尤不願虛浮的做給別人看，要記住「福田」就在內心，要自己播種美善的種子，則安頓生命的主權，其實就在自己掌握中。

爸！與大陸隔離後，忽焉卅幾載歲月消逝，這一大段「空白」，不見您的片紙隻字，女兒心中有太多的寂寞與沉痛！回憶往日種種，您的風骨爲人，以及母親的勤良恭儉與慈愛，給我鼓舞和好好活下去的勇氣，我不敢過份憂悒傷身，爲的是還有責任，也怕您在天之靈不安；我一遍遍重複您耳提面命的話，不斷回味咀嚼，所幸是您的女婿，也是位尊重歷史線索的人，而生命成長的篇頁，實是似遠猶近的：

我的公公是位忠誠的軍人，也非常注重修身之道，只以一事爲例，您便可知他人格的卓然高超了，他和您一樣，像寒風中的松柏、屹立不搖，終身散發著精神的深度！

那就是「七・七」事變、日軍佔領河北後，公公一位老同學居然當上大漢奸！更意外的是他找到保定家裏來，聘請公公任當地維持會長（公公畢業於保定軍校），這一驚直令公公震撼！乃向其曉以民族大義，無奈同學執迷不悟，公公加以責罵後，便急速躲往偏僻鄉下，而心中又不放心侍奉中的年高祖母，其內心所受煎熬憤慨，實非常人可以忍受。如今愛我疼我的公婆，都已離開我們十多年了！

我和您女婿，常在懷念您們時，感到榮耀和安慰，我們也一直彼此鼓勵：共修福慧共努力，雖然名利於我們無緣，但卻是與人無爭，克己復禮，清明在躬心安理得，爸！您對我們的情況還滿意嗎？

爸！小時候偎倚被愛的記憶，永遠溫暖遊子的心！而今雖已白髮頻添，但沒忘記我是您永遠的女兒！永遠對爸爸馨香奉祀，精神上於天清地寧境界中，與您溝通交會，以您的精神爲指標，在人生未來的艱辛中，剛毅努力的走過去，爸！您多多垂佑吧！

現在又是冬臨季節，遙想白雪紛飛的故國河山，還有我年邁辛酸的母親在，實難抑無限的馳念和惆悵！但是我不會憂傷傷身，充滿期盼保持信心，相信必有一天會重回慈母的膝前，爸，請佑我們！

記得我們婚後飛上海安家，您在西康懸念不已，甚至夜不安枕，顧慮我們的安全，迄至我與夫家遷臺，您始放心，屢有長信訓示，總關心我是否懂得爲妻爲媳之道，我這女兒給您多操心啊！

爸！三年前眞有天崩地裂的訊息來此！輾轉從海外傳來您以八二高壽告別人世消息！爸！在獲得轉來妹妹的信息中，知您生前最不放心我與您女婿的「飄泊」無依。爸！兒行千里父母擔憂，您的親情關注，使我成爲世上最幸福的人！

有幸做您的女兒，得到的「價値」是無法估計的，您和母親傳遞給我的，是心靈的滋潤，是理念的建立，足令我們有超然物外的認識。您與我另一位好爸爸——公公，是我們永生崇敬的人，今日我們擁有的一切，皆承繼好爸爸的精神賜予！爸，我們感恩！

從前，您常怪我寫字草率，是心境不够寧靜使然，您要我勤練毛筆字，以修心養性，但是我不敏，終未達到您希望的尺度，而今這封信寫得雖不算短，然而，爸！仍是言未盡意啊！

爸！再見。

七十五年四月二十六日　大眾報

生日快樂

約在兩週前，所屬的一個研究會寄來聯誼活動參加表，並註明安排後再通知日期。後來忙於家務，幾乎將此事淡忘，直到日前獲得日程表及名單，內心著實興奮，出發前夕提前入眠，以蓄養精力，期能耳聰目明增廣見聞。

翌晨早起，將要啟程時，忽然瞥見月曆上赫然出現農曆的日期，嘀哈！今天不是賤辰嗎？眞巧極啊，我將有個最快樂的生日，能與二百多位同學共度有意義的一天，更感謝那位執事者，感謝他們使我叨光沾福啊！

八時開車北上時天陰無雨，車在高速公路過桃園站後，天空忽然閃爍陽光了，路旁土坡上的野草亮麗的舞動，豔黃的槐科小樹挺健可觀，啊！每次行經這平坦安適的國道上，心中都充溢著感動！這是集同胞的稅賦與專家的智慧，及榮民工程人員的血汗，而創造的光明大道！我們多麼喜愛啊！

車中靜寂，樂聲悠揚，我倚在座上深感舒適愜意，在閉目養神之間，突然想起自己的生日，時光匆匆絕不留情，如今已是望六的老嫗矣。我不嗟嘆光陰易逝；因爲這卅年間，是在自由民主的國土中成長，由青年而壯年，全是順理成章、無憂無迫，在自己的國家裏，做第一等公民；受重視受關照，種種事實卽是幸福生活的詮釋，內心滿足而落實。

然而，只有一件美中不足的遺憾，親人骨肉睽違卅餘載，如同陰陽兩界；今夏意外輾轉驚聞惡耗，老父已仙逝，老母年邁尙在遭受種種煎熬，每念雙親則悽惻椎心，久久不平，是以決定今後不談生日之事，我之生辰乃爲我母之受難日，如今在海峽彼岸，她老人家年高體衰，母難更重，我有何心情？

記得在重慶求學時，父親總在我生日之前賜諭致意，撫慰有加，有一年因閏月關係，我的生日恰與　國父誕辰同一天，是日得父示有謂：「今日爲兒生日，未見膝前叩首，（按：自少卽於生日向祖父母及父母叩首，敬謝敎養之恩。）余與汝母不禁悵悵。所幸兒與偉人同度生辰，在全國同胞慶祝紀念聲中，汝亦不寂寞矣……。」

想起雙親及手足，衷心悲苦，常致寢食難安，幸而老伴不時勸慰勉勵，他要我化悲憤爲力量，將來光復河山後，也好去奉獻棉薄，去輔導助「受傷」過的同胞，使他們復甦。

人在車上，思潮起伏，亦悲亦喜，經過一番顚倒錯雜情緒的變化，最後終於把心中的死結打開：與其徒自哀傷無益於事，不如振作努力，朝自己應走的目標挺進，一念及此，心中突然開朗，這一「覺悟」就算我送給自己的生日禮物吧！

未及十點鐘，一行已抵陽明山，先在研究會院作專題研討，同學各個精神飽滿專注，因爲時間所限，「下課」後卽往中山樓參觀，大家一致興奮不已，有人早已經瞻仰過該樓的建築之美，但卻百瞻不煩。

踏著輕快的腳步，相偕同學們魚貫而入；乍見樓中裝飾擺設，給我的印象是：它不十分豪華、造作，但是莊嚴大方、典雅；誠如蔣公撰文中所謂：「凡我國人來瞻此堂此樓之下，顧其名而思其義，應念 國父遺志未竟，願相與一心戮力竟之！又當思三民主義，乃爲我文化之所凝聚，願相與實踐而振德之！……使三民主義之福祉，能均霑於大陸全體同胞……。」

中山樓內的廳堂、廊廡、樓梯，無不是經過精心的設計，廳中地毯的色彩以及壁上懸掛國內的名畫家作品，全是蔣夫人再三研究而決定擺設的；後來到了 蔣公當時的辦公室，書桌與沙發一色乳白的布套，連靠墊也是同色，窗明几淨，室內幽雅，想當年 蔣公在此，憂國憂民，處變不驚，操危慮患，爲國家爲民眾不知作過多少重大而明智的決策，今天雖然只能瞻拜他老人家的座位，卻感到他老人家就在我們的左右，他的精神永垂不朽！永遠領引著我們向前進，也使我特別領悟出他在文中提示的：「天不生仲尼，萬古如長夜」！

將近中午時，我們一行車抵劍潭青年活動中心，大家在潔淨幽美的亭園中，徜徉談天，近處仰觀圓山大飯店在望，不久我們被邀入劍潭的食堂。在整潔寬敞的大廳中用餐，我心中暗喜；這個生日宴席可眞豐富啊！

來到中正紀念堂，雖是「舊」遊之地，卻每次都親切不變，我們抵達時陽光普照，益加清美峭健的氣氛，「爬」到高階上下望廣場的行人，頗有登泰山而小天下之感，自覺渺小微不足道，站在巍峯的紀念堂前，尤其感念 蔣公敏智英明、謀國忠誠的偉大心懷！

最後的行程，是參觀建國七十年的資料展覽。我們先向 國父遺像行過最敬禮，各自展開每一部門的參觀活動，直到黃昏來臨，乃登車回程，結束快樂的旅程，也是最別緻的生日節目。

七十年十一月五日 大華晚報

如近芝蘭

幾年前，退休離校前夕，有情的女同仁姐妹們，在飯店設宴餞別，心中除了無限感激，再就是沉甸甸的離情別緒。

承她們有心的設計，卡片上的贈詩及一對派克金筆，當我接過這餽贈，耳畔即響起年輕的趙老師的朗誦聲：

「在小小的規模中，我們能窺見美的本形；在短短的尺寸裏，也能有完整的生命；一個緣字聯繫了我們，友情是永恆的！新的是舊，舊的永遠是新！」我抑不住淚簌簌下，哽不能言。卡片上挺秀整齊的字跡，是出自綉金之手，她與我都曾受教於臺靜農老師，只是時間相距廿年，但她的優秀勝我多矣，往常她喜約美芳與素琴幾位年輕的國文老師，於公務忙完的空暇，連袂來舍間品茗暢談，從文學藝術到宗教人生，無所不談各抒所見，相聚十分暢快。而我每於她們的表達中，獲得青年的朝氣與新的意識，當我班舉行觀摩教學之餘，她們一定出席「捧場」，給我打氣，並把錄音帶借去一聽再聽，研究分析，這份磨礪的精神實在可佩！

我「還巢」不久，貴華特別雇計程車來，邀我回校爲她主持的文藝研習社談點甚麼，在兩次文會中，她都自掏腰包請我午餐，恭而敬之的送我回家，誰說年輕人不懂得做人之道？或許我運氣特佳吧？

先我離校兩年，遷居臺北去的素麗老師，是位古道熱腸，重視友誼的人。三年前我自費出版過一册彩色書時，因爲只憑沉浸文與藝的狂熱，全不諳銷書的出路，書成運來，堆積家中，一籌莫展；學校裏的女同事聞訊乃集體捧場，給我鼓舞，自是十分感激！而最出人意外的是，素麗偕她先生，自己開車專程由臺北來，一口氣代爲推介近三百册書，使我的心血結晶，不致「囤倉」而飽蟲吻，這是何等的情誼？我永遠銘感。

同仁姐妹中，與我年相若者，有桂芬、文鶴、慧貞諸姐，她們給我的幫助自不必說，而平日課餘閒談中，多少新穎的見解以及持家之道，給我大開茅塞，她們也全是身兼主婦的母親，公私兩顧、手腦並用，她們的表現給我許多學習的榜樣。但從此，我就將離開這個團隊，的的確確是依依不捨啊！

卡片上簽名的廿八位姐妹同仁，雖不及一一介紹，但對我之照顧與協助，都鐫刻我的記憶中，永遠令我感念！猶記她們贈筆時的期許，要我努力「爬格」，繼續爲精神文化，作另一種方式的貢獻，如今我用贈筆行文，內心感到愧疚；眞辜負了她們的美意，不只寫得太少，而且進步遲緩，不過我不氣餒，爲了回報她們那蘭質蕙心，我豈敢以作繭自溺？

在卸下公職，變成十足的「煮婦」之後，生活的動與靜，不超出自家大門外；不是在庭院中鋤草蒔花、澆水掃葉，就是在室內閱讀、繪畫、做女紅，安於恬淡知足常樂。當然內心也渴望友誼的青睞，然而誰和我有此因緣？

一個深居簡出，不擅交遊的「鄉下姥姥」，住在這郊僻之村，雜樹爲籬、庭院草蔓，敎書半生淸簡而已，缺少「車馬衣輕裘與朋友共！」的那樣豪邁，即使我厚顏自詡此地乃臥鳳崗也，並不見得能有誰知我吧？

然而，世上偏偏也有英華絕俗的人，不以名勢「論英雄」，只因偶爾有篇拙文獻醜，惹動她們這羣有筆如錐的「裙釵將士」好奇與惺惜，於是最先是鄉誼曉暉妹來電話曰：

「嗨！女陶潛呀！可歡迎我們一行來自萬丈紅塵的姐妹？」

於是訂好了時日，我忙著擁篲掃門、淸理室內，以興奮之情，等待到了那天早上，我們光明新村的警衛室來電話通知，貴賓蒞臨矣。我衝出門彷彿成了飛毛腿，三分鐘跑到村中大道，遙望遠處人影移動，我高舉手臂打招呼，及至「兩軍」相遇，先是哈呵一陣暢笑，曉暉說可要介紹？我說給我「猜謎」，以拜讀她們大作的印象，來個文如其人的認定吧；

首先我握住婷婷立鶴的人兒說：您是宜瑛姐？大地出版社的大經理？專門出好書的女中丈夫？

大家哄然說我答對了！接下去我對滿臉慈祥的畢璞加以拜識；及而很快的猜對她笑容可掬，常以靈美詩句做爲書名的琦君姐，她的玉照我早已識荆，自能順利通過；再下來我又認清了曾讀其文，始見其人的麗珠及明書，此二位較我年輕不以姐稱，她倆皆是編輯兼文章高手；然後才見識到寫精美散文的蘇晨姐，以及對戲劇曲學有極高造詣的叢林姐。在她們面前我眞是拙於言詞，不知如何表達仰慕之忱，忽想到李白的兩句詩句：高山安可仰，徒此挹清芬，她們的豐儀楷式，將使我見賢而思齊，誠如琦君姐說的：眞是相見恨晚哪！

鄉妹曉暉與我相交久之，她的勤於寫作、用功讀書，一向使我欽佩，而身爲北國女兒的那一份豪放、踏實，更使人覺得投契。畢璞姐在我們閒談間，曾經讚美曉暉的導遊任務是厥功甚偉。

抵舍下，一進大門最惹眼的蘭花棚，以及雜花生樹的院落，還有我種的「破」菜，觀賞既畢進入狹窄的小屋，客廳不過六坪大，已被書櫃座椅塞到飽和，勉強請她們各就各位，老伴助我奉茶敬果，並請大家隨意走動參觀，臥室較大些也擠滿書架，壁上的飾物緞帶花，已是幾年前的舊作，而毛線綉蔴布的花朶倒依然「新鮮」，其他只有壁上字畫可賞。及至我與老伴入厨，調理自助餐後，恭請大家品嚐粗拙的食物，她們大多客氣，硬說野菜青蔬烹得十分有味，一直說話不多的畢璞姐，又對我加以鼓勵了，她說：看你院外戶內的事情，樣樣都會做，封你個「千手觀音」雅號如何？其實，我怎當得起？

飯後，搬出自製分類的剪貼簿，請她們觀賞指教，當然還有我認爲是珍藏的線裝書、碑帖，以及卅年前的「古老」照片，甚至我喜愛收集小玩意兒，也一併獻寶一番。

為了把握時間，緊跟著我們排出餘興節目；很難想到琦君與蘇晨這二位江南佳麗，居然能字正腔圓各唱一大段平劇，另幾位文姐說時間不多，未能讓我一飽耳福，下次再聚我就不予放過了，後來為了表示迎答佳賓的雅意，我用破鑼嗓唱了一曲古調「杏花村」，老伴兒也湊興，來了一曲南胡獨奏，於是說說唱唱之間到了午後三點，限於次日許多位要上班，乃將賸下的兩小時，安排在觀光清華大學並拍照留念。

一行人徜徉在光明新村的道路上，及而進入清華校園，在小橋流水和巍峨建築物前，都留下我們的合影，在參觀過梅園順路走向校門外時，文姐們就要辭別紛致謝意，令我慚愧；在舍下沒有佳餚美味，在景物觀賞中更不能引水流觴，給大家一個暢快高雅的助興，然而她們都那樣善慰善恕，親切可感，目送大家登車，我若有所失，似乎一陣驚喜未平復，而竟賦離別，所幸她們每位，都贈我簽名的作品，足資作精神上的引領！

由衷欽佩她們，數十年如一日，不怕獨自煎熬的寫作過程，提起如椽之筆，競撰佳章，我一一捧讀她們的大作，以文章來報國，開我茅塞殊多，雖然我們每年見面不多，然而由書函往還，及新作的賜予拜讀，使我獲得更多的啟示，所謂取善輔仁友合以義，她們不以我愚拙而多所鼓勵，怎不以她們的友誼為榮？

她們光燦的作品，整整裝滿一層書架，這些無法估計價值的心血結晶，如今也成為舍下的珍藏之一，每當我取書拜讀咀嚼「書味」時，腦海裏立刻出現這樣的銘言：

「人非義不交，物非義不取；親賢如就芝蘭，避惡如忌蛇蠍。」

我的女同仁，和我的文友，她們的蘭質蕙心，薰陶著我，期望有一天，我眞能如入芝蘭之室，久而不聞其香。

七十一年一月八日　大華晚報

冬之懷想

青天白日下、和煦的小陽春；沒有嚴寒的冰雪，也不見蕭索枯衰，大地仍然青綠，依舊是鳥啼花發，寶島之冬是得天獨厚的，人們享此天祿，該知福惜福的吧？

對於異鄉「遊子」，此地雖言好，卻很難淡忘故國河山；那行經過八千里路的雲和月，那故園、他鄉的風物情調，尤當寒雨北風拂過，回首天涯，確有「白首搔更短，渾欲不勝簪」的感受。

童年往事，永遠回憶不盡，即使受戰亂的傷害，也不失親情的溫馨，那深植在泥土與親族血脈中的情愫，有生之年都無法稍減。

大雪紛飛，零下十幾度的氣溫，使瀋陽城的馬路冰雪封蓋；家中的大鐵煤爐已經燃起溫暖，接著四代同堂的家，熱烈的忙碌起來，爲迎接春節作種種安排了。

院子裏好幾口大缸，納入整個正月所需的食物，大缸的作用猶如冰箱，除夕前把分類割切的肉類，取出來切片時，要用木工的刨子削切，可知凍肉之堅。此外還有剁肉炸成大小丸子，雉鷄肉片及海鮮的處理；事先漬好的酸菜，是火鍋原料，年糕及餃子都做妥入缸，正月裏不能動刀，以免戾氣與受傷，缸儲的食物，只需蒸煮就能大快朵頤，也免過事操勞，盡興的過年。

過春節最大的盛事，是祖父率領我們幾十口家人，回到瀋陽城外六十里的老家，到祖塋去嚴肅的祭祀。使我們孩童自小便領悟愼終追遠的意義，還有天倫之樂及恩情，我們如今年逾一甲子，仍然實施不變的儀禮，在每年的淸明節及重要節日嚴正的禮拜，當心靈與精神仍與祖先們互通時，永享一份溫馨與鼓勵；愛於親不敢侮於親，思想行爲何敢任意越軌？耳畔似乎仍響著他們關愛教誨的慈音。

美好而豐富的童年，在日軍侵略的炮火中消失了！故鄉陷入敵手，不願做奴隸順民的同胞，紛紛設法逃亡；我的四代同堂家族，遷移出關難題正多，然而祖父母不甘心，至少也要有一支系投奔自由，寄託他們的希望啊！

於是我們二房五口人經過種種危難、驚險，終於逃出山海關，平安的抵達北平。記得是大雪天，午夜十二時車在北平站停下，父執輩前來迎接，彼此含淚相擁，而母親的雙眸已紅腫如核桃，一路上她思鄉念親，以淚洗面，唉！萬方多難的時代由是開始了，今後的前路茫茫，而國事天下事的演變又如何？個人的安危立身，完全繫於大我環境的存在，我們爲國家民族的前途祈禱吧！

寄住在一所公寓，有的小孩直呼我們是亡國奴，我抗議家破而國未亡，說我是亡國奴的，便是漢奸。孩子的心已然懂得何爲做人的風骨，在多年的風霜雨雪中磨練，在動亂的艱辛生活中，悲壯而苦澀的成長，當然在短期的「太平」歲月中，仍有可喜的回憶。

在北平過冬天，常有口福到「東來順」、「西來順」吃道地的涮羊肉；它的蘸料就有十多味，十分可口香醇，不久到內蒙古察哈爾，只有牛羊肉最爲普遍，塞外之冬寒風凜冽，捨此營養不足以禦寒吧？

迨至「七·七」事變，舉家客寓西康那幾年，則最大宗的冬日肉食，非毛牛肉莫屬，在川康一帶所強調的毛肚子火鍋，正是這種牛肉，此外當地的生食牛肉乾、及酥油奶茶，是我始終不敢入口的，每屆隆冬，倒是毛牛雜碎湯，味道不錯，住校那幾年，往往早晚與同學悄然溜出校門，到店裏去大快朵頤。至於「七·七」逃難後渡黃河抵西安，冬天寒冽中羊肉泡饃最爲當行，但我卻很少品嘗，或許以往飽飫肉類，反而轉作「弱水三千」，如今過了中年，毅然不食肉類，對於素食蔬果大生好感，說是爲了健康所繫也好，總之歷經滄桑難爲食矣。

抗戰期間在四川，冬天偶而飄雪，市上卻少見今日臺灣的處處有火鍋店，人們協助政府抗戰，凡衣、食各物皆行配給制，生活堅毅而艱苦，很少有人特別著重吃得講究。四川同胞酷愛辣食；如麻婆豆腐、豆瓣鯽魚等等，都是著名可口的川菜，然而在飯館以外，並不是常常可食之餚，家戶的量入爲出，無法爲了吃食過份浪費。

大學時代，有年寒假，我與好友秀珍從白沙鎮回重慶度假，因春節將臨，決定各做一件短呢外套，不料在布店被店員的話感動得盈淚。

我們看過好幾種呢料，都嫌紋路太粗，因爲抗戰前的平安歲月中，家人都穿澳洲及英國的呢料，細密光澤的呢料，給人印象深刻。可是店員說，有這種粗呢料可穿，而且是自己同胞以西北羊毛織成的，是一種光榮啊！他還說：「我們四川同胞，爲國家貢獻心血，對得起政府、對得起政府繁榮了四川的德意。」

當然，我們都做了一件新呢衣，並還合影留念，留待他年說夢痕。

成家後，雙雙抵上海，以爲杏花春雨江南是沒有嚴冬的，那知也飛雪有狂風，也要足蹬皮靴穿厚大衣，不過年輕人活力充沛，大風天也有興緻坐在法國公園內，品茶聊天，踏著雪泥跟朋友們到舞池去跳華爾滋。那兩年冬天過得愜意；辦公室有暖氣開放，飲食有各式西餐供應，不必自己開伙，公餘之暇或逛四大公司，或去戲院聽戲；爲看費雯麗主演的「飄」，整個週日「泡」在電影院，捧著一袋袋食物邊吃邊瞧，哈！年輕時代的情懷浪漫又瘋狂，如今回憶仍不禁莞爾。

有人分人生爲四季，春如少年；夏似青春；秋天成熟似秋收；則冬的蕭索如老年。俗諺有謂：「少年莫笑白頭翁，青春年少有幾時？」所以老年人的社會問題，需要大家熱忱的關注呢。

有的人怕老，女性尤甚；染頭髮重化粧，然而人生的新陳代謝是無法抑制的，反不如進入中年時候，早爲之計；爲未來的人生之「冬」，作下妥善的安排，培養幾項生活情趣，蒔花也好，學書法及繪畫也好，能喜好音樂戲曲更好，都是怡慰心靈、排遣寂寞的妙方。

說到老年，本是人生最圓滿的時段，曾經爲社會國家奉獻過才能，爲家庭及子女付出過愛，不曾越軌、自愛守份，說得上仰俯無所愧；而今而後自行建造新的天地，再不爲追求名利弄得神魂顛倒，再沒有無聊的虛榮心，去從事狂妄的欲求，變成單純而高貴，脫離了不必要的紛爭與衝撞。老，多麼圓滿而和平，人生之多，是充滿「收穫」的旅程。

人生走入「冬」境，只要內心充滿慈愛與希望，隨時以保持好奇及學習新知的興趣，就絕對不會變成令人厭嫌的老古董，甚至還可以熱忱慈祥交結年輕的朋友，不會像冷火秋烟那樣暮氣沉沉。一位黨國元老，在八十壽誕自賀：「人見白髮憂，我見白髮喜；父母生我時，惟恐不及此。」可知您如善用生命，生命是長的，老來可喜，有何可怕？

新年將屆，謹祝大家的美好人生，猶如天之行健；春耕、夏耘、秋收、多藏，將來都擁有一個勝利豐盈的「冬」。

七十五年二月一日　「化工所訊」

燕雙飛

朦朧間，有人推拉，驀然驚醒，聽他急催著說：

「嘿！不是想到山上去放浪形骸嗎？」

以當年接受軍訓的快動作，廿分鐘整好裝備；揹著草帽手拎水壺，他則肩上胸前掛滿照相的器件，看看好笑便調侃他：

「嗨！眞像佩掛六國相印的大人物，神氣得很也。」

「這話不免俗，怎不設想我是冠蓋滿京華、斯人獨喜悅呢？」

「哈！那咱們就做一整天的寒山拾得如何？」

火車駛經竹東、橫山、合興，至內灣站下車，立即找到派出所辦妥入山手續，換乘公車逕入尖石山區。行過天打那站之後，只見層峯叠翠，四野充滿蒼莽之氣，幽奇的景色令人目不暇接，顧爲及回程的時間，不敢再往深山進行，乃於青蛙石站下車，同時下車的旅客很少，我們倆可說是「擁有」了整個青蛙石的風景區，從路邊斜徑走向溪谷，空氣是清新甜潤的，作幾次深呼吸，腳下不覺飄飄然起來，忍不住引吭高歌：

「惟空谷寂寂，有幽人懷靈芬，時逍遙以徜徉，在水之濱……。」果眞是水聲潺潺，繞著酷肖大青蛙的巨石流動著，再仰視對面的峭壁千仞，山勢雄偉，幾疑又回到秦嶺、或者蘇軾當年的赤壁，正想加以讚頌，忽聽他拽起文曰：

「壬戌之春，二月既望，王子（他本姓王也）登山，與糟糠共遊於尖石山上，清風徐來、溪水不興；舉冷紅茶以祝妻，妻誦蘇軾之詞，歌青蛙之章……。」

「哈喲！好文好文！偕糟糠以遨遊，怕不是豪情逸飛的古人，所能比及的，我倒寧爲今日女性，『上山下海』與大男士偕行，自由平等不亦樂乎？」

草草用過野餐，捧溪水以淨面，二人協議不必搭乘公車下山，乾脆步行，沿途定可增廣見聞多享情趣。此議果然收穫不小；

一位英俊健壯的年輕山胞，肩上搭著大捆的竹材，由半山腰迤邐而行，繼之以慢跑，竹捆的末稍擦地沙沙作響，及至停步在路邊，沒料到他以流利國語問我們：

「上山來遊玩呀？歡迎！」

「謝謝，拖竹子累嗎？它們銷到那兒呀？」

「噢！拖竹子很好玩兒的，習慣了。竹子大多銷運南投那一帶。」

我們爲國語教育的普及喝采，也爲政府特定保護山區的德意感到安慰，看看滿佈山珍的山區，有木耳、菇類，及竹木，爲山胞換來財富，而且享免稅優待，難怪山胞都逍遙快樂，生活上不虞匱乏，更因山中空氣清新，山胞們知足常樂，煩惱旣少長壽者多，眞令我們羨慕。

行約二公里遠，聽見機車吃力急吼之聲，塵土飛揚處，一位滿臉風塵的綠衣使者，揹著綠色信袋，努力駛行在彎曲的山路上，我們不約而同向這位特別辛勞的郵務士先生、行舉手禮，我大聲而急速地對他喊說：

「向您的服務熱忱致敬！」

他笑說謝謝，便疾馳而去。臺灣的郵政不僅是無遠弗屆，與無鄉不屆的接觸面，更值得尊敬的是，中華民國整個郵政事業的業績，堪稱世界首冠，而投入此一工作的人員，其服務精神尤其受人讚美。像這樣的深山老林，也見到任勞任怨的身影，內心的感動與感謝，出自肺腑。

一路上，不斷攝取新奇可愛的鏡頭，那一番良辰美景樂趣，只能用吟詩來表達，乃大聲的吟道：

「居人共住武陵源，還從物外起田園。月明松下房櫳靜，日出雲中鷄犬喧……」

不正是，山中稀落整齊的房舍，有鷄犬遊於戶外，老年紋面的山胞，悠閒地抽煙，或與小童玩逗，若非有現代音樂從屋中傳出，眞以爲到了桃花源境呢。

行行重行行，見一大石橋下河牀甚濶，清清流水淺可見石，我們已走過四公里道路，不覺額上滲汗了，正好下去洗臉濯足，並爲白花搖曳的蘆葦來個特寫。

水聲淙淙，自上流較高處迸石瀉下，我們下水緩步一邊尋找扁平的石頭，比賽誰的水飄兒打得遠、跳躍得更美，正忘情的嬉樂，忽然我腳下觸及有尖楞的石塊，敏感的彈起左腿，身體突地失去平衡，噗啪一下坐在水裏。

哈嘀！他過來扶我，不想他那化學的頭腦，竟也拽起文曰：「嘿！往常我聽妳吟哦詩經，有甚麼『蒹葭蒼蒼，白露爲霜，所謂伊人，在水一方。是不是？哈！今天我就捉住了這個伊人啦，穩坐水中央！』」

哈！眞有些哭笑不得，所幸陽光尚暖，趕緊以毛巾沾擦打濕的長褲，雖不能立刻乾透，卻可減少滲潮的難受度，並且不停的用手拉掀使之透氣，總算可以行動無誤。及而兩人採拔一些好看挺秀的蕨類，以便帶回家移植，臨到橋邊的路上，我輕快地唱著：

「我從山中來，帶著美蕨草，種在小園中，期盼葉貌好，一日看三回……。」

他不禁莞爾，問道：

「河水浴的滋味也不錯吧？」

哈哈！……

再步行約一公里餘，只見左側的大片曠野上，竟然出現了海市蜃樓？景象空濛幽渺，覺得十分神奇，我們加快腳步走過去，突然想起這就是尖石鄉，因而得名的尖石了；遠觀直如國畫的山影，近看倒也雄偉，頂端是突出的尖形，中腰部份有幾株老樹陪襯，山石上錯雜的生著蘚苔與蒿草，這些「點綴」給尖石以生氣，不僅表現蓬勃，而得免於孤峯突起，否則無啥可觀了。

我們以遠山與背後的尖石做背景，用自拍機爲兩人留下在此一遊的紀念。

另一個假期，我們乘火車到彰化，專程參觀鹿港民俗文物館。

由彰化換乘汽車，直抵鹿港，走在現代化的中山路上，卻瞥見兩旁的店舖，較多古色古香的老屋，逐步行進中，已接觸到最激發鄉土感情的小街巷與石板路，以及保留唐山古風的老廟，不久，文物館的紅磚色大樓已在望，心中著實興奮，就跟每次到故宮博物院去一樣。

懷著驚喜、追念，混合著思古的幽情，我們仔細地參觀每一間的特色陳列品；那些精緻雕飾出的木器，無論是牀、椅、桌、凳或是唱布袋戲用的小戲臺，都極盡美術與工藝之美，再瞧各式各樣的竹器與陶製品，件件都稱得上是典雅的藝術創作，給人的美感非常深刻。

到了昔時婦女服飾的陳列室，幾乎不相信自己的眼力；那綉製在衣袖上，大襟邊，以及肚兜裙片煙袋、小鞋上的刺綉圖案與花朵，簡直就和手繪的圖畫一般，精細柔麗、的確如入毫端，怎能相信是一針一線刺綉而成？它們眞可媲美湘綉。

最令人喜悅的是，所有絲線刺綉的配色，竟是高度的清雅調合，美得該獲贈一座美術彩色設計獎。據說鹿港婦女，自少卽受此女紅訓練，成爲閨中才藝的一項，這種美育的教化，默化鹿港女性更多優美的氣質，而今尤使喜愛藝術的參觀者，吸取其中精華而獲得一些啟發。

在文物書畫的展覽室內，欣喜鹿港的文風，如此之盛，書法與字幅件件精緻，而當地父老提供的傳家之寶，與歷史文物珍藏，益增文化的光彩。

或許，今日鹿港，已非昔時商港繁茂時代的風光，然而鹿港並未迷失它自己；它不曾盲目地追隨現代，只是在秉持固有文物的精神的特質中，穩重的持舊創新，並非是固步自封。我看到街上的香店，出售別處罕有的細身香枝，還有類似大陸蘇州的精緻點心，而婦女們投入手工藝的行列，業績亦甚卓著，當然還有更多其他的特出之點，總之，這裏給人懷古的幽情，根植著歷史的脈絡，與古今文化的會通，繼往才能開來；當腳步踏在那青石板路上，並非以惆悵的心情，慨嘆烏衣巷口的王謝堂前燕，而是從浸潤故土文化的親切感中，承先啟後，期盼合力使歷史的長流，代代延續下去。

最後繞行後部，參觀了二百年的紅磚老式樓房，看看時間距關門結束參觀，尙有半小時，便急往前院商店選購俏麗可愛的手工藝品；迷你小紙傘一打打，裝在紙盒裏，竹製迷你小椅正好，可放進一位染色的小竹人兒；而迷你綉花的小荷包，更是伶巧誘人，面對玻櫥裏的物品，只能說目不暇給、無不喜愛，可惜司門人在催促「時間到了」，只好依依地踏出文物館，他笑咪咪地問：

「今天玩得痛快吧？收穫也不少；包括妳手中提的藝術品，與心靈上所感受的，是不？」

「是！眞太高興了，今後我們還會來；我一向認定生活本身就是娛樂——熱愛人生至情至性，善於利用閑暇優遊歲月，充滿知性與感性的愉悅，人生如此眞是太享受啦！」

當然，處身在自由寶島卅數年間，旅遊遊踪已遍及南北山水名勝，除與同仁及學生共享斯樂外，我們夫婦的雙燕偕飛的豪興，始終不減，旅遊中拍攝的照片，更不知凡幾，近年來因年逾耳順，往往喜作「文化」老饕，參觀歷史文物、畫展、花展、攝影展、書展，以及藝術方面展覽等等，我們的情趣愛好，幾乎是彼此感染再又溝通起來的，沒有一方是「專利」或是心有不願，而硬行陪伴。或許，這就是多年的「生活娛樂」的揉合，沒有任何屈就與勉強，只要在辛勤工作的餘暇，我們便彼此互問：這一次的精神「食糧」想「吃」甚麼呀？

本來，模式化的生活方式，不免叫人有倦怠感，倘使多一些想像與情趣，則心境完全改變，所謂滯拙的生活，使人衰老得更快，的確不是欺人之談；經常保持快樂的心情，超越名枷利鎖，保險到了七十歲，還不會塵滿面、鬢如霜，這也是我們保持心境年輕的秘訣吧。

由於距他開學時已不遠，乃於元宵節前，應邀赴臺南全馬德潤兄府上小住，承他賢伉儷招的待與共遊，暢敍往事笑語開懷，當初我們兩對成家之後，共住上海江灣，一棟二層樓房，是我們生活的小天地，初婚的夫妻既不懂持家之道，更不解理財原理，尤其沒有開門七件事的經驗，彼此鬧了不少笑話；轉眼卅幾年過去，如今老友重逢言歡，雖然馬兄的頭頂「放光」，我家的他也出現臉部老人斑，可是彼此都健康正常，工作情緒不減，皆無不良嗜好，豈不值得安慰？而馬嫂子與我同庚同一血型，特別感到親切，當我們細數從前做新娘子的「拙婦」好事，再看看今日之

「十項全能」成績，不禁彼此標榜一番，我們服膺一句話：世上甚麼東西都是新的好，惟有妻子越老越好也越懂事，哈！

記得年前，嘉義的老學生明美，曾在電話中邀請我們到她家過春節，但又因我們祭祖及家事料理，應諾於年後往晤，因而與馬氏伉儷道別後，即赴嘉義與明美及麗容兩對佳偶暢敍，及而又往臺中，觀光過名勝與公園後，次日他問我：

「田尾鄉的公路花園想去不？」

於是乘車到員林，在田尾鄉漫步徜徉、步行數公里，一片片的花田中，有的花枝已被採走出售，含苞待放的菊花列隊歡迎，跑進花田中讓四面八方的花枝擁抱，咔嚓咔嚓拍下了人比花「焦」的合影，心中好不舒快，若非有幾位花農在摘除小花苞，眞想在花叢中鳳舞神飛跳躍個痛快！又參觀過幾家仙人掌科植物園，及懸掛盆景的花圃，還有松柏榕樹的盆景，看看天色不早，鏡頭也攝取飽和，即刻走回車站轉赴臺中，用過晚餐時天氣變冷，細細的小雨打在身上，原說再停留一日去南投訪友，並參觀那一帶的竹製藝術品，然而離家已數日，隨身的髒衣服逐日增加，也該歸去清理一番了，於是協議把家事料理停當後，先赴臺北參觀歷史博物館的八大展出，並且再到故宮及文化城一次，然後再找假期往中部一遊。

等車時，雨點稍大，他調侃道：

「妳這個水命人眞靈，每次出遊總會遇上雨。」

「雨是很詩意的呀，豈不聞『微雨燕雙飛』乎？」

七十一年三月　「天天樹」

荔枝樹

不是存心冷落，抑或惡意虐待；當我一日數回由它身旁經過時，並非視而不見，那枯黃欲墜的葉片，和根部四周乾裂的泥土，也曾使我心裏感到虧欠和同情。再瞧瞧滿院的花樹那一株不是芳華自露，生氣蓬勃，爲什麼獨獨對待那棵荔枝樹苗特別苛刻，像有寃仇一般？

家人又向我提出警告了：再不給它澆水可眞保不住啦！我佯爲應諾，動作遲緩的灌滿一噴壺的水，可是兩條腿卻像行往斷頭臺的路上一般，怎麼也移動不快。眞是的，要我親自把冷水漫淋淋的往它身上澆？也許，荔枝樹本身確是迫切的需要甘霖來滋潤它的生命，然而埋在它下面的我的老朋友——十六歲的「樂樂」，我可不忍心在牠陰暗的長眠之處施以冰冷的「水刑」，樂樂有何罪過，還要在死後遭受虐待？

有的朋友對我說：你們學文的人感情未免太熱烈了，死者已矣，你又何必一副空餘恨的模樣，牠生前的時光你愛之如兒女，你並不欠牠什麼呀？何必哀思綿綿的自我折磨？

或許，我眞的不欠牠什麼，可是這不能用商業上的賬單那樣去平衡盈虧，我們彼此物我不分做了多年的摯友，那種親切而溶心的情感，不能像債務償淸之後就算完結。我永遠忘不了樂樂那一顆善解人意的赤子心，和稚子一般依戀人的眼神，牠馴良、聽懂我們許多的話，牠是我們生活中的良伴，如今牠已離開我們四個月，每每我注視它那幀放大的遺像，便黯然神傷，久久不能自己。

樂樂患病的幾天當中，所受的磨難眞不是一隻體重五公斤的小狗所能承受得了的，然而樂樂牠一直默默的忍受，靜靜的枯臥，我了解牠，牠一向不論在任何時候，都不願給家人增添煩擾，牠多麼體貼人啊。

記得，一連兩個深夜裏，室外的風雨交作，午夜三時我被大風撼動的窗聲吓醒，朦朧中似有細微的吱……嗚……嗚的乞求聲來自屋角，定定神，我努力睜開酸澀的眼，在黑暗中尋找，啊，那不是樂樂蹲在我公公的臥房門外，用一種唯恐驚擾別人、而又迫不得已的呼聲在等待著。

我輕喊牠幾聲，突然又想起來，老樂樂的耳朶已經聽不見聲音了，我想伸手去開枱燈，呵！好冷，不禁對牠抱怨：「唉！你這小東西是怎麼了？可從來半夜裏不鬧事的呀。」

實在太睏了，翻個身正想睡去，吱……嗚……牠的鼻音又來了，說不定牠眞有困難了？牙一咬我立刻跳下床，穿上大衣，本想檢查一下牠的身上，不料牠急急的捱過來示意讓我給開門，等到我撐好了雨傘追上牠，牠已找到院中的花池邊小便。大約五分鐘過去了，牠的左腿仍然蹺著沒有放下去。咦？牠的小便有多少要這半天？待我彎下身去一看，呀！可憐的樂樂，牠的尿水就像枯水季節的水龍頭，半晌才能滴去下一滴，緩慢艱難的流出。樂樂生病嘍！

我用力將牠的左腿弄下去，抱牠回房擦乾後擺進窩裏，牠只靜靜的躺著不再叫喚，可是我的心裏好沈重，樂樂忽然病得這樣子，我該怎麼辦？在我們居住的這個城市裏，僅僅只認識一位半路「出家」的獸醫先生，我沒有選擇的餘地。

醫生請到家來，診斷後認爲樂樂是因年老而致機能減退，同時宣佈說牠患的腸胃炎，與我私心裏所揣疑的泌尿系病症不符，然而他是醫生，我們尊重他的經驗。後來醫生爲樂樂注射三針，其中血管注射時要用口罩罩住樂樂的嘴，我告訴他說樂樂一向注射狂犬預防針時，從不帶口罩，牠太馴良了。果然，醫生在剪掉樂樂左腕的毛髮後，又加以消毒、注射，樂樂始終紋風未動，牠病著尤其沒有力量抗拒別人的擺佈了。

可能受藥物的催促，樂樂的精神突然振奮起來，眼睛睜得大大的，一面用舌頭頻頻的舔拭著嘴唇，我趕快沖好奶粉餵牠，瞧牠吮得津津有味的樣子，家人都覺得有了轉機，別提有多欣慰，那一夜牠睡得很平靜，天快亮時才叫着要出去小便。

這天上午醫生又來診視，量過樂樂的體溫後，他皺起眉頭發表一項令我們心碎的「判決」辭，他說樂樂的溫度比昨天還低，這顯示病勢沈重，他又爲牠注射過三針說，如果明天的情形見好，請打電話給我，否則就不必了。

真是漫長的一日！中午樂樂吮過幾口牛奶便悄然的臥著，我們家人隨時在留心牠的變化。在那樣嚴寒的冬日裏，我們爲了樂樂已渾忘自身的寒冷，一心只關注樂樂的臥榻是否够暖和。可是樂樂的身體躺在雙層棉墊上，蓋一件毛衣及一件棉襖，卻仍然凉巴巴的沒有暖意。我輕撫着樂樂的頭毛：「樂樂！你很難過是不是？……」牠用力睜開大部分被白翳遮蓋的眸子，直楞楞注視著我，那眼神像求援？像感傷？我的淚不自主的潸潸流下，我深深怨恨我自己！我愧爲萬物之靈的人，卻不能爲一隻待救的小狗謀取良策，牠枉自依戀了我十五年，而我所能做的，卻只是眼巴巴的目睹牠遭受痛苦的煎熬！

在已往的歲月裏，我們人狗相偎依度過了無數個寒冬，在那些陰冷潮濕的日子中，彼此交流著誠摯和熱受，我們歡樂平安、和諧愉快，雖然家中缺少暖氣設備，可是我們並不覺得有寒意。誰想，今年的殘冬季節，就像有股冷氣團逼迫在家中的四周，大家都感受到凜凜的凍氣。我有心擁抱起樂樂，像過去那樣互相偎貼著取暖，可是樂樂的瘦弱小身體，已經受不起絲毫的震動了，我們也不忍騷擾牠每一分秒的安寧。

黃昏時，我再摸摸樂樂的身上，仍然是使我憂心的低溫，驀地，我腦際閃閃過一個意念：假使以外在的方法能給樂樂增加體溫的話，我願意盡一切力量付出代價，便決定爲牠買一座電熱器回來。

痴痴的，竚守在樂樂左右，把希望寄託在紅光艷亮的電熱器上，祈盼奇蹟能發生。入夜樂樂忽然掙扎著要起身，我扶持牠搖搖晃晃的立起來，可是牠的四肢乏力絞絆而行，沒辦法走成功，我咽聲告訴牠：樂樂啊！你生了病，不必到外邊去小便，就在屋子裏好了。但樂樂執意要出去，只好撐傘抱出牠，回來後牠疲乏得倒頭便臥，若在往常牠由雨地回來，只要聽說「過來擦擦」，便搖著大毛尾巴歡欣的躍過來，現在牠已無力表示牠是多麼快樂的狗。

那一晚，樂樂拒絕張嘴進食，夜深時牠時而發出呻吟，我屢次跳下床去撫慰牠，我明知這樣對牠並無多少用處，可是我無法充耳不聞，最後索性穿好衣服坐在牠身旁。將電熱器更移近牠些，我對牠說：「樂樂不怕，我在你身邊呢」，然後我不時用棉花蘸溫開水潤澤牠的嘴唇。

風雨的聲勢有增無減，更加深幾分夜的慘淡，夜深沉矣！我守著一隻奄奄一息的老狗，周遭充塞著凄清的冷寂，我心裏眞有說不出的滋味和感受，我覺得頭腦昏昏，趕快泡一杯濃茶提精神。

十五歲，對樂樂的狗齡來說，也許算得上是耄耋之年，遺憾的是，我缺少哲學家或宗教家的修養，無法將生死離別視作淡然平常。守在牠身旁我一直引咎自責：爲什麼沒有把樂樂看護好而讓牠生病？爲什麼不抱牠上大城市求醫……我有無盡的悔恨，然而都已無濟於事？

牠已熟睡，但我不敢輕離，果眞不幸牠「非去」不可，我必須使牠在親人的照拂下安心瞑目。想到牠即將與我們永別，從此這個世界上再也見不著牠的踪影，不覺悲從中來，淚水滴落在樂樂的頭上，我輕握住牠的前爪不忍放開，一時間萬千舊事洶湧心頭。

樂樂甫經滿月接到我家時，全身烏黑肥碩的模樣令人一見就喜愛。當時家中那隻芳齡不足一歲的貓咪，也跟牠一見投緣，（慈航「悼念貓友」一文中曾述及牠們的情形。）兩小無猜相處怡然，牠們食同時，寢同榻，從來沒有過爭吵。後來貓咪生了小咪了，善盡慈母之責外，仍不忘對樂樂的友情，還時常一起嬉戲。有一次樂樂學著貓媽媽叼起小咪的脊背往外拖，小咪痛得大叫，貓媽一見情急，立刻衝躍過去加以阻止，卻絲毫不向樂樂做出凶狠的的表示，反倒是家人惟恐樂樂以後再有叼的貓惡作劇發生，便呵斥牠一頓，自此後貓咪又生過許多隻小咪，樂樂一直沒再叼過牠們，牠甚至自任褓姆，白天裏與小咪玩耍得水乳交融，到晚上便與小咪偎依著共眠。我永遠記得第一次目睹牠們摟抱在一起的可愛畫面，我望著牠們那種萬物共存相親的樣子，有說不出的驚喜，久久捨不得離開，那樣美好的情景，眞是人間難得幾回見啊。

樂樂十二歲那年，不幸傳染了瘟疫，最初是發燒懶怠，繼而不進飲食，腹部出現紅斑點，全家人不勝惶恐，幸虧住宅區內醫務處一位護士尹小姐很熱心，爲牠注射紅黴素，疫症是被擊退了，可是牠的雙目卻長滿了白灰色的翳雲，竟然視而不見！這變化使我們吃驚，難道牠會變成一隻瞎狗？

一連兩天，我走訪城內的眼科醫生求教，他們異口同聲都說是眼角膜已經破壞，不可能復原，這判斷當然令人失望，可是我要試！死馬當做活馬醫，我發下心願，依持佛法的定力，我要爲樂樂治療。（詳情曾發表於中央日報副刊「重見光明」。）懷著無限期望，憑著我僅知的目疾醫藥常識，終於兩個月後，樂樂從黑暗的深淵中走出來，牠能夠跳躍著歡迎我們下班回家，牠的重見光明帶給我們莫大的喜悅，雖然牠的眼珠上仍留有兩小塊半粒米大的白翳，但是牠能夠看，較之雙目失明的苦況要好得太多。

目疾後兩年，樂樂的耳朵出現毛病，淌水、發臭，在經過求醫治療後時好時壞，我爲牠準備了一份小醫藥箱，常常爲牠洗滌換藥，總算不再於彈耳朵的時候尖叫亂呼。之後牠的大牙脫落，嘴角與尾梢的毛髮有許多花白，牠開始喜歡睡懶覺，更不幸牠的耳朵只聽得較見震動的音響，近乎半聾。於是牠有更多的時間去陪伴我的老公公。當我們外出工作無法陪侍老人家時，樂樂正好成爲公公的良伴，牠時常偎在白髮皤皤的老公公懷抱裏，彼此悠閒的互慰，度過許多個晨昏。老公公每天焚香禮佛時，牠也追隨在身旁，蹲得好安靜，一點都不打擾老公公的虔修。

七年前，我婆母不幸因癱瘓症去世，那天舉行過葬禮的晚上，我們家人的內心充塞了哀傷，尤其公公一人坐在冷清清的房裏難過，我們正不知何如慰他才好，忽然，樂樂走進房來，飛身一躍便跳到雙人床上去，不偏不倚、正好臥在我婆母生前所睡的位置上，下巴搭伏在兩隻前爪上，長長的吁了一口氣，再翻起眼珠瞅著我公公。牠自然不會講話，可是牠的動作和表情，卻足以說明牠對逝者的追思，存者的慰問，我們被感動得流淚不止，悲傷之中卻摻雜上一絲絲溫馨之情，這隻狗眞像是感染到了佛性一般。

碰到我在家的日子裏，樂樂與牠女兒黛蜜（係樂樂的伴侶蓓蒂所生，黛蜜未及滿月、母犬竟被大狗咬死。）便緊緊依隨著我，我烹飪時，牠們跟到厨房；我修剪花木拔除雜草時，牠們便臥在草地上守著；我在書桌前閱讀時，牠們就在一旁陪伴。如果我是在下午有事出去，老公不忍牠們追趕的呼叫，總會開開大門放牠們去尋找。於是兩個小東西一黑一白，搖搖晃晃的「連袂」而去，牠們先上圖書室繞上一週，如果不見我牠們便再去理髮部四周嗅嗅，只有這兩處是我可能活動的場所，倘使兩地都不見我踪跡，牠們便一齊回家。每當我上午必須外出採購物品時，牠們似乎能卜會算，按時到車庫去等我，只要見我下車便歡騰著迎我回家，牠們的行動，博得許多人的讚羨，都說這樣通靈性懂事的小狗太可愛了。

⋯⋯⋯⋯⋯⋯⋯⋯⋯⋯⋯⋯⋯⋯⋯⋯⋯⋯⋯⋯

天將破曉，樂樂未再呻吟，聽聽牠的鼻息尚勻，我疲倦的回床小睡，於風雨的催眠曲中整整睡了三小時，待我從警覺中醒來，迫不及待過去看樂樂，又沖好牛奶試著要牠吮一點，誰想到牠的病情益發惡化，已不能吮吸，牠的眼神失散，像一塊枯木那樣奄奄的不動。看情形牠眞的不久於世了，我只覺得頭頂上雷轟的一般，熱血直往上沖，好半天才從茫茫冥冥的境界中清醒，我意識出所謂黯然魂銷的訣別勢將不免，我沒有絲毫能力挽留得住牠，但是，就讓牠這樣無聲息的走掉？不留一點痕跡？

痴痴的我，指望留下牠的一點什麼作紀念，沒有徵求誰的同意，甚至樂樂牠自己；噙著淚我用剪刀取下來牠頸部及尾尖上的兩綹長毛，捧在手心上不勝哀慟！從今以後我的身邊再不見血肉歡跳的樂樂了，惟有這兩撮毛髮是牠給我唯一的「信物」，再就是我對牠不盡的追念了！

午後二時樂樂嚥了氣，老公公涕泗縱橫中還不停的勸慰我說：牠總算「壽終正寢」，你不要太悲傷，下土為安，決定個地方埋葬牠吧！

我摸摸牠腹部尚有餘溫，便裹上一件我的舊衣，平放牠在狗搖籃裏，（那是母犬生產育嬰的專用品，樂樂一向很羨慕想進去睡的）直待男主人返來，樂樂的小身軀已然變得冰冷，而我為牠寫的往生咒也完成了好幾篇，我們把牠安葬在後院裏，唉！淒風苦雨葬斯狗，怎能不鼻酸，當我為牠焚化紙錢時竟忘情的號啕了！男主人含淚扶起我勸慰著：你別太傷心，像樂樂這樣溫馴的小生靈，下輩子一定會脫離畜生道早登佛國，你就多為牠唸唸往生咒好了」。

樂樂去後，家中尚有牠的一女一孫，然而我們總覺得冷清、像失落了很多的東西一樣。兩天後，男主人專程去苗圃買回一棵嫩綠的荔枝樹苗，種在樂樂的坟頭上，種好了樹他對我解釋：樂樂並沒死，牠將以另一種生命的「相」出現，那逐漸茁壯的荔枝樹、就是樂樂的復活，你如果眞愛樂樂，就好好照顧這株小樹，就等於回報牠生前對你的愛忱，這不比想起來就淌眼淚有意義多了嗎？

他的話，的確增強我幾分理智，枉自哀傷有什麼結果呢？我疏忽那株荔枝樹，致令它枯萎以死，又能對樂樂有何補償？與其那樣的貪痴執著，倒不如細心照拂那株荔枝樹。在我的心智逐漸趨於靈明和豁悟時，同時也猛然記起中央日報副刊上的一篇中央社特稿「養狗人家」。

是幾年以前，因那篇李嘉先生的「養狗人家」，使我由衷的感傷許久，迄今思之仍是記憶猶新，他的文中說：「上月有一位剛從上海跑出來的中年婦人告訴我，由於幾年來兩三度中共有組織的『肅清撲殺』，今天中國整個大陸上已經見不到一條狗……。」「她家裏多年來養著的那條狗卻還依然活著……幾年前當幹部在上海展開撲殺一場飼犬野狗運動的時候，她的狗似乎覺察到這種可怕的消息，對女主人默掉眼淚。那婦人對牠說：『祇要你乖乖的不作聲，我是不會把你交出去的。』從此她的狗竟不再吠叫……而更奇怪的是在這條弄堂裏的隣居，肚子裏都知道那條狗還活著，可是沒有一個人去告密。」「最後她對我說：『當我出來以前，把這條狗交給我同居的姐姐招呼；我叮囑她萬一有一天給中共發現，要殺牠，請千萬打一個電報給我，並且告訴幹部，我無論在那裏一定趕回來。假如牠非死不可，我寧願親自把牠毒死！』」

由這段充滿有情，而又「無情」的記述看來，我與樂樂有幸生活在平安之境，福報已相當深；樂樂在有生之日，享受著自由與愛護，而我們更有養狗的自由，較之那條留在上海的孤零零偸生的狗，和牠那位心碎的女主人，我們不是幸運太多了嗎？

如今，那株荔枝樹已經綠葉發光，在六月的陽光裏欣欣向榮，當我爲它拔除根部的雜草時，不自禁的輕撫著枝幹一如撫摸樂樂的皮毛，內心充滿新生的怡悅，不再哀傷。佛經中曾詔示過我們萬物同體並育的道理，那麼去悉心的愛護樂樂坟上的荔枝樹，該不算是癡頑吧？

五十七年十月　慈航雜誌

天天樹

絲雨新涼的宜人天氣，還沒有享受幾天呢，不旋踵間已到了冬天；冬季在寶島依然是觸目皆綠，庭前的金桂又次綻放，清雅的甜香把我誘出室外，好叫人驚訝，耶誕花也都要怒放囉！那秋日最後的一朵芙蓉，難爲它竟尚延到了冬日，而它腳邊的籬菊則正含苞待發，雖然是冬天，卻仍是滿院生機勃暢，在這羣花雜樹之中，最使我心儀親近的，要算那兩株矮矮的「天天樹」！

對我來說，它不只是一株小草而已，它是充滿了愛戀、予我生命以振作的號角，使我清醒而有希望。

「天天樹」是童年時候祖父告訴我的草本小樹名字，其實它也是名見經傳的；植物學裏叫它作「龍葵」，或是天泡草、水茄、老鴉眼睛和烏仔菜等等。屬於一年生草本，有藥效能解熱解毒，它雜生在蒿草間，枝莖柔細，開着星星小點兒的白花，花落果成時，眞令人喜悅欣賞，小枝上掛著五粒一串的小迷你「茄子」，每粒不大過一顆豌豆，採下來輕嚼，好奇特的滋味，甜中帶些微酸，而另一種氣味上的感受便無法形容得出。

自從我發現這兒也有如此可愛的小漿果，便著意為它們施肥洒水，並非好吃「小茄」的美味，而是它給我溫馨的回憶，想起慈祥堅強的祖父，想起憂喜參半的童年，以及流動在血液裏家族傳統的親情！

祖父諱會盛，生平以耕讀傳家，籍設瀋陽城南六十里的村莊「黑林臺」，育有三子一女，我父行二，我姑母適關姓，她的名諱早已不詳，自少遭逢國難亂世，受烽火摧殘，很慚愧自己快要數典忘祖了，記得胡適先生曾勸告人們多多寫童年故事，最是多彩多姿；人一經成長，不外是求學、工作、成家，然後再順著幾乎相同的軌跡由中年到老年，那有童年的往事那麼值得回味？由於我伯父「駐守」老家，身為村長，我叔父協助祖父運籌鄉間農事，祖父母常能抽暇到瀋陽市，跟我們歡敍天倫，每逢年節佳期，父母便携我兄妹回鄉探親、祭祖掃墓，往往我被留下多玩數日。伯父的獨子綸弟，小我一歲，是很好的玩伴。祖父常在無雨的早上，用長工的挑子，把我和綸弟一邊籐簍子一個抱進「包廂」，然後再使力挑起，搖搖晃晃地到村中廟臺兒上去玩。

每當我剛要爬出簍外，綸弟便過來揪住我的髮辮硬拉，在我們吵叫時，祖父掏出小吃先堵住我們的嘴，一邊一個坐在祖父身旁，邊吃邊聽故事。及至第一個節目完畢，祖父帶我們到村中大道或小溪邊；他指認一些草名、野花名告訴我們，其中我最愛馬蓮草，樣子最像鳶尾，花朵甚大有紫藍色非常豔麗，它的葉片很厚實，祖父摘兩片長葉，編來編去竟是一隻蛤蟆，套在手指上還會張嘴的哪，我和綸弟輪流伸著手指去「挨咬」，祖父故意「咬」住不放或是假裝「咬」不着，逗得我們呵呵大笑，祖父也笑不可抑。

家鄉話稱小溪爲河泡子，溪邊有柳有榆，小孩子常常爬上去玩，就在那個河邊，祖父第一次給我介紹了龍葵，他說：「這就是天天樹，別看它莖枝細弱，它的生命力挺強的呢！幾乎大半年都在開花結實，你們嘗嘗『小茄子』很有味兒，但別吃太多會拉肚子。」

首次嘗到這小漿果，感覺的確美極，我在城市住高樓，走馬路，就是在公園裏也找不到這種可愛的植物，那裏大多是奇花異樹，在我的小心靈裏，鄉野山林間小草小樹才眞正叫人喜悅呢。

祖父還教會我們，如何到高粱地裏去找「烏蜜」，它是高粱身上的「良性腫瘤」，外層爲黑色黴菌所包圍，內中的「果實」纖維極少醣份很多，吃起來甜蜜柔軟，是很引人的一種野外「美點」。待綸弟和我學會了尋找烏蜜，拿下來就忙往嘴裏送，及而面面相覷都不禁好笑，互相指稱是個烏鴉嘴好黑喲。

祖父告訴我們說：「你們姐弟，是有福氣的快樂兒童，家長辛勤的建立了家業，給你們優裕的生活和受教育機會，可知鄉下有的窮孩子是啥樣的嗎？有的小學生中午沒吃飯，就跑到高粱地裏去採烏蜜，吃飽了再回學校上課，直到晚上才能回家吃頓正式的飯，這樣也能把小學讀完，想想看人能暴殄天物嗎？你們一天天長大以後，可要記住，要惜福啊！」

每逢鄉下老宅裏傳來喜訊；生小貓小狗了，我就在寒暑假時，跟祖父回鄉，抱貓玩狗不亦樂乎，那些小動物爲童年寫下太多歡樂的篇章，有一回聽說前村的「二五眼」嬸婆家，生了一窩小黑猪，便央着祖父帶我去看，一路上他對我解釋，見到嬸婆千萬別喊「二五眼」呀，這個綽號是親戚背地裏起的，因爲嬸婆不像一般主婦那樣刻板勤勞，她是個會玩的人，洒洒脫脫的帶幾分傻勁兒。及至她見到我十分高興，請我吃鄉下的「野」味兒。

我的祖母大多住城市，偶爾回鄉，我父服務銀行界，事忙不常與我們共遊。因此祖父和鄉下小友，便成爲我童年最親密的朋友，祖父每到城市來時，他喜歡協助我母親，分擔採購的工作。每見他在春節前還特地到城市來替家裏辦年貨。冬日嚴寒的早上，他戴上皮帽和耳套，足登氈鞋（東北冬天的防寒厚底鞋，大圓口鞋面質料是氈子。）便到市場去了。等他回來肩上扛著一條大魚，凍得像一根巨形冰棒，另外還提著一大包的東西，他放下大魚後，立刻從皮袍的衣袋中取出火燒（燒餅）夾滷肉，向我招手示意，於是在他屋裏我獨享美味早點，祖父爲我倒杯熱茶，津津有味的看著我吃，家裏那幾個小子們（我鄉稱男孩的通稱。）連味兒也沒聞著哩。

祖父也有嚴厲的一面，每天晚上的自修課，他端坐大桌一端，監察我們幾個孫輩做功課，中途如廁，要請假，有一回哥哥說如廁去，結果回房去拆卸一隻壞了的掛錶，老半天回到書房，被祖父被發現訓斥一番，事後被父親知道了，便下一道手諭，其中最觸目的句子是：倘若不用心習字、逃課，定打不饒！在這四字旁邊還特別畫有紅色圈點。

民國廿年，日本軍閥侵佔東北，發動「九一八」瀋陽事變，此一驚天動地的大變化，不僅擊碎我快樂童年，而另一件使全家震撼的大事發生了，我親愛的伯父被日人槍殺殉職！

日本浪人利誘一批「紅鬍子」（土匪），在四鄉欺掠，一時情況大亂，伯父爲人誠厚負責，在一個深夜裏，他睡過一覺便外出巡察，祖父被門聲驚醒，一見伯父夜巡很不放心，便躡足跟隨，不料行至一個轉街處，黑暗中突然傳來砰砰的槍聲，伯父腿上中槍立即倒地；祖父一見不敢前去扶持，怕多犧牲一個，趕忙往回跑，毫未猶豫牽出馬匹，套好了大車（大的木製板車，可裝篷。）儘量把倉中糧米搬至車上，毫不遲疑便從後門連夜驅車疾馳，終於晨光微熹中安抵城市的家，及至父親與三叔扶祖父坐定，堅強的老人精神突然崩潰，搥胸號啕：你們大哥完嘍！是鬼子殺的！

一時家中的空氣似乎凝凍，緊跟著哭聲四起，伯母曾數度昏厥，然而除悲傷以外，又能奈何？人爲刀俎我爲魚肉，卑微的亡國奴，徒有報復的壯志，但又怎樣實現？惟有將憤恨藏在心頭，等待重光那一天！

淪陷後的瀋陽，到處是征服者的桀驁模樣，日人以逮捕屠殺來鞏固佔領的高勢，他們的「黑帽子」陰險毒辣，是日本軍閥的爪牙特務，常在暗地裏做鬼魅之行，是人們談虎色變的勾魂使者。

俗云：既在矮簷下，怎敢不低頭？可是父親不願忍受，他要全家人衝出去，奔向自由！但祖父母不願離鄉背井，伯母和堂弟要守護伯父的墓園，而三叔一家既要陪侍祖父母，亦要照顧鄉下老屋和田地，結果僅只我們遠行，祖父說他已年老不便跟隨，但卻要我們努力、珍重，國土重光日再還鄉，只有國家才能給人莊嚴的存在感，否則便茫然無存！他很欣慰父親有勇氣，也祇盼自己當「順民」的惡夢早日消失。

在瀋陽火車站的一場生死別離後，我們到過設多省份，不想八年抗戰勝利，另一隻貪婪的狼——「蘇俄」隨後又乘機掠奪、擾亂，使我們的還鄉夢成空。這一場別離眞是歲月悠悠，轉眼當日在祖父母懷中撒嬌的小女孩，已成白髮稀疏的老嫗。如今，雖然祖父母與父親均已作古，可是流通在我脈搏裏的家族親情，永遠存在，我必能回去尋找到我的根！

今天在此天涯海角，追念親人，我不再悲傷，只充滿期待與希望：此刻又走到天天樹的身畔，摘兩粒小紫茄擱在口中細品它的滋味，和小時候的感覺一樣清香，在時光的幻覺中，似乎祖父正在我身旁，忍不住的激動，對着天天樹說：就請藍天作證，我必能跟隨王師凱旋，回到長城外面的故鄉，和骨肉相見！

七十年十一月十七日　大華晚報

男廚娘

距離喜宴的時間，祇有半小時了，老伴還在慢條斯理的吃麵包喝牛奶，我禁不住催促他一聲，嘀！他瞪著眼兒說：

「急啥？我總得吃飽了呀！」

哈！吃喜酒要事先餵飽了自己，不是笑話嗎？

他一向重視衞生，館子裏用的油脂他不信任，蔬菜的農藥又怕洗滌不清……但是爲了禮貌又不得不參加宴會，所以一定先塡飽了肚子才出發！

由於他不善適應被邀或赴喜宴，所以每每應酬回來，總要爲他煑碗麵加個荷包蛋，有時他也會自己當起庖丁來。因此我樂得請君自甘「入彀」，由他每天分擔一次餐食料理。他煑的大鍋菜，別有一番口味，跟我的蒸煑方法則有所區別，但不論輪到誰「主廚」，彼此都欣賞對方的「作品」，誰都不到廚房去干擾，讓自己儘量享受創作的喜悅。

只是一點較不公平，他不愛洗碗，也不抹地，不過我並不怨他。退休後，他下廚的機會更多了，手藝也大爲進步，有時候朋友來訪，爲了對客人的禮貌，也斟酌加添些葷菜，如魚香茄子、家常豆腐、肉絲雪裏紅、紅燒魚等等，客人盛讚他的烹飪術，他便哈哈大笑十分得意。

家事之餘，他還會搭建花房，裝修水溝蓋板，會做笛子、風箏等等，退休之後，他眞是越發能幹了！

見於報導，近年來由於時代進步，素稱大男人者，也都有了一百八十度大轉變了！甚至歐美國家，隨著時代的需要，特別爲學校男學生增加一門「單身漢的求生術」，授以各種消費指南方面的知識。

本人爲了感念另一半，雖然他不會專修烹飪學分，而今樣樣精通，乃作一歌加以鼓舞和讚美：

我家何所有？惟有幾架書，還有一位男廚娘；不羨榮華求溫飽，不事貪欲護肚腸；麻油淡鹽酌量放，不必先請糟糠嘗；灶前學問大，情緻不可量，夫妻恬淡嚼菜根，君子近庖又何妨？

七十五年一月十三日　大華晚報

瘞書記

對於一個自小就親近書籍，又經過十年寒窗，再教過書也忝爲作者的愛書人來說，書籍是非常可愛可敬的文化思想結晶，其値得尊重與珍愛，是無庸贅言的。我喜愛好書，一向是寧可無新衣，無華美器物，但是卻「貪婪」於買書，讀書必作劄記，又因書是自已的，往往忍不住將讀後感，寫上眉批，幾經重讀再讀，十足的吸收消化後，那種「飽飫」的滿足，眞是難以描述。

然而多年以還，六座書橱已不敷使用，必須挑檢出老舊殘破的，以及時日遙遠的老雜誌，當初只因不捨得割愛，始造成今日非採取行動不可，而最大的「導火線」，乃緣於幾册工具書的強迫「退休」而起，引致一場焚書的「悲」劇。

無論閱讀，或爲課文作教前的預習，都不能免去工具書的應用，於是字典，辭源（或辭海）便或爲必要的媒體，在我擁有的當中，那「本」綠色封皮的小字典，身長一吋半，寬一吋，吋半厚度，迷你又袖珍，適合擺進手提包中，隨時在閱讀書報有疑難時，它都隨侍服務，由於它玲瓏便利，跟我已卅八年之久，皮破、頁捲、掉頁、紙頁污黑，想當年它在上海我的辦公室內卻是頂尖受歡迎的哩。

初出校門，在一所華洋漁務的服務機構，在分配課任文書並理檔案工作，爲適應需要，遂買到公文程式及這冊小字典，每日隨我上班，輔助我解決不少疑難。有時候課長遇到中文上的字詞難解，便客氣的朝我借小字典，後來樓上的「洋」秘書也會跑來借用，然而他搞不清ㄅ、ㄆ、ㄇ第幾聲，只好由我幫忙了，可知小字典的文化水準不差啊！

民國卅七年夏，舉家來臺，我在南部某省女中執敎，授課項目包括國文、歷史、國語，因見年長的同仁皆學有專精，言談舉止或批改作業，都是我所不及，乃下決心課外努力進修，成爲圖書館的常客，同時也應用那兒的辭源等工具書，給我敎學相長上許多助益，當時學校宿舍與學校咫尺相連，往還閱讀十分方便，再因當時敎師待遇甚低，家有高堂奉養，不能任意購買工具書，所以綠色小字典，仍是最親密的朋友，常伴身邊。

十年後家遷北部，我任職省立高商，高中課本增加不少子書古文，以及詩詞純文學，雖然圖書館仍是我必往之地，但因距家約半小時路程，工具書不便借返，爲了敎課需要，便購得康熙字典，中國書法字典，還有十六開本的辭庫，及厚約三吋的大本辭源，這幾本工具書成爲退休前輔助我正確運用字詞語言的「畏友」，同時我鼓勵班級學生成立小小圖書館，規定國文課上，每人有一本標準國語字典，以備自己用心查閱解惑，此事甚得學生合作，養成利用工具書的習慣，或許當時有人覺得麻煩，然而隨時間的成長，她們反而樂道此事。

已經身任襄理的美慧，近日來函時，無限嚮往昔日做學生的幸福，不只養成查證工具書習慣，更把辦公室作爲另一間教室；不忘自律自修，她感謝師恩，實際上是她的靈秀好學，在做人做事方面，始獲今日之成就，功效是她自己努力領悟而來。

另外如春梅現職會計，但始終喜歡讀文藝作品，並有相當美麗的書法，她也是念念不忘帶字典上課的情況，迄今仍然辦公桌上有字典在焉，我在想：充實自己，也使他人光輝，奉獻了熱忱，領導了一件文化精神的發揮，倒是意外令人欣喜的安慰吧？

大約廿年前，心血來潮，忽然對學習寫作深感興趣，其間因教書並爲「煮婦」，只能於斷斷續續間寫起散文來，內容除昔日大學生活，抗戰生活，成家之後的種種記載，便是讀書心得及生活中的種種感受，寫作過程當然艱苦；苟不多讀書思想便枯澀，詞彙上如欠準確便不敢落筆，因此在工具書的運用上，益加需要，眞是不可一日無此「君」。

也因此將一本辭庫用得封皮脫落，內頁斷線殘落，而且這本四十年間出版的老書，實已趕不上時代文物的變遷，有許多新事務新名詞，已非這本老辭庫所能理解的了，試想經過了廿幾年後，老舊的辭庫難免陳舊簡陋，它不能爲我求眞誤解，自然就被冷落在書櫥一角。

退休後，頭腦卻不敢一起告退，至少閱讀書報是精神力量的主力；同時偶而爬格想一抒胸中塊壘，仍不斷求磨鍊之中，對於查閱相關工具書，仍屬需要，但最便利的小字典及辭庫已「功成身退」，康熙字典畢竟應用次數不繁，辭源也十分老邁了，此時想望得到最適宜合用的工具書，十分企盼。

迨至七十四年四月，忽見報刊廣告中，有三民書局出版之最新穎最完整的一部「大辭典」；該書局動員了百餘位專家碩學及編輯人員，蒐選資料，嘔心瀝血，從千頭萬緒的經營過程中，全力以赴，不顧成本，經歷相當的艱辛與耐力，終在耗時十四載之後，完成了此一鉅著，也是復興文化盡力貢獻的「大辭典」，只憑這一番決心與奉獻，就十分吸引愛書人，心儀之下，於是前往一看究竟。

翻閱並找尋幾項平日難決的詞彙，輕易的找到了，詮譯清晰而週到，而紙張之佳、印刷之精細，令人愛不釋手，雖然「大辭典」共分三大册（八開），但是像這樣規模宏大，包羅萬有的「伴讀」一書，足可伴我直到老去，協助閱讀辨別正誤，使我的頭腦智慧，不因年老而衰退，不因誤解世事而矇蔽心眼，今後它將是我家的文化「顧問」，每當年輕朋友到訪，我會指著三册閃亮燙金大字的辭典，告訴他們別以為我老了，就整日無所事事，仍然要從文化薰染中多讀書、多思想，免於罹患老昏病。對於那有能力買書的，則勸告他們也抱一部辭典回去，全家老、中、少都需要這份精神「價値」，豈不聞：

「生活靠常識，好的生活則靠知識，有意義的生活則靠智慧。」多讀書充實智慧而成爲媒體的辭典，便是最好的良伴了。新穎的辭典來到，使玻璃書櫥益顯亮麗，家人閱讀書報每遇語詞難解，隨手抽出它，在輕便方法的查閱中，獲得滿意的答案，大家心中都喜愛新添的書客。

接著是整理書櫥，挑出年代過久的脫線老書，以及那册迷你小字典，還有掉落封皮的「缺牙」辭庫，它們或爲「食之無味，棄之可惜」的鷄肋，想留作古董作紀念品嘛，書櫥滿塞無地可立椎了，捧著它們依依不捨，反覆思索，最後仍決定仿效秦始皇焚書方式，只不過我是焚書「脅」儒的；因有更進步更方便的新書，只好狠心在禱告中焚化了老殭的它們，免於丟給垃圾堆與穢物混雜，當紙灰落定，將之收攏投入挖妥的土坑中，敷埋爲安，並祭以文曰：

「嗚呼老舊破書，吾之老友，相偕卅年芸窗伴讀，白屋蝸居雖云簡陋，但因您們光輝瑞氣，『耕』讀之間知足常樂，吾縱平庸，緣於您們輔導有加，始得以在職時正其誼不謀其利，做人上淡泊靜遠與世無爭，各位『老友』惠我良多，而今竟然焚之瘞之，豈非人心失落？不合情理乎？

然則，周圍世界變動太快！苟不追求新知，則必孤陋寡聞，無法適應文化水準之提昇，際此充盈又急衝之時代，人生幾何？吾必須不斷吸取文化營養，得免於在晚年頭腦昏痺，雖不爲任何功利，而必要活到老學到老，永做內心充實之士，區區微志您們定能體諒，則對『理亂馭繁』新穎辭書之來臨，必表歡迎矣！

昔之林黛玉葬花，人笑其癡，吾今瘞老破之書，惟有敬意，您們鞠躬盡瘁而後已，本人永銘感念；您們的功績名垂千古，茲此虔誠禱祝；願您們化作靈光瑞彩，修成文化正果；佑我民族精神發皇，佑我中華文化日昌，阿彌陀佛！」

七十五年五月二十一日 中國婦女週刊

閒情

奇樹公孫木

很早以前，我吃過烤白果，還有煮在八寶粥中的白果粒，它的果肉豐滿、味道清純，後來才知道它是銀杏樹結的果實，而銀杏也就是公孫樹。

在溪頭公園，可以見到這仰不見頂的高大喬木，樹身可達廿公尺；菁菁莪莪蒼健神氣，著實令人肅然。此樹的葉子與任何樹葉都不相類似，是一片片嫩綠靑翠的小扇面，有裂紋與脈線，當微風過處，扇子羣便翩翩輕舞，給人的感受很美妙，不由多看一會兒。

此樹能自己播種，雌雄異株，樹大蔭濃，喜陽，若做爲行道兩側的景觀，必極優美；由播種到結成果實，需時十四年，也許正因爲孕育之長，而稱公孫樹吧？

公孫樹的珍貴，是因它係古生物的遺物，如今僅存於中國，曾見有位攝影家，將蕤健的公孫樹拍成大幅彩色畫頁，納入森林專輯的月曆中，畫面之美令人難忘。

我愛樹，久思庭中植一株銀杏，然自它是那麼高大神奇，我這小園豈不委屈它了？

不想，老伴是位有心人，今春的一個週末，他由臺中返來，笑呵呵捧著一方迷你花盆，得意地說：「知道你對它相思已久，好好的種植吧！」定睛一看，不禁老天眞的跳躍起來！大聲歡呼！

「你眞好，居然買到了一株公孫樹喲！不得了！我們家的庭院將要因它而顯得華貴！」

「你也別忘了：公公種下的樹，要等到孫子的成長才吃得到白果呢！」

「沒關係，前人種樹後人乘涼呀，我有耐力去照料它，看它一天天長高，欣賞『小扇子』由嫩綠深綠而赭黃，讓那千百張小扇玲瓏地舞動，搧走我內心的塵埃，給我清涼的撫慰，這就够了！能否吃得成白果，乃其餘事也！」

如今；這小株不滿尺高的銀杏樹，正健康的生長著，卅幾片嫩葉片片美好，每天我要去陪侍它片刻，適度的澆水，拔除根部的雜草，不敢用這雙俗手去觸碰它，只是充滿敬意地付以期望，我要爲這古生物的延續盡一份現代的心，同時也提升我內心寧靜的快樂。

標本與寫生

自從學習花鳥繪畫以來，本已花「癡」得很，如今更甚，腦海裏不是花卉就是樹木，每見一花一葉有特殊顏色，就千方百計找回來製成標本，以資參考分析；而對於素描寫生，也隨而養成，我的指導老師最重寫生，他經常提醒我，以大自然爲師，多研究分析植物花卉的生理，才可描繪花卉的眞正神韻與神精，用國畫的筆法技巧靈活運用，著重於寫生與構圖，不可落入古人的窠臼，或是不見眞物只盲目跟隨，才能繪出自己的風格，一味臨摹，或筆法固定「死」在腕上，都是亟待拋棄的。

敬領老師敎言，利用時間用功不輟，我把楓葉與槭葉，做成標本，又將梨樹和桃樹的葉片排列比較，還有木芙蓉與蜀葵的大葉片，也做了分析後壓成標本。最近又把枇杷和荔枝的葉子，淸晰的素描起來，連它們的脈絡是如何分佈的，也都不掉以輕心。

記得剛開始學畫時，老師給我的作業是，大小長短形態不一的葉子稿，看上去十分容易分辨：誰是藤蘿，那是葡萄葉，觀葉的能力足足可打九十九分，可是一經提筆畫下去，奇怪啊！竟然是爛葉一堆，誰也不是誰啦！反正沒有界線都是葉子吧？

我想起老師看過我的「功課」，幽默地說：「看看不値錢，學學兩三年。」對我來說兩三年也不會畫出道兒來，只說那用筆的奇妙，就十分難以「捕捉」了，水墨的多少，輕重的力量，快慢的運用，都關係著表達的情味，非慢慢體會領悟不可，有一次我畫秋葵，居然是瓜葉，老師笑得呵呵地，我心裏只恨自己太粗心，於是下決心非把葉子先畫分明不可。一年下來畫技雖因拙笨無大進，然而對於植物的葉子，再不會張冠李戴鬧笑話，而運筆使用側鋒畫葉的技法，似乎較以前可看了，於是畫與因而不減，爲家居休閒生活，增添無限雅趣，甚至「敝帚自珍」，把拙畫裱起來欣賞哩。

曾經有位同好，他說繪畫最具靜中之美，只要一個人一張畫桌，就可調弄丹靑，畫出胸中天地，一股創作的喜悅，是無可形容的；打痲將還得再找三個人，費事又痲煩，搞不好還可能傷感情，繪畫就沒有那些缺點，一個人也能玩得很樂。此生，卻不知坐牌桌的滋味如何，但已領受坐書桌的情趣，而且永遠作爲精神意境的追求目標。

屋頂上的貓

梅雨季節開始那陣子，我收養的野母貓大腹便便，沒兩天肚子扁了下去，咦！小貓生在那兒啦？我好心爲牠做了兩個窩，牠可一「棟」沒看上，隔幾天我從門前路上經過，聽見微弱的乳貓叫聲，細循聲音過去，嚇！原來是在路邊一株油加利樹頂的凹下處，樹高又逢多雨，我沒法子爬上去搶救小貓，徒呼負負而已。

貓媽咪很精明，每天按時來家用餐，已有兩年之久，卻不肯讓我撫摸一下，如今生育小貓牠特別護犢子，態度更爲強硬，貓的個性固執傲然，我知對付不了就任隨牠安排，但是每逢大雨淅瀝，我心裏又急又難過，生怕小貓被淋壞了。

一個清晨，微雨中我用竹竿鈎白蘭花，滿心專注往高處尋找花朶，及自香味滿手心，放下竹竿的一刹間，突聞小貓咪咪叫，四周找尋過後，才發現母貓已把三個尙未睜眼小東西，叼到一條乾水溝裏，小貓可憐地抖縮，母貓則坐在溝邊，用一雙藍色的大荳眼盯住我？好像說：

「看！妳怎麼辦？」

我驚喜地把老伴喊出來，他也高興不迭地去找個大紙盒，舖上報紙和舊衣布，我們把小貓揩乾放進窩去，母貓一直在一旁觀看我們的動作，表示滿意也未干涉，一切就緒，我對牠說：

「妳以爲了不起呀？也有找我幫忙的時候吧？」

戶外大雨，只得把貓們暫留廚房裏，半個月過去小貓滿月了，能在紙盒裏戰戰兢兢地邁步，兩男一女，一黃，一黑白，一隻三花，家中自翁姑二老仙逝後，久未豢養小貓，覺得十分熱鬧好玩，老伴還說該在廊下做個大貓房子了，以後關不住牠們的。

那天，我聚精會神在練畫，接著又爲朋友寫回信，約有三小時長，未到「貓家」去探視，待我去洗手路過廚房時，喲！小貓不翼而飛啦！

這隻狡詐的母貓，利用完了我的愛心，謝字不說一個，就把兒女帶走了，好個惡貓！

當然，每天侍候她們慣了，一旦失去總會有怏怏之感，老伴見我想念牠們，他倒很理智地勸我：

「唉！妳眞傻；因緣盡了牠就走開，如再有因緣也許還會出現，本來嘛；這世上一切生生滅滅，不生不滅，看開了什麼能『抓』在手中？卽使兒女長大也會『跑』掉，何況是貓？別想了，繪畫吧！繪畫絕對不會帶給妳煩惱。」

於是我心平靜，不再執著念貓。不想突然有一天中午，近鄰的房頂下方搭棚下，出現了小貓的身影，已經會走路會彼此抓撓著玩了，原來母貓仍不信任我，將牠們叼上了房頂。

以後，我把貓食增加，以便小貓吃奶得到營養，這件事我聽其自然，不再多管。直到有一天，正在廊下洗衣服，突聽後院母貓大呼大叫，聲音急促而驚惶，趕快跑去探視，不得了！那隻老三「三花貓」，一隻眼往下掛垂，尖嘴瘦腮，從房子上摔跌下來，將牠抱起一看，眼睛鼻腫，還有血絲，急忙爲之洗臉塗藥水，再把大紙盒找來，請三花進去養傷。

貓媽一見我如此不憚麻煩，增加了信心，乾脆把小哥——黑白花條紋的，小黃——黃白花是小弟一起叼下來，都住進大紙盒，這是牠們二度來此，環境熟悉，小貓逐漸成長，不久便爬出盒外四處「觀光」，沒辦法我只得堅壁清野，把熱水瓶鍋子等等，從架子上移到檯上，一時間廚房大亂，每當我穿梭於料理檯與飯桌之間，必須經過貓窩，母貓防備我去逗弄小貓，牠睜著一雙大荳眼，死盯住我行的動，偶而還會嗚——嗚示威！我也只好容忍牠的無禮，誰叫我自小愛貓呢！

一來二去，小貓跟我友好起來，讓我親抱，一個半月過去，開始拌飯餵牠們，也只是淺嘗卽止，主食仍是母奶，這時候整個地面都是牠們的遊樂場；鞋盒子、小球和紙團，互相追逐抓搔之間，身手矯健多姿，非常可愛可觀。

裝好鎂光燈，老伴兒以兩個晚上靜坐一旁，等候特寫鏡頭，沖洗之後做爲貓的專輯，其中有許多連大導演也無法安排的「畫面」，十分有趣。

最近牠們移居室外去，嬉戲於花樹綠茵中，兩個半月大的小貓，動作越來越翻新了，我們也正準備著拍攝第二個貓專輯。

七十年七月廿日　大華晚報

交流

羅馬不白去

我一位學生修女，將赴羅馬進修一年。她此去還肩負了一項任務，介紹我國的有關文化藝術，她要不虛此行，爲文化交流盡國民外交之責。

她展開搜集書法、國畫及有關圖書，對象大半是與她熟識的師友們。當然，師友中間能長於一藝或二藝者有之，雖然不是名家，但是爲了支援她的志願，我們也願爲國民外交効些棉薄，所以都不計拙陋，紛把作品相贈，共襄盛舉。

那天，她像仙女下凡一般，衣袂飄飄地從單車上躍下，笑容可掬的說：

「老師，眞不好意思，空手來取討您的東西」

「哈！難道要和妳交換禮物？別傻了吧！」

我拿出習畫一年來的畫稿，挑出幾幅還差強人意的，問她可喜歡？她一幅幅看過，突然說：

「我都要可以嗎？」

「沒想到妳這個仙女也會貪心哪！好吧，我的『破』畫隨妳到羅馬，還眞抬高了畫格了呢！」

然後我把師丈爲她寫的一付字聯取出，上款題的是：緣者雅正，下款寫著：中華民國臺灣一老叟，上下皆蓋上殷紅的圖章，我對仙女說：

「別看師丈的書法不怎麼樣高明，可是他十分用心的寫，而且聯句的詞兒也是他的傑作，圖章也是他親手雕刻的，這件禮物如何？」

她樂得直呼謝謝，像收寶一樣把它們放在提袋中，然後靦覥著說，若不是因爲我太忙，她更會貪心要我做幾朵人造花給她帶走。她一語及此，倒觸動我的靈機，趕快取出三册拙著的彩色造花與散文的合集贈她，不想這個理化系的學士，竟如此醉心藝術與工藝，她高興得跳起來說：「我老早就喜愛這本書，用來送人眞是充滿喜樂之情，能多賜贈幾本嗎？看我又貪心啦——。」

老師對學生眞如對待子女，予取予求哪！好在付得出的東西是現成的，看見她快樂的笑容，我心多欣慰！

她將告辭前，我不免又犯了「人之患」的毛病，給她上了一小課：我告訴她要切記兩件值得驕傲的文化遺產，勿忘向外國人士特別介紹：

一者國畫是獨特的，講求空靈境界的藝術，世界上其他西方國家流行西畫，卻沒有專屬於他們國家的畫史，惟有中華民族獨樹一幟，有屬於自已本國的國畫；而中國畫在幾千年來，雖經過不斷的演化蛻變，但是它的特有氣質風格及技法不會亂變，即使已有人嘗試突破，將西畫的原理如透視與光色，滲入國畫中去，固然爲國畫帶來不少活潑的朝氣，但是卻不能完全揚棄國畫的根本精神，因爲過份的加入西畫原理來畫國畫，就難免和照相版本相似了；記得清代有位內廷供奉，正是意大利人，叫郎世寧的吧？他就是以西畫基礎來繪中國畫的工筆，結果看起來完全失去中國畫特有的水墨及筆觸的趣味，於是意境方面亦有不逮。可見傳統的美感與技法不可忽視。當然了，如何以時代背景，現代精神，從寫生之中，去創作活鮮的題，材而不落古舊的形式窠臼，這是愛好國畫者應負的責任了。

二者中國的金石之學，也是世界上獨特的藝術，一些有造詣的專家也曾耗費時間心血去著作，這種書籍不少，而於金石的創作方面，也已培養了第二代的藝術家，中國人在色彩的安排上，的確有精到之處，且看白白潤澤的宣紙上，無論是畫還是字聯，只須殷紅醒目的圖章印在最適當的地方，立刻那張白紙就充滿神氣，似乎付之以生命力，而圖章的工藝之美，設計的形色雅麗，在在表現出中國人的智慧與審美力之高，別小看一個小方塊兒，它的作用十分奧妙哩。

最後我對她說，意大利是藝術氣氛很濃厚的國家，然而妳亮出中國的書法、繪畫與工藝，在精神與氣勢上，便不致遜色於他們吧？

洞房在雷諾

接到「級長」承光，由美國東部的來信，不禁嚇一大跳！怎麼？她到雷諾城去啦？那不是有名的離婚城嗎？

哈！及至打開信封的刹那，一張新婚的彩色照片露出來，啊！原來她的新婚洞房，就在雷諾呀。怎麼心眼兒這麼死，難道雷諾城只准許離婚嗎？

她在高三時候，連任過一年級長，做事負責認眞，頗爲同學們敬愛，她爲人是外表嚴肅，內心熱忱，或者因此她較同班同學們晚婚。她隨父母兄弟赴美已數年，有工作寄託，每隔一、二年即返臺灣與師友歡敍一番，並往各名勝地旅行，而且大快朶頤「飽」吃南北名菜，再懷著師友的祝福返回僑居地。

今夏她回去不久，卽傳來喜訊，可是她忙於婚禮及安家事宜，我們一直在盼望得到她的最新消息。這回見到她與魁梧英俊的丈夫儷影雙雙，眞爲她這緩來的幸福欣慰，瞧她靈秀嫻靜的模樣，如小鳥依人偎在她丈夫身邊，同學們無不讚她婚姻幸福，而大家也都了掉一件心事，到底級長已尋找到她的歸宿。

我們一向稱呼她級長，似乎特別有親切感，級長做任何事都先有計畫，再有板有眼的實行，這也是同學們敬服她的原因；她婚後有件大事，便是給臺灣的師友每位寫一封信，贈附照片乙幀，沒有厚此薄彼，這就是級長做人重視禮節之處。

她給我的信中，報告新郎喜好戶外各種運動，能「飛」——駕駛飛機，能「水」——游泳，能「玩」各種球類，嫁給他做新娘可真一點懶惰不得，她說婚後一個月內的運動量，已超過她已往運動的總合，同學們都說當下次她回來，定是皮膚泛著咖啡色、健康而又活潑的。

據級長函告，雷諾城的中國同胞寥若辰星，所以她們這一家中國人，特別引人注目，她家的裝飾與格調是純中國風的，這也是白人鄰居與朋友，喜歡拜訪她們的原因之一；她說她們的新房中，雖然已經有了幾幅國畫裝飾着，惟有客廳最搶眼的地方，還缺少乙幅富於紀念性的畫幅，她很客氣的問我：

「我們有榮幸，能得到您親手繪的國畫花鳥嗎？我要向外國朋友們介紹這幅畫的作者——老師，順便還可談到有關中國文化藝術的種種，向老外做點國民外交，老師一定會協助我的吧？」

又是一個不計我畫得拙劣的「討債」者，能不給嗎？雖然每次寄畫給晚輩及學生們，都必因學藝時短不成格局而赧顏，然而仍是勇氣十足，不願掃她們的興，而且我耗時費力學畫，能有不嫌棄的「知音」來欣賞，這也是一種鼓勵啊，再者因畫畫而和人結善緣，確是人生一件賞心的樂事。

於是我爲新婚夫婦，畫了一張橫幅，一對小鳥嬉戲在豔麗的玫瑰枝間，題名爲「天長地久」，沒有裱褙就以大信封寄到諾雷城去，祝福她與新郎：鸞鳳合鳴、白首偕老！

七十年九月廿六日 大華晚報

轉載篇

愛，是替她蓋間小屋

項秋萍

送一棟房子給太太當生日禮物，對有錢人來說並不稀奇。若是自己親手蓋一間房子，似乎就不容易了。

住在新竹光明新村的六十五歲老教授王得仁，爲了送給他老伴一間較寬敞的「書房兼畫室」當六十歲生日禮物，他利用暑假，自己買來了水泥板、三夾板，自己鋸，自己釘，自己漆，每天做五小時「苦工」，終於在兩個月內，蓋成一間「陋室」。這房子的外表實在不起眼（試想，一個學化工，本行是教書、做實驗的老教授，去做木工泥水匠的事，怎麼可能像樣？）但如果以「天這間房子代表著一對老夫婦白首不逾的深情來看，再簡陋的房子又「何陋之有」？

親親熱熱老倆口

王教授和他的老伴兒朱女士，在光明新村裏住了將近三十年，村裏的人經常看見這對老夫婦親親愛愛的同進同出，笑語不斷。

每個星期天，王教授騎了他那輛老爺鐵馬，載著老伴去買菜。

每星期一，又用他的老爺鐵馬，接送老伴到新竹社教館去學畫，傍晚，他要回學校去了，（王教授在臺中樹德工專任教，平時「住校」，星期六才回家）老伴總是陪他走一段路，到村子大門口，還一步一回頭，扯著嗓子交代：「記得每天吃青菜喲！每天至少吃兩種。」

這一幅鶼鰈情深的畫面，看在旁人眼裏，眞是動人！

村裏的人都知道，王教授家沒有孩子，可是他們極喜歡小孩，天才小提琴家林昭亮從前住在村裏的時候，就曾經得到王家老夫婦的鼓勵和幫助。

每逢年節，王家可就熱鬧了，分散各地的乾兒女和學生，總趕在這時候來看望他們。連郵差都說：一到母親節、教師節、耶誕節，王家的信總是最多的。

王教授高高的個子，皮膚赭黑，所以他的老伴暱稱他「老黑」。方方正正的國字臉，略泛花白的小平頭，一如鄉下老農樸拙的打扮。他的博學和內涵，總在不經意間才流露出來。

朱女士則是爽朗的北方人脾氣，愛說愛笑。大半頭銀絲掩不住昔日美好的輪廓，眼梢嘴角的皺紋在幸福的神采下，也變成和藹的「笑紋」。

親手砌造「蘭石齋」

他們的家，屋子小，院子大。小小的客廳大約只有三、四坪，一套老舊的矮沙發之外，書架就佔去剩餘的空間了。牆上琳瑯滿目，字畫、照片、女主人自己做的綴帶花，布置得熱熱鬧鬧。後面連接的是個小餐廳，兩個雜物櫃堆滿了瓶兒罐兒，方桌臨窗，在「陋室」沒蓋好之前，這張飯桌就是朱耘樵的書桌兼畫桌，她一、兩百幅畫作、四本散文集（「僾門春秋」、「往日旋律」、「永恒的歌聲」、「天天樹」），就是在這個狹隘的小餐廳裏完成的。

左右各有一個房間，一邊是臥室，一邊是供奉著王教授雙親靈位的小佛堂，兩位老人曾經在這兒跟他們共同生活廿幾年才先後去世。

這棟屋子是原服務研究院的宿舍，雖已老舊不堪，但讓人羨慕的是，前後有七、八十坪大院子。院裏除了一片蘭花架外，還闢了菜圃，同時種有三、四十種不同的花樹。高高的香椿、玉蘭、桂花、芭蕉……，低矮的月季、杜鵑、玫瑰、海棠……，再加上綠油油的菜芽，整個院子沒有一處不是生意盎然。

王教授手蓋的陋室在後院，本來這地方有個舊的蘭花架，前年被颱風吹垮後空了出來。王教授便利用這塊空地替老伴蓋畫室，還取個好聽的名字——蘭石齋。

蘭石齋的外觀除了留四個小窗口，全是暗黝黝的墨綠色，王教授說是爲了「遮醜」（遮參差不平的醜）。屋裏用白色美耐板當壁面倒類得十分明亮。牆上的觀音像、對聯、畫軸，全出自女主人手筆，滿架子的書、畫册、筆墨紙硯，襯得屋子非常豐富。進門處還用幾口二十多年的老箱子，重新漆過，當做矮桌矮凳，圍成個小小客廳，女主人自己縫製的軟墊一擺，倒也別緻古雅。

這間屋子，材料錢只花了兩萬多塊，可是在蓋的過程中，王教授頭部受傷兩次，腳部受傷三次，七月溽暑，大汗淋漓（眞是血汗造成的），老伴幾度勸他請工人來做，他都堅持不肯，爲的是一個「心願」。總算，趕在老伴六十歲生日前，親手完成這件「大禮物」。

憨老伴傻勁十足

在朱女士心目中，「老黑」是個憨得可愛的人，不僅蓋房子這件事有些「傻」氣，做旁的事也一樣。

有幾回，朱女士畫畫，硏墨的時候不小心墨汁濺出，把完成大半的習作弄髒了，「老黑」硏究了半天，認爲那方老硯臺硯池四壁太傾斜，設計不佳。於是，他連續兩個週末從臺中跑到二水，再換車到二水的合和村，因爲當地有好多家歷史悠久的磨硯店。他挨家挨戶跑去看，發現有一家店裏放著一塊尺來長的絳色紅石，他高興得不得了，跟店主建議，如何把紅石切開磨成大小不同的硯臺，還畫了圖樣，訂做兩方墨池四壁「直立」的硯臺。第三個周末，他又專程到合和村去取硯，結果，除了他訂下來的兩方之外，其他的竟然全給人家搶著買光了。

爲一個硯臺，跑三趟二水，這不是傻勁兒是什麼？

更早一點，朱女士剛剛拜在名畫家林中行門下的時候，「老黑」爲了她學畫，就暗地下功夫了。什麼功夫？刻印的功夫。他買回大批的紋石、泰國石……，又特製一座刻床、一大盒雕刀，沒事就在水龍頭底下細細的磨。就這樣利用周末刻，沒多久居然刻了五十多枚印章。他的理由是：畫一定要有專用的名章與閑章來配，才算是完整的畫，所以，他的「印」要和她的「畫」一起進步。

爲了老伴有興趣學畫，自己就下那麼大的功夫去刻印，這不是傻勁兒又是什麼？連林中行老師都爲他這個「老嫗生」的監護人所做的一切感動半天呢！

「遙控」飲食與運動

其實，王教授對老伴的關懷，豈僅止於學畫。他自己也說：「我又不想她當大畫家，當中國的摩西婆婆，我只是覺得，畫畫對上了年紀的人來說，既能怡情養性，也是和緩的運動，對身體有益，所以，我才一直鼓勵她學。」

朱女士剛從教壇退休的時候，曾經有一陣醉心緞帶花，研究兩年，做得幾可亂眞，在他們夫婦結婚三十年(珍珠婚)的時候，還用退休金自費出版了一本彩色精印的緞帶花集「珠樹花開」當作紀念。王教授說：

「那時，我也鼓勵她做緞帶花，爲了她做花，我特別在院子裏增加許多新品種的花，跟她一起研究眞花，尋找花蕚、花瓣的形……，可是，因爲做花太靜態，傷眼費神，後來就不鼓勵她再繼續做。她開始學國畫學的是工筆，同樣傷眼睛，所以現在才改學沒骨花卉。」

王教授很懂得健身之道，年輕時曾是「八段錦」高手，還在長江、鄱陽湖裏游過泳，六十五歲的他因爲注重運動，多吃蔬菜，仍顯得魁梧結實，一點都沒有發胖的跡象。

他對老伴的身體自然相當重視，關心她的吃，關心她的運動。每天晚上，他從臺中打「例行」電話回家，必定問：「家裏有事嗎？今兒個吃了什麼？」老伴曉得他的意思，馬上回答：「家裏很好，我畫也畫了，玩也玩了，青菜也像羊吃草那樣給吃啦！再見！」

王教授最主張吃自家院裏種的蔬菜，有時青黃不接，他就一次給老伴採買好。

「我最曉得她的毛病，一有好書，一整理起資料來，就廢寢忘食，有時候，打一個蛋下麵，加點葱花蔴油，就是一頓速簡餐了。我給她買好，她不吃，我回來準曉得。」

有一回，她又「煮字療饑」一上午，待到肚子咕咕叫時，才一鍋清湯，胡亂的扭幾片青葉放下去，正巧被提早返家的他撞見。

「嘿！你整天就一鍋清湯，還要不要活啦！」開始時他火冒三丈。「告訴你喲！你要是再這樣，有一個詩人寫給他太太的墓誌銘我可要原封不動轉贈給你，聽著：吾妻五十有九，相貌甚醜。梳頭不用梳，用手；切菜不用刀，一扭；白米煮黑飯，糯米釀酸酒。嗚呼哀哉寃家撒手，尙饗！」結果是兩個人相對大笑，笑得肚子都疼了。

「消痰化氣，笑口常開」，不也是健康一訣嗎？

另外，王教授還黃勵老伴「唱歌」、「唱戲」。經常他胡琴在手，從平劇、地方小調到古典歌曲，他都可以用胡琴伴奏。老夫婦倆在家「鸞鳳和鳴」，甚至手舞足蹈。幸好這種「有聲運動」一星期頂多一次，光明新村又是院大庭深，獨門獨戶，否則眞要擾人安寧咧！

很少看到這樣有勁兒的老夫婦，不論是「老黑」的「傻勁」也好，老伴的「玩勁」也好，總之他們有活力。

恩愛沒有秘訣

在我們周圍有太多夫妻，到了某個年歲之後，都變得「相對兩無言」，彷彿該說的話，早已說完了，兩個人唯一共同關心的是孩子，本身卽使感情還在，態度上卻淡了、遠了，年輕時的兩情綢繆，很難再找回來。可是，王得仁和朱耘樵這對結婚三十七年的老夫婦，他們沒有孩子來聯繫，到老然卻依然相悅相愛、感情彌篤。

有什麼維持恩愛的秘訣嗎？

「我想，這不能說是秘訣，只是最普通對婚姻負責、對對方貞誠，如此而已。如果說我們有什麼得天獨厚的地方，大概是在動亂中，還能够彼此相隨，很少分開。除了這幾年，我因為工作地點較遠，每星期需要小別之外，從前，我們一直在一起的。」講話起來慢條斯理的王教授又補充說：

「從結婚以來，凡是我喜歡的事，她一定喜歡，也許是『想辦法喜歡』，她要做的，我一定支持，而且全力支持。」他舉了個例子：

「我這老伴本來是家境富裕的大小姐，嫁給我時，我是流亡學生，所有的家當就是一個書箱、兩條棉被、一頂舊蚊帳，可是，她不嫌棄，她的父母也放心把她託付給我。結婚這麼多年，她侍奉公婆，過清貧淡泊的日子；說來人家不會相信，直到三年前，她還睡一張角鋼架起的木板床，要不是蹺起來的床板碰傷她的腿，她絕不會要求我買一張新床……。我這個人一輩子不會鑽營，對賺錢看得最淡，花錢也常花的不是地方，她卻一輩子支持我。」

朱女士並不認為在物質生活上受了什麼委屈，甚至「老黑」對她的關愛、公婆對她的寬大，令她永遠都心存感激。她說：「剛來臺灣的時候，我幾乎什麼家事都不會做，飯會煮焦，餃子能煮成片兒湯，可是，他們從沒有苛責過我。結婚多年，沒有孩子，不但他沒計較，連公婆都從來沒有說過一句『年紀大了，想抱抱孫子』之類的話。每當我爲此難過，他們反而勸慰我說：『財帛兒女，在亂世都是負擔，沒有反而好。』我想，在一脈單傳的家庭，很少有媳婦會得到這樣的體諒，這叫我怎能不感激？」

就像一對比翼鳥

朱女士甚至覺得，他們夫婦倆之所以情深不逾，永遠親親密密，有一半是受到公婆的影響。她回憶說：「婆婆去世的前幾年，罹患了半身不遂，在她纏綿病榻的一千多個日子裏，公公寸步不離她左右，替她揩面更衣、餵飯餵茶，連沖洗便溺，他都不願我們幫忙，一切親自料理。他常常握著婆婆枯癟的雙手，輕言細語給她安慰，婆婆病到後來，耳目漸漸失靈，嘴巴也沒法說話，可是她憔悴的面容，在公公眼裏，一如新嫁娘般的美麗。每天晚上，他用溫水爲婆婆拭面後，總是溫和的問她：今天晚上你想睡那一邊？左？還是右？如果你不想說，就點個頭好了！他們老人家眞像一對比翼交頸的鴿子，直到老，都那麼親愛的依偎在一起。」

事實上，王教授和朱女士過去三十七年的婚姻生活，不也正像一對同出同入、相戀相依的比翼鳥嗎？

七十二年十月　家庭月刊八十五期

良師益友

朱佩蘭

一個細雨紛飛的下午，在中央日報的作者聯誼會上遇見了一位出乎意料之外的人——朱耘樵老師。

朱耘樵老師是北方人，講起話來聲音清脆，國語標準，所以很悅耳動聽。當時她是我們的級任導師，同時教我們國語發音。在朱老師的教導下，我們才開始學習眞正的北方國語。

朱老師是一位嚴格負責的老師，當時我是班長，每當老師們開會的自習時間，同學們吵鬧而被糾察隊登記時，朱老師在訓誡過全班以後，必加上一句：「班長不負責，操行扣五分。」清潔比賽我們輸了，朱老師同樣在最後以「班長不負責，操行扣五分」做爲訓話的結束。我很惶恐，一個學期下來自己算了算，我的操行恐怕不會及格了。然而，當成績單發下來時，我發現不論操行、學科、名次，都是全班最高的。

朱老師站在講臺上訓話時，言詞鋒利，顯得毫不容情的樣子。可是一旦下了講臺，就與我們又說又笑，像個大姐姐似的。當時我們這一羣十四、五歲的少女，正是愛做夢的年齡，而朱老師年輕（頂多大我們十來歲）漂亮（是全校教職員中最漂亮的一位），而且穿著講究，所以她是我們大夥兒的心目中偶像。我們在課餘喜歡和朱師圍坐在操場聊天，假日喜歡擠在她的宿舍看照片、聽她講述在重慶後方的事。當時我們都沒有替師丈王老師（他是我們學校的化學老師）着想，我們佔據了太多朱老師的時間，現在回想，朱老師和王老師是爲學生而犧牲了他們的私生活。

由於在臺下朱老師是一位大姐姐，所以我曾問她爲什麼宣佈要扣除我的操行分數而沒有扣？老師含笑回答說：「傻孩子！妳主編壁報加分，參加作文比賽加分，演講比賽加分，女童軍隊長加分……」

那時我確實是個傻孩子，只覺得老師特別疼愛我，我只有一心一意的努力用功做爲報答。

一轉眼，將近三十年，這當中朱老師一直站在講臺上獻身於教育工作，直至近年退休。

在人羣中，我一眼就認出了朱老師。除了從前烏黑的頭髮參雜幾許白色，和面頰比以前稍微豐滿以外，風姿依舊，與三十年前那位全校最漂亮的朱老師一模一樣——同樣閃亮有神的眼睛、挺直的鼻樑、薄巧的嘴唇，和珠玉滾盤般的言談。從前我們是黃毛丫頭，如今我的白髮比朱老師還多，已是個瘦削憔悴的黃臉婆，在外型上比朱老師蒼老。雖然如此，站在老師面前時，我的心情恢復了三十年前學生時代的單純和天眞，對著朱老師的容顏，滿胸滿懷無限的敬意和思念之情。

朱老師惠贈她的著作，她的作品多半發表於中央副刊及其他各大報副刊。從朱老師的作品中，了解了以前我們不知道也不關心的許多老師的生活與思想。她雖然膝下無子，生活卻一點不寂寞。退休後，專心致力於製作緞帶花、作畫和寫作。由於她桃李滿天下，經常有現已成家立業的老學生去探訪她。加上她與王老師恩愛不渝，以及她本身一向樂觀有信心，所以生活過得忙碌而豐富。

記得五、六年前到日本北海道拜訪三浦綾子時，我曾問她家裏沒有小孩，是否會感到寂寞？她說不會，因爲她有信仰，而且忙於寫作。三浦綾子是一位虔誠的基督教徒，她爲人謙虛、誠懇。雖然她體弱多病，但從不怨天尤人，對她的生活充滿了信心，把每一天的時間都安排得很緊湊，日子過得忙碌而充實。她除了著作感人肺腑的小說外，並且忙於貢獻自己的力量爲全國讀者覆信解決人生疑難。因此，她的朋友很多，這樣的生活怎麼會單調寂寞？

在「奧斯蒙劇場」中曾經演過一幕幽默短劇，一位年輕人問一對白髮老夫婦：「你們的孩子呢？」老人說：「我們沒有孩子。」年輕人趕緊說「對不起！」，因爲他以爲老人的子女死了。但老人說：「我們從前有孩子，但孩子長大後就沒有孩子了。」

雖然這只是笑話，但反應了美國現代的社會形態，子女長大後就各自獨立，不與父母生活在一起，因此有孩子等於沒有。

這種情形日本也好不了多少，從他們的報紙，不時可以看到獨居的老人死後數天才被人發現的消息。

又如夏威夷的老人公寓蓋得非常漂亮，四周綠草如茵，花木扶疏。然而在公園散步或樹蔭下的椅子閒坐的老人都有一股落寞的感覺。

當然朱老師和三浦女士都是不到六十歲的壯年人，精力充沛，工作能力旺盛，自然不去與老人相提並論。不過，我深深感到近年來由於生活水準提高，一般家庭都是電器化，主婦們節省了不少時間和體力，加上孩子不多，他們都上學後，家庭主婦空閒的時間很多，可以好好安排這些時間進修或做一些服務社會的工作，否則不但虛擲光陰，而且容易對生活感到枯燥乏味。況且今後小家庭制度逐漸普遍化，子女長大後，即使沒有各立門戶，年輕人也有年輕人的生活，老一輩的人若非自己安排生活，就會成為他們的負擔。

所以，我們要一方面培養孩子們的獨立精神，同時自己也要學習如何獨立。而這必需從充實自己的生活做起，對自己的人生要充滿樂觀和信心，勿使串門子或逛街甚至留連牌桌成為主婦消磨時間的方法。

這是與朱老師重逢所產生的感想，三十年後的今天，朱老師仍然是我的良師益友。

七十年五月五日刊於「消費時代」

現代的浮生六記

簡介幼柏的「往日旋律」

畢璞

每當看到一些中年婦女因爲已經退休或子女長大而感到無所事事甚至沈溺牌桌時，我就會想到幼柏女士。你瞧，幼柏女士多麼的會安排生活，她寫作、繪畫、做緞帶花、唱歌、唱戲、種花、種菜、養小貓小狗，簡直是忙得不亦樂乎，你們爲甚麼不向她看齊？

也許由於幼柏女士太過多才多藝，是屬於千手觀音型的人物，她一向惜墨如金，寫得不多。她的第一本散文集「傻門春秋」，於十一年前出版；現在，第二本散文集「往日旋律」才問世。不過，少寫總比粗製濫造好；慢工出細貨，經過了十一年的磨鍊，在文字的修養上，「往日旋律」這本書自然比「傻門春秋」更精湛；尤其可喜的是，作者依然保持著一顆年輕的心，如對文學、美術、音樂、工藝、園藝和小動物的愛好絲毫未變。

「往日旋律」分爲「親誼篇」、「樂藝篇」、「生活篇」、「情遊篇」、「論敍篇」、「花情篇」、「傳載篇」七個部份。在「樂藝篇」、「生活篇」和「花情篇」中，讀者可以看到了幼柏的才藝和愛好。其中的一篇「游藝之樂」，作者敍述她丈夫替她做胡琴，有如下生動感人的描繪：

「他遞給我說：

『喏！這把南胡碼兒粗，發聲就小，不會吵別人，正合妳做爲練習用，也讓你那一支正僵痛的手指活動活動，有利無害，音樂演奏不好沒啥要緊，主要得有恒，每天拉個半小時左右，成嗎？』我有些激動，他的琴心眞可媲美鍾子期，而我卻缺乏呂伯牙的才藝，但我還是滿心快慰的接受了。到目前爲止，我仍然停留在5 1弦的運用上，琴藝雖然緩慢，但頗自得其樂……」

文中所表現出的伉儷之情，令人羨慕。幼柏的夫婿王先生在一切的愛好上都跟她完全志同道合，在親友當中，他們夫婦原來就有「神仙眷屬」的美譽，而這本「往日旋轉」，我更覺得就像是一本現代的「浮生六記」。「生活篇」等於「閨房記樂」；「樂藝篇」就等於「閑情記趣」。

請看幼柏筆下的「秋夜遊」：

「……我和他，牽起兩隻小犬，我們一行四『人』夜遊去。……我們十二條腿，一齊開步跑，……我們高興得滾倒路邊草坪上，也分不出人和狗狗和人……。

歸途中，清風來相送，我快活得想大叫，結果卻只是輕聲細氣唱起來：『他不愁高山流水知音少……』

他接道：

『我不再愁對月臨風形影單……』

然後是合唱。

多麼恩愛的神仙眷屬！若不是夫婦兩人都「有志一同」的具有藝術修養，又怎能享受到這種放浪形骸，返璞歸眞的生活？

「往日旋律」這本書，不但適合於青年女性閱讀，使她們可以學習幼柏多姿多采的生活；也更適合一般中年夫婦閱讀。絕大多數的老夫老妻們都有「沒有甚麼可談的」的苦惱，讀了這本現代的「浮生六記」之後，說不定就會因此而想在日常生活中添加一點情調，以恢復昔日的閨房樂趣。

六十九年七月　中華日報

把春留住

芯心

幼柏女士，最近送我兩册她的作品，一是三民書局印行的「儍門春秋」，一是自編自作的「珠樹花開」。

早在二十年前，就讀到她在中副寫的一篇「我在湖州」，湖州的山水、城垛，江南的菱塘、桑田，吳興的絲綢、羊毫，以及那麼出名的扇子店和粽子店，一齊湧到眼前，她對走過的地方起了深深的懷念，而我，也對我的家鄉起了濃濃的鄉思。

那時不識作者，直到最近，才眞正認識了「我在湖州」的作者幼柏女士。

她是東北人，曾在我的老家教過書，也曾在那兒盪舟採菱，玩山遊水，穿過絲綢也揮過羽扇，識得這樣一位熟悉鄉情的朋友，眞算是一件人生樂事。

爲了要送我她的書，特從書局郵購一册，這才知道已出到第四版了。的確，這本十多年前出版的散文集，筆力豪雄奔放，靈思渾灑自如，不愧出自一位書卷氣的國文教員手筆，難怪洛陽紙貴，一版再版。

在她退休後，又學習造花，並在她和先生結婚三十週年時，自編自作，出版了「珠樹花開」的彩色畫册，全書花團錦簇，姹紫嫣紅，諸如牡丹、海棠、菊、蘭、梅、玫瑰，和盆花捧花，由於注入作者的情感心血，做得格外鮮活驕豔，逼肖如眞，畫册內又有各種緞帶花的做法提要，和各類花卉的介紹，充滿了筆飛花舞的華彩與光芒。她的畫册，雖已出版多年，但是，卻把花的美豔，永遠留住了。

是的，儘管歲月如流，她畫頁裏面的造花卻永不凋謝，正如幼柏女士退休後，在栽花栽草，種瓜種菜的自娛中，生活得快快樂樂，生氣勃勃，把青春永遠留住一樣。

七十四年十二月四日　大華晚報

滄海叢刊已刊行書目(七)

書名	作者	類別
牛李黨爭與唐代文學	傅錫壬	中國文學
增訂江皋集	吳俊升	中國文學
浮士德研究	李辰冬譯	西洋文學
蘇忍尼辛選集	劉安雲譯	西洋文學
文學欣賞的靈魂	劉述先	西洋文學
西洋兒童文學史	葉詠琍	西洋文學
現代藝術哲學	孫旗譯	藝術
音樂人生	黃友棣	音樂
音樂與我	趙琴	音樂
音樂伴我遊	趙琴	音樂
爐邊閒話	李抱忱	音樂
琴臺碎語	黃友棣	音樂
音樂隨筆	趙琴	音樂
樂林蓽露	黃友棣	音樂
樂谷鳴泉	黃友棣	音樂
樂韻飄香	黃友棣	音樂
色彩基礎	何耀宗	美術
水彩技巧與創作	劉其偉	美術
繪畫隨筆	陳景容	美術
素描的技法	陳景容	美術
人體工學與安全	劉其偉	美術
立體造形基本設計	張長傑	美術
工藝材料	李鈞棫	美術
石膏工藝	李鈞棫	美術
裝飾工藝	張長傑	美術
都市計劃概論	王紀鯤	建築
建築設計方法	陳政雄	建築
建築基本畫	陳榮美 楊麗黛	建築
建築鋼屋架結構設計	王萬雄	建築
中國的建築藝術	張紹載	建築
室內環境設計	李琬琬	建築
現代工藝概論	張長傑	雕刻
藤竹工	張長傑	雕刻
戲劇藝術之發展及其原理	趙如琳譯	戲劇
戲劇編寫法	方寸	戲劇
時代的經驗	汪琪 彭家發	新聞
書法與心理	高尚仁	心理

滄海叢刊已刊行書目㈥

書名	作者	類別
累廬聲氣集	姜超嶽	文學
實用文纂	姜超嶽	文學
林下生涯	姜超嶽	文學
材與不材之間	王邦雄	文學
人生小語(一)(二)	何秀煌	文學
兒童文學	葉詠琍	文學
印度文學歷代名著選(上)(下)	糜文開編譯	文學
寒山子研究	陳慧劍	文學
魯迅這個人	劉心皇	文學
孟學的現代意義	王支洪	文學
比較詩學	葉維廉	比較文學
結構主義與中國文學	周英雄	比較文學
主題學研究論文集	陳鵬翔主編	比較文學
中國小說比較研究	侯健	比較文學
現象學與文學批評	鄭樹森編	比較文學
記號詩學	古添洪	比較文學
中美文學因緣	鄭樹森編	比較文學
比較文學理論與實踐	張漢良	比較文學
韓非子析論	謝雲飛	中國文學
陶淵明評論	李辰冬	中國文學
中國文學論叢	錢穆	中國文學
文學新論	李辰冬	中國文學
離騷九歌九章淺釋	繆天華	中國文學
苕華詞與人間詞話述評	王宗樂	中國文學
杜甫作品繫年	李辰冬	中國文學
元曲六大家	應裕康 王忠林	中國文學
詩經研讀指導	裴普賢	中國文學
迦陵談詩二集	葉嘉瑩	中國文學
莊子及其文學	黃錦鋐	中國文學
歐陽修詩本義研究	裴普賢	中國文學
清真詞研究	王支洪	中國文學
宋儒風範	董金裕	中國文學
紅樓夢的文學價值	羅盤	中國文學
四說論叢	羅盤	中國文學
中國文學鑑賞舉隅	黃慶萱 許家鸞	中國文學

滄海叢刊已刊行書目(五)

書名	作者	類別
往日旋律	幼柏	文學
現實的探索	陳銘磻編	文學
金排附	鍾延豪	文學
放鷹	吳錦發	文學
黃巢殺人八百萬	宋澤萊	文學
燈下燈	蕭蕭	文學
陽關千唱	陳煌	文學
種籽	向陽	文學
泥土的香味	彭瑞金	文學
無緣廟	陳艷秋	文學
鄉事	林清玄	文學
余忠雄的春天	鍾鐵民	文學
卡薩爾斯之琴	葉石濤	文學
青囊夜燈	許振江	文學
我永遠年輕	唐文標	文學
分析文學	陳啓佑	文學
思想起	陌上塵	文學
心酸記	李喬	文學
離訣	林蒼鬱	文學
孤獨園	林蒼鬱	文學
托塔少年	林文欽編	文學
北美情逅	卜貴美	文學
女兵自傳	謝冰瑩	文學
抗戰日記	謝冰瑩	文學
我在日本	謝冰瑩	文學
給青年朋友的信(上)(下)	謝冰瑩	文學
孤寂中的廻響	洛夫	文學
火天使	趙衛民	文學
無塵的鏡子	張默	文學
大漢心聲	張起鈞	文學
回首叫雲飛起	羊令野	文學
康莊有待	向陽	文學
情愛與文學	周伯乃	文學
湍流偶拾	繆天華	文學
文學之旅	蕭傳文	文學
鼓瑟集	幼柏	文學
文學邊緣	周玉山	文學
大陸文藝新探	周玉山	文學

滄海叢刊已刊行書目(四)

書名	作者	類別
精忠岳飛傳	李安	傳記
八十憶雙親 師友雜憶 合刊	錢穆	傳記
困勉強狷八十年	陶百川	傳記
中國歷史精神	錢穆	史學
國史新論	錢穆	史學
與西方史家論中國史學	杜維運	史學
清代史學與史家	杜維運	史學
中國文字學	潘重規	語言
中國聲韻學	潘重規 陳紹棠	語言
文學與音律	謝雲飛	語言
還鄉夢的幻滅	賴景瑚	文學
葫蘆・再見	鄭明娳	文學
大地之歌	大地詩社	文學
青春	葉蟬貞	文學
比較文學的墾拓在臺灣	古添洪 陳慧樺 主編	文學
從比較神話到文學	古添洪 陳慧樺	文學
解構批評論集	廖炳惠	文學
牧場的情思	張媛媛	文學
萍踪憶語	賴景瑚	文學
讀書與生活	琦君	文學
中西文學關係研究	王潤華	文學
文開隨筆	糜文開	文學
知識之劍	陳鼎環	文學
野草詞	韋瀚章	文學
李韶歌詞集	李韶	文學
現代散文欣賞	鄭明娳	文學
現代文學評論	亞菁	文學
三十年代作家論	姜穆	文學
當代臺灣作家論	何欣	文學
藍天白雲集	梁容若	文學
思齊集	鄭彥棻	文學
寫作是藝術	張秀亞	文學
孟武自選文集	薩孟武	文學
小說創作論	羅盤	文學
細讀現代小說	張素貞	文學

滄海叢刊已刊行書目㈢

書名	作者	類別
世界局勢與中國文化	錢　穆	社會
國家論	薩孟武譯	社會
紅樓夢與中國舊家庭	薩孟武	社會
社會學與中國研究	蔡文輝	社會
我國社會的變遷與發展	朱岑樓主編	社會
開放的多元社會	楊國樞	社會
社會、文化和知識份子	葉啓政	社會
臺灣與美國社會問題	蔡文輝 蕭新煌 主編	社會
日本社會的結構	福武直著 王世雄譯	社會
財經文存	王作榮	經濟
財經時論	楊道淮	經濟
中國歷代政治得失	錢　穆	政治
周禮的政治思想	周世輔 周文湘	政治
儒家政論衍義	薩孟武	政治
先秦政治思想史	梁啓超原著 賈馥茗標點	政治
當代中國與民主	周陽山	政治
中國現代軍事史	劉馥著 梅寅生譯	軍事
憲法論集	林紀東	法律
憲法論叢	鄭彥棻	法律
師友風義	鄭彥棻	歷史
黃帝	錢　穆	歷史
歷史與人物	吳相湘	歷史
歷史與文化論叢	錢　穆	歷史
歷史圈外	朱　桂	歷史
中國人的故事	夏雨人	歷史
老臺灣	陳冠學	歷史
古史地理論叢	錢　穆	歷史
秦漢史	錢　穆	歷史
我這半生	毛振翔	歷史
三生有幸	吳相湘	傳記
弘一大師傳	陳慧劍	傳記
蘇曼殊大師新傳	劉心皇	傳記
當代佛門人物	陳慧劍	傳記
孤兒心影錄	張國柱	傳記

滄海叢刊已刊行書目(二)

書名	作者	類別
老子的哲學	王邦雄	中國哲學
孔學漫談	余家菊	中國哲學
中庸誠的哲學	吳怡	中國哲學
哲學演講錄	吳怡	中國哲學
墨家的哲學方法	鍾友聯	中國哲學
韓非子的哲學	王邦雄	中國哲學
墨家哲學	蔡仁厚	中國哲學
知識、理性與生命	孫寶琛	中國哲學
逍遙的莊子	吳怡	中國哲學
中國哲學的生命和方法	吳怡	中國哲學
儒家與現代中國	韋政通	中國哲學
希臘哲學趣談	鄔昆如	西洋哲學
中世哲學趣談	鄔昆如	西洋哲學
近代哲學趣談	鄔昆如	西洋哲學
現代哲學趣談	鄔昆如	西洋哲學
現代哲學述評(一)	傅佩榮譯	西洋哲學
董仲舒	韋政通	世界哲學家
程顥・程頤	李日章	世界哲學家
狄爾泰	張旺山	世界哲學家
思想的貧困	韋政通	思想
佛學研究	周中一	佛學
佛學論著	周中一	佛學
現代佛學原理	鄭金德	佛學
禪話	周中一	佛學
天人之際	李杏邨	佛學
公案禪語	吳怡	佛學
佛教思想新論	楊惠南	佛學
禪學講話	芝峯法師譯	佛學
圓滿生命的實現(布施波羅蜜)	陳柏達	佛學
絕對與圓融	霍韜晦	佛學
佛學研究指南	關世謙譯	佛學
當代學人談佛教	楊惠南編	佛學
不疑不懼	王洪鈞	教育
文化與教育	錢穆	教育
教育叢談	上官業佑	教育
印度文化十八篇	糜文開	社會學
中華文化十二講	錢穆	社會學
清代科舉	劉兆璸	社會學

滄海叢刊已刊行書目(一)

書名	作者	類別
國父道德言論類輯	陳立夫	國父遺教
中國學術思想史論叢(一)(二)(三)(四)(五)(六)(七)(八)	錢穆	國學
現代中國學術論衡	錢穆	國學
兩漢經學今古文平議	錢穆	國學
朱子學提綱	錢穆	國學
先秦諸子繫年	錢穆	國學
先秦諸子論叢	唐端正	國學
先秦諸子論叢(續篇)	唐端正	國學
儒學傳統與文化創新	黃俊傑	國學
宋代理學三書隨劄	錢穆	國學
莊子纂箋	錢穆	國學
湖上閒思錄	錢穆	哲學
人生十論	錢穆	哲學
中國百位哲學家	黎建球	哲學
西洋百位哲學家	鄔昆如	哲學
現代存在思想家	項退結	哲學
比較哲學與文化(一)(二)	吳森	哲學
文化哲學講錄(一)(二)(三)(四)	鄔昆如	哲學
哲學淺論	張康譯	哲學
哲學十大問題	鄔昆如	哲學
哲學智慧的尋求	何秀煌	哲學
哲學的智慧與歷史的聰明	何秀煌	哲學
內心悅樂之源泉	吳經熊	哲學
從西方哲學到禪佛教 —「哲學與宗教」一集—	傅偉勳	哲學
批判的繼承與創造的發展 —「哲學與宗教二集」—	傅偉勳	哲學
愛的哲學	蘇昌美	哲學
是與非	張身華譯	哲學
語言哲學	劉福增	哲學
邏輯與設基法	劉福增	哲學
知識·邏輯·科學哲學	林正弘	哲學
中國管理哲學	曾仕強	哲學